おいしい季節がやってくる。

行成　薫

集英社文庫

目次

おいしい季節がやってくる。

YOLO

1

おお、春だな、と、運転席でハンドルを握る綱木《つなき》の口から思わず独り言がこぼれる。海まで真っすぐ続く川沿いの道は、ずらりと並ぶ桜並木が壮観だ。ついこの間まで寒い冬だと思っていたのに、季節が動き出すとあっという間だ。車内には、お気に入りのアーティストの曲が大音量で響いている。毎年、春めく頃になると妙に聴きたくなる曲だ。歌詞がいいよな、などと言いつつ曲と一緒になって歌う。

「桜見るとテンション上がるわ。やっぱ日本人だな、俺は」

ピンクのアーチをくぐるような気持ちのいい道を進むと、視界が開ける。目の前には、海が広がっていた。

綱木が普段生活しているのは、海からは少し内陸に位置する、県庁所在地に次ぐ県内第二の街だ。東京から新幹線と在来線を乗り継いで三時間以上かかる小都市の、さらに駅から少し離れた古い住宅街の中ほどにある１Ｋのアパートが独身男性三十四歳の現在の住処《すみか》だ。ただ寝るだけの部屋なので狭くてもあまり不自由はないが、もし結婚して、子供が生まれて、となったらさすがに厳しいので、引っ越しのために蓄財中である。もちろん、現段階で交際相手はおらず、結婚の予定もない。俺にも春が来ねえかな、などとため息をついていると、桜並木の道が開けて、目的地の海浜公園が見えてきた。

綱木の住む市内中心部から海岸線までは、車で一時間半ほどの距離だ。海浜公園はずいぶん前に町が観光客を呼ぶために整備したものだが、広大な敷地のわりに特に見るべきものはなく、変に凝ったデザインの展望台と謎のモニュメントがあるくらいで、敷地の半分は、果たして今後百年、一度でも満車になることがあるのだろうか、と思うほど無駄に収容台数の多い駐車場が広がっている。今日は、その駐車場スペースの半分がイベント会場になっていた。

「おはようございまーす」

「あ、出店者の方ですね。こちらへどうぞ」

駐車場入口に立っていた係の人に運転席から声をかけると、プリントを一枚渡されて、停車位置の指示を受けた。ありがとう、と手を上げて、車を移動させる。

綱木の仕事は、キッチンカーの運営だ。

高校卒業後、地元の大学を中退して、綱木は二十歳のときに料理人を目指して上京した。だが、飲食業界特有の体育会系下働き文化になじめず職場を転々とし、半分フリーターとして都会で十年ふらふらした挙句、地元に帰ってきた。戻ってしばらくは地元企業で営業をしていたのだが、ノルマのキツさで日に日にやつれていくのを見かねて、高校時代の同級生が「キッチンカーをやってみないか」と話をくれた。キッチンカーは件《くだん》の友人が自分の店を開く前に使っていたもので、店舗のオープンで使わなくなるから、と、無償で貸してくれている。タダで借りるのはさすがに申し訳ないということで、綱木は友人の店の「サテライトショップ」として営業をすることにした。つまり、キッチンカーで提供するのは友人の店のメニューの一部であり、綱木が市内各地をキッチンカーで回ることで、友人の店の宣伝になる、というわけだ。

今日の出店場所は、海浜公園で毎年行われる「さくら祭り」という町主催のイベントだ。日頃閑散としているこの辺りが、この日だけは多くの人で賑《にぎ》わう。冬の間は集客に苦戦して売り上げも落ちていたし、このさくら祭りでガッツリ稼いでやる、と、綱木は独り鼻息を荒らげる。キッチンカーで売っているメニューは、車内の鉄板でハンバーグを焼いて仕上げる「究極のロコモコ」と、スパイスを効かせた「スパイシーチキンカレー」の二種類だ。それぞれ八百円。追加料金でトッピングや合い盛りができる。綱木は「友人との共同開発」と言い張っているが、いずれもメニュー開発を少し手伝ったくらいだ。

イベント会場の中ほどに位置する指定の出店場所に車を停《と》めて、急いで開店準備。近年、法律の改正でキッチンカーの開店がしやすくなったこともあって、年々競争は激化している。味は当然のことながら、キッチンカーはインパクト勝負、目立ってナンボ、というのが綱木の持論だ。毎日新しい場所で新規開店するようなものだから、とにかく興味を持ってもらわないことには始まらない。おかげで、キッチンカーを引き継いでからの一年で、立て看板やノボリ、車体装飾、と、どんどんド派手になっていって、若干収拾がつかなくなりつつある。

店の外周を整えながら、車内に設置された鉄板に火を入れる。車載のガスだと、飲食店向けのものよりは火力が控えめなので、十分に熱するには少し時間がかかる。並行して、カレーソースをスープストッカーに入れて温め、ロコモコ用のハンバーグを準備。その他、調理道具や調味料、食材や包装具をずらりと並べてスタンバイする。

すべての準備が整ったのは、開店三分前だった。もう慣れたもので、だいたい時間ぎりぎりに間に合わせることができるようになった。会場にもちらほらと人が集まってきている。綱木のキッチンカーから少し離れたところにはステージが組まれていて、地元のサークルの出し物とか、ローカルアイドルのライブもあるようだ。天気は最高。心配されていた春の強風もなく、この調子なら人出も見込める。よっしゃやるぜ、とばかり、鉄板にハンバーグを載せて肉の焼ける匂いを漂わせ、スパイスカレーのストッカーの蓋を開けてスパイスの香りを解き放つ。この匂いのダブルパンチには絶対の自信がある。強烈に鼻腔《びこう》を刺激する香りは、周囲のどのキッチンカーよりもお客さんを引きつけるだろう。

「いらっしゃいませ！」

本日最初のお客さんは、お互いを「ヒノ」「ミノリ」と呼び合う大学生くらいの女子二人組だった。どうやら以前一度、市内中心部で出店した時に食べてもらったことがあったようで、ヒノが、「ほら、あの時の！」などと懸命に思い出させようとしているのだが、ミノリは首を傾《かし》げていた。今日はミノリの運転で海浜公園までドライブしてきたそうで、ミノリが愛車を「彼氏」と呼ぶのに大笑いする。こうやって、お客さんと直接会話できるのもこの仕事の醍醐味《だいごみ》だ。

軽快にトークをしながら女子大生二人に料理を詰めたパックを二つ、丁寧に手渡す。幸先《さいさき》よく二食。でも、そこからふっと客足が途絶えた。ランチには早い時間帯だし、まだまだ焦るような状況じゃない、と頭ではわかっているものの、いつもの倍以上の量を仕込んできた以上、売らないと大赤字である。呼び込みの声にも力が入る。

「いらっしゃいませー、究極のぉ――」

キッチンカーの前を行き交う人々に向かって呼び込みをしていると、一人の女性と目が合った。すらりとしたハイウエストのパンツに春めかしい水色のトップス、薄手のカーディガンという出で立《いでた》ち。少しウェーブのかかったミディアムロングの髪の毛が海風に揺れている。第一印象は、美人だなあ、という程度だったが、女性と目が合った瞬間、その印象ががらりと変わった。女性はクールで大人っぽい表情を一転させて満面の笑みを浮かべ、真っすぐに綱木のキッチンカーを目指して歩いてくる。あ、お客さんか、と、柄にもなく緊張して、無駄に食材の位置や鉄板の温度などを確かめてから顔を上げると、もう女性がキッチンカーの前に立っていた。

「いら、っしゃいませ」

「あの、綱木さん、ですよね？」

「え？　は？」

「さくら祭りのホームページに出店情報が出ていたので、探してたんですよ」

「お、俺をですか？」

「そうですすそうです」

今まで、SNSの出店告知を見てきました、と言われたことは何度もあったが、自分個人を名指しで来た客は彼女が初めてだった。キッチンカーの店名に興味を持つ人もそう多くないのに、わざわざオーナーの名前をチェックする人はまずいない。女性がどこで自分の名前を知ったのだろう、と、綱木は軽く混乱した。

いや、これって？　まさか。まさか？

女性はあたふたする綱木をよそに、つま先立ちになってカウンター窓から車中の鉄板を覗《のぞ》き込み、「いい匂い」と、また笑顔になった。これ、もしかしたら春が来たんじゃね？　などと思いながら、緩んでにやけそうになる口元に力を入れる。

2

「じゃあ、私そろそろ上がる。あとはお願い」

「うん。子供たちのこと、よろしくね」

カフェダイニング『イノウエゴハン』を経営する井上璃空《いのうえりく》は、妻の杏南《あんな》に声をかけられて、思わず時計を見た。もうじき、昼下がりの少しのんびりした時間は終わる。杏南は一番忙しいランチタイムの接客とディナータイム用の仕込みまでお店を手伝って、そこから保育園に三歳になる長女と〇歳児の次女の二人の子供を迎えに行かなければならない。杏南と入れ替わりでアルバイトスタッフが来てくれるけれど、それでも店主の璃空はやることが山積みだ。

朝は六時に起床。七時半に子供二人を保育園に預けて、八時にお店に来て準備と仕込み。十一時に開店して、そのまま通し営業。閉店は二十一時だ。閉店後も売上の計算と翌日の準備、掃除などがあって、自宅に帰るのは深夜になるので、自宅ではお風呂に入って寝るくらいしかできない。お店は月二十五日営業なので、休みはほぼ週一日のみだ。その一日の休みも、商談や新メニューの研究などに費やさなければならないこともある。

開店から一年、幸いにも地元メディアに取り上げられる機会もあって、お店はそれなりに繁盛している。ただ、お客さんの数が増えればやることも増えるので、ここのところは一日一日が溶けるように過ぎ去ってしまう。昨年、念願だった二人目の子供が生まれて家族が増えたのは嬉《うれ》しいことだけれど、なかなか子育てにかける時間が取れず、妻に任せきりになってしまっているのが悩みだ。

「ありがとうございました。またお越しください」

ランチタイム後にコーヒーだけ飲みに来たお客さんが退店して、ぽっかりと誰もいない時間ができた。璃空は、今しかないとばかり、杏南が作っておいてくれたサンドイッチを口にねじ込んでようやく遅い昼食を済ませた。所要時間一分。それでも食べられただけましで、開店から閉店までお客さんが途切れない日はお昼抜きだ。

もっとアルバイトを雇ってスタッフを増やせば少し仕事を分散できるのだけれど、人件費がかかれば、その分、価格を上げざるを得なくなる。でも、値段が上がってしまったらお客さんが来なくなってしまうのではないか、という恐怖感でなかなか値上げには踏み切れない。結果、「自分の時間」というお金のかからないものを差し出して、価格とサービスを維持するしかない。個人経営の飲食店は、どこもそんな感じだろう。

ふわっとした眠気を感じてため息をつくと、お店の電話がころころと鳴った。電話機は、スマホ全盛のこのご時世に、ダイヤル式の黒電話だ。建物を前のオーナーから譲り受けるときに置いてあったもので、レトロなたたずまいが気に入って一緒に譲ってもらったのだ。受話器を取ると、軽い、ちん、という音がする。

「お電話ありがとうございます。『イノウエゴハン』です」

『あ、リックか？』

璃空を「リック」という独特のニックネームで呼ぶのは、高校時代の同級生で、璃空がかつて使っていたキッチンカーを任せている綱木だ。今日は、隣町の海浜公園のイベントに出店すると聞いている。

「なんだ、綱木か。どうしたの？　お店は？」

『ああ、今日の分は完売御礼で無事閉店よ』

「え、すごいね。早い。普段の倍くらい仕込んでたのに」

綱木のキッチンカーで販売するロコモコやカレーの仕込みは、『イノウエゴハン』の店内で行っている。いつもは朝イチから二人で一緒に仕込みを開始して、璃空がお店の分と一緒にロコモコ用のソースとスパイスカレーを、綱木がハンバーグのタネを仕込む。今日はかなりの量を仕込まなければならなかったし、出店場所も少し遠いので、まだ夜も明けきらない時間からの作業になってしまった。おかげで、猛烈に眠い。

『客は？』

「今はお客さんいないよ」

『そうか。じゃあ少し話せるな』

「話せる？　なにを？」

ちょっと待て、という声とともに、受話音量が少し遠くなる。

『……リックくん、かな？』

ややくぐもった年配の男性の声。少し低くてぶっきらぼうだけど優しいその声は、もちろん聞き覚えがある。

「前沢《まえさわ》さん、お久しぶりです」

前沢永吾《えいご》は、璃空の〝師匠〟だ。長年、『グリル月河軒《つきかわけん》』という洋食屋を営んでいた料理人で、「究極のロコモコ」開発のためにたくさんの助言をもらった。残念ながら、出会ったときにはもう『月河軒』は閉店してしまっていたが、前沢さんから『月河軒』を営んでいた建物を借りて出店しているのが『イノウエゴハン』である。前沢さんは引退後、市外の田舎に一軒家を購入して移住した、と聞いていたが、忙しさにかまけてなかなか新居には行けずにいた。綱木が行った海浜公園の近くだったのか、と思い至る。

『元気かい？』

「はい。元気です。なかなかご挨拶に行けなくてすみません」

『店が繁盛してるならいいことさ。子供が小さいんだし、無理はしないようにね』

「無理……、そうですね」

『料理人は体が資本だから』

そうですね、と同じ返事をしながら、はっとする。最近はあまりの忙しさに体力がついていかずに日々の仕事をこなすだけでいっぱいになっていて、お客さんに喜んでもらおうという意識が少し薄れていたかもしれない。緩んでいた心がきゅっと引き締まって、原点に返らなければ、という気になった。

「今日は、お祭りに行ってたんですか？」

『そうなんだ。綱木くんの店がこっちに来るって知ってね。孫娘と一緒に来てみた』

「孫娘、って、お孫さんいらっしゃったんですね」

『そうなんだよ。今、妻が旅行中だから、代わりに私の面倒を見てくれてる』

「面倒？」

『私は台所以外はからっきしなもんでね。洗濯やら掃除やら教えてもらってるのさ』

そう聞いて、璃空は思わず噴き出した。前沢さんが不器用に洗濯物や掃除機と格闘する姿を想像して、かわいい、と思ってしまった。

「でも、お元気そうな声でよかったです」

『まあ、なんとかやっとるよ。私も、君の声が聞けて良かった。営業時間中にあまり長電話してもあれだから、そろそろ切るよ。もし時間ができたら、うちに遊びに来てね』

そうします。と答えて、通話を終えた。時間ができたら、か。いつになるだろうなあ、と、お店の入口ドアに目を遣《や》りながら、独り言をぽつんとこぼす。

3

キッチンカーは過去最高売上を叩《たた》き出し、今日の営業は終了。売れ残ったらどうしよう、という綱木の心配は杞憂《きゆう》に終わり、予定より早く完売した。さくら祭りを見に来た〝師匠〟・前沢永吾が、帰りがけに「もしよかったら」という前置きをして、終わったらうちで夕食でもどうか、と誘ってくれたので、綱木は一も二もなく「行きます」と即答し、営業が終わるなりてきぱき片づけをして、教えてもらった永吾の自宅へと向かった。

海浜公園から車で二十分ほど、海の見える高台にある古い一軒家だ。もとは果樹園を営んでいた農家の自宅だったようで、家の前の斜面からは少しだけ海が臨める。長い人生を旅して終《つい》の棲家《すみか》とするには穏やかでいいところだ。

いや、そんなことより。

綱木の目の前には、永吾の孫の前沢春香《はるか》がいる。朝、綱木を名指しで来てくれた女性だ。もちろん、綱木のファンというわけではなく、永吾が綱木のキッチンカーの出店を知って、一緒に行こう、と誘ったのだそうだ。春が来たわけではなくて残念ではあったが、それはもうどうでもよくなった。永吾が、「明日休めるなら今日は離れに泊まっていって」と言ってくれたので、明日の営業は休みと決め、『月河軒』の閉店で大量に余ったというワインをいただくことにしたのだが、永吾も交えて春香と一緒に数時間飲んでいるうちに、かなり意気投合したのである。

　春香は今年三十歳で綱木より四つ下。見た目は上品でクールビューティという印象だが、実は飾らない性格で、よくしゃべり、よく笑う。初対面の綱木にも腰が引けた様子もなく、前から友人であったかのように気さくに話してくれる。いつの間にか、綱木くん、と親しげに呼んでくれるようになり、綱木は勝手に「ヘイリー」というニックネームをつけた。日本語は、さんづけだとよそよそしい、ちゃんづけだとなれなれしい、と面倒なので、英語名をつけてしまったほうがコミュニケーションが取りやすい。春香は、人生で初めてそんな呼ばれ方をした、と言いながらもニックネームを気に入ってくれた。

「だけど、あのロコモコ、ほんとにおいしくてびっくりしちゃって」

「あ、それはよかった」

「前に、おじいちゃんから聞いてたんですよ。リックさんと綱木くんが、ロコモコをすごく一生懸命作る話」

「いやまあ、俺は手伝っただけなんだけどね」

　永吾がちょこちょこキッチンに立って料理をするので、必然的に綱木が春香と二人で会話する時間も長くなった。仕事柄、初対面の人と話すのは得意なはずなのに、なぜかいつものように舌が回らない。逆に、最近仕事以外で人と話す機会が減っていたので、緊張しているのだろうか。

いや、これが話に聞く一目惚《ぼ》れというやつか？　と、綱木は自分に驚く。飲食業はとにかく長時間労働が当たり前だし、営業日数がそのまま収入に跳ね返るのでまとまった休みも取りづらくなるし、プライベートでの人との付き合いは減っていく。あまり自覚はなかったが、日常会って話すのは璃空くらいで、意外と孤独だ。ワンチャン、お客さんとして来た女性と出会って——、などという半分妄想じみたことも考えていなかったと言えば嘘《うそ》になるが、そんな漫画のような展開は今のところはない。

三十代も半ばに差し掛かって、そろそろ俺も家族を持ちたいよな、などと焦りが出始めていたところに、知人の家族、という超正統派の出会いがあったのだから、意識するなというほうが無理なのかもしれない。このまま会ってしゃべる機会が何度かあったら、本当に好きになってしまいそうだ。いや、もうすでにちょっと好きになっている。

「でも、苦労しただけあって、おいしいものが完成してよかったですよね」

「そう、ね。でも、ほんとに永吾さんといろいろ話するんだ。いいね、仲良いの」

「なんでも話しますよ。綱木くんが一回おじいちゃんとこで修業して、途中で逃げちゃった話とか」

あ、と、返答に困って頬がひきつる。

綱木が二十歳のとき、東京に出て最初に就職したのは、グルメガイドにも頻繁に取り上げられるような大きなレストランだった。調理師学校などにはいかずにいきなり現場に飛び込んだのは、とにかく回りくどいことが嫌いな性格だからだ。調理師免許なんかなくても、実力があればいずれ自分の店を持てる。俺の料理センスがあれば現場を経験したほうが早く独立できる。根拠もなくそううぬぼれていたのだが、結局、丸々一年間、下働きをするばかりで調理場を任せてはもらえなかった。そこから、職場を転々として、居酒屋の厨房《ちゅうぼう》でバイトリーダーじみたポジションに収まっているうちに、三十歳になっていた。

さすがに東京で料理人として勝負するのはもう無理かも、と思って、ならば「地元の人気店」を目指そう、と考えた。地方なら東京ほど参入障壁は高くないだろうと思ったのだ。リサーチ目的で食べ歩きをしている間に、永吾の『グリル月河軒』に行きついたのだが、『月河軒』は宣伝下手なのか、料理のレベルのわりにあまり知られた店ではなかった。どうやら後継者問題も抱えているようで、この店の味を引き継げたら自分の商売センスで大きなビジネスにできるかもしれない、と、前沢永吾に弟子入りをお願いしたのだ。完全に、人のふんどしで相撲を取る気だった。

だが、その目論見《もくろみ》はあっさりとはずれた。

永吾は東京にある老舗洋食店で修業した経験があって、開店以来五十年も定休日以外は休まずに店を営業し続けたという筋金入りのストイック料理人だった。その尋常じゃないこだわりが垣間見《かいまみ》えたのが、店の命ともいうべきドミグラスソースの作り方だ。開店からずっと継ぎ足しで作っているというソースは、作るだけで一週間かかる上に、一日でも火入れを欠かすと悪くなってしまうのだと言う。つまり、永吾は五十年間、一度も休むことなく毎日ドミグラスソースを作り続けていたのだ。

そんな生活をしろと言われても、綱木には到底無理だ。

たいした修業をせずとも地方の人気店くらいなら作れるだろうという考えがどれほど甘かったかを思い知らされて、綱木は絶望した。自分が最短距離を走ろうとした道は、実は目標まであまりにも遠い間違った道だったと気づいても、今さら戻ることもできない。このまま先に進んだら、どんな人生が待っているだろう。何も言わずに永吾の元を去ったのは今思えば失礼極まりないことだったと思うが、当時は、自分は人生を失敗した、という絶望感がすごくて、もうどうにでもなってしまえ、と半ば自棄《ヤケ》になっていた。

「いや、あれはほんとに申し訳ないと思ってて……」

「しょうがないですよ。おじいちゃんのやり方、今の人には絶対キツいですもん」

「そう、っすかね」

「何かに人生の全部を懸けられる人ってすごいと思いますけど、私にはたぶん無理ですね。人生一回しかないから、いろんなことしてみたいし」

だからまさに今、転職活動中なんですよ、と、春香はころころ笑った。次の仕事まで間が空いたので、永吾の家にしばらく滞在することになったそうだ。

「じゃあ、ヘイリーは、今、したい、してみたいことってなんかあるわけだ」

「それがね、どうしても、ってことが一つあるんですよ」

春香が大きくうなずいて、キッチンに目を遣った。

「私、おじいちゃんのオムライスをマスターしたいと思って」

「オムライス？」

「そう。あれ、素人が作ろうとしても難しいじゃないですか。食べたことあります？ウチのおじいちゃんのオムライス」

そういえばないな、と、在りし日の『月河軒』の店内の風景をぼんやり思い出した。店には何回か通ったし、短い修業中はまかないも食べさせてもらったが、看板メニューだったビーフシチューに興味を持っていかれて、オムライスは選んだことがなかった。でも、きっとうまいんだろうな、と、口の中にじわりと唾がわく。

「食べたことない」

「おいしいんですよ。上のオムレツふわっとろで。ドミグラスソースかトマトソースを選べたんですけど、どっちも最高に好きだった」

「あのドミグラスは、もう二度と作れないからなあ」

長年継ぎ足しの『月河軒』のドミグラスソースは、閉店の日にすべて使い切って、今はもう残っていない。継ぎ足しで作ることがどれほどソースの味を変えるのか、科学的根拠もないし、五十年前のソースなんか残っていないので違いを比べようもないのだが、少なくとも「五十年継ぎ足し」というパワーワードが人の味覚に与える力は恐ろしく強い。その力を手に入れることができるのはどう頑張っても五十年後で、生きているかも怪しいな、と綱木は苦笑した。

「そうなんですよ。残念。でも、私はトマトソースのほうが好きだったかも」

「なんでまたオムライス？『月河軒』のメニューなんて他にもいっぱいあるのに」

「単純に好き、っていうこともありますけど、私、あのオムライスを食べさせてあげたい人がいるんですよねえ」

綱木は胸に、ずきん、という痛みにも近い衝撃を受けて仰《の》け反《ぞ》りかけたが、春香はすぐに「子供なんですけどね」とフォローを入れた。春香の左手薬指に指輪はないところを見ると、おそらく自分の子供、というわけではないのだろう。びっくりさせんな、小悪魔か、と、顔に出そうな動揺を抑え込む。

「オムライスが好きな子？」

「そうなんですよ。大好物らしくて。でも、こだわりが強すぎて、ファミレスとかのは食べないんですって。なら、うちのおじいちゃんのオムライスならどうだ、と思って」

ああ、なるほど、と、綱木はうなずく。

「そりゃ、うまい、って言わせたくなるやつだ」

「そうなんです。でも、作ろうにも、オムレツがほんと難しくて」

「ああ、調理師専門学校って、オムレツが最初の関門らしいから」

「関門？　そうなんですか？」

洋食のルーツであるフレンチの世界では、プレーンオムレツをしっかり作れるようになることがシェフへの第一歩と言われるらしく、フレンチ系の調理師学校に行って、生徒がまず最初に苦労と挫折を味わうのがオムレツだそうだ。いたってシンプルな料理だが、熱で変性する卵の性質、フライパンの扱い方、火加減の見極め方といった調理の基礎ができていないと、オムレツは上手《うま》く作れない。身近なようで奥の深い料理だ。

「俺はまあ、学校とか行ってないんでえらそうなことは言えないけど」

「でも、作れちゃうんですよね？」

「作るだけなら」

「お料理は全部独学なんですか？」

「基本そう」

「さすが。私、料理あんまり得意じゃないんですよね」

「できなくても生きていけるからね。そのために、俺らみたいなんがいるわけで」

「え、優しい。おじいちゃん厳しそうだから、綱木くんに教えてもらおうかな」

永吾の技術には及ばないだろうが、オムレツもオムライスも作ろうと思えば作ることはできる。自慢したかったわけではないが、春香が大げさに褒めてくれるのでまんざらでもなく、「いや、そこは永吾さんに教わったほう絶対いいと思う」などと逆に自分を落とすことで、俺は料理わかってるんですよと遠回しにアピールする、という高度なカッコつけ方をしてしまった。

「じゃあ、厳しくされても頑張るしかないかあ。怖いなあ」

「ここにいる間、永吾さんの特訓を受ける予定？」

「そのつもりですよ。実は、明日からレッスンスタートなんです。おじいちゃん、どういうルートがあるのか、卵もいっぱい用意してあって。やる気満々なんですよね」

「ああ、頼んではみたけど、相手が本気過ぎて若干逃げたくなるやつ」

「よくわかってる。あ、綱木くん明日休みなら、オムライス食べていきませんか？」

なるほど、俺は試食係か、とは思ったが、たとえ失敗作でも、春香の手作りオムライスなら最高じゃん、と、口元が少し緩んだ。人に作ってもらった飯なんて、実家に帰ったときか、璃空に新メニューの試食を頼まれたときくらいしか食べていない。

「あ、もちろん、綱木くんのはおじいちゃんが作った、ちゃんとしたやつで」

「あー、いや。失敗したやつ、捨てんのもったいないから、俺が食ってもいいよ」

「でも、すごい量になりそうだから無理に食べなくても」

「俺、リックが店のメニュー開発するときに毎回試食させられるんで、胃が拡張しちゃって大食いになったんすよ。あいつの店の近くの商店街にヤバいデカ盛りの定食屋さんがあって、たまにドカ食いしに行ったりとかするし」

「ヤバいデカ盛り、っていう言葉が怖い」

「普通盛りで一キロ超えてくるんで、毎回おなかいっぱい、おなくるっすよ」

「おなくる？」

「おなか苦しい」

春香は、その略し方する人初めて見た、と爆笑する。綱木が、「腹パン」だと品がないっしょ、と言うと、確かに、と、笑いながら何度もうなずいた。

「私も今度からおなくるって言おう」

ひとしきり笑い合った後で、綱木はキッチンに目を遣った。古い家なのでキッチンは独立していて、リビングからはカウンター越しにちらっとしか見えない作りになっているが、料理をしているような音が聞こえてこない。

「そういや、永吾さん、どこいったんすかね」

「あ、私、話に夢中になってて気づかなかった。どこ行ったんだろ。トイレですかね？ちょっと見てきますね」

春香が立ち上がってリビングを出ていく。綱木が璃空に「今日は美人と酒を飲んでる」「いいだろ」とメッセージを送った瞬間、廊下から、空気を切り裂くような春香の悲鳴が聞こえてきて、飛び上がった。何事か、と、考える間もなく、廊下に飛び出す。

——おじいちゃん！　しっかりして！

4

この数ヵ月、璃空はなんだかお店の営業に集中できなかった。頭がふわふわとしたまま時が過ぎて、桜の季節はとうに終わり、最近はじめじめとした雨が降っている。空模様と同じく、璃空の心もなんだか晴れない。ため息を一つつき、横を歩く綱木の顔をちらりと見た。いつもは摑《つか》みどころのない、へらへらとした態度の綱木が、見たことがないほど硬い表情をしている。

「あ、小春《こはる》さん」

冷たい感じがする古いリノリウムの廊下にぽつんと立って待っていたのは、前沢さんの奥さんの小春さんだ。以前会った時よりも、ずいぶんやつれているように見えた。

「せっかく久しぶりなのに、こんなことになるなんてねえ」

「そう、ですね。なんと言ったらいいか」

こちらへどうぞ、と、小春さんが大きな引き戸を開けた。音もなく戸が開くと、目の前に真っ白な世界が広がっていた。静かな空間の奥には、薄い青色のカーテンに包まれた一角がある。小春さんが、そっとカーテンを引いた。

「お父さん、璃空くんと綱木くんが来てくれたわよ」

病室の白いベッドに横たわっていたのは、前沢さんだ。隣には、若い女性もいた。おそらく、綱木が言っていた春香さんだろう。春香さんは立ち上がって綱木に腰の辺りで小さく手を振ると、初対面の璃空には軽く会釈をした。寝ていた前沢さんは、ああ、と小さく呻《うめ》くように返事をして、緩慢な動きで上体を起こそうとした。春香さんが手を添えて永吾さんを引き起こす。永吾さんの頬はげっそりとこけて、目には生気がなくなっているように見えた。ほとんど白髪の無精ひげが、しわだらけの顎にびっしりと生えていた。

「お加減、いかがですか」

「あぁ」

――たぶん、前沢さんは「悪くないよ、大丈夫」とか、そんな感じのことを言ったのだろう。でも、璃空には、そしてたぶん綱木にも、その言葉をはっきりと聞き取ることができなかった。

「命があっただけでも、ありがたかったわよね」

さくら祭りの日、前沢さんは自宅トイレ横の手洗い場で激しい頭痛に襲われ、うずくまるように倒れた。原因は、脳梗塞だったそうだ。綱木と春香さんがすぐに救急車を呼び、自宅近くの救急病院に搬送されて緊急手術を行えたことでなんとか一命はとりとめたが、代償として、左半身にまひが残った。今は市内の大学病院の中にあるリハビリ専門病棟に転院してリハビリの最中だ。だが、年齢のせいもあるのか思ったようには回復せず、まだ自分の足で歩いたり、ものを食べたりができない。元気な姿を知っているだけに、病室の前沢さんは、一気に老け込んでしまったような印象が否めなかった。なんとか平静を装って会話をしようとするが、どうしても表情に出てしまいそうで怖くなる。

「きぃたち、に、おねぁい、あっぇ」

しばらく、前沢さんを囲んでいろいろ話をしていると、前沢さんが懸命に口を動かして何かを伝えようとしだした。舌が上手く動かずに正確な発音ができないが、何度か聞き返しているうちに、ようやく前沢さんがなんとしゃべっているのか、内容がわかってきた。君たちに、お願いがあって、だ。

「お願い？　なんでしょうか。僕たちにできることなら、なんでも言ってください」

璃空がそう言うと、前沢さんはほっとしたように微笑《ほほえ》んで、ゆっくりとうなずいた。そして、横にいる春香さんに目を遣る。

「おん、らいす」

前沢さんが一生懸命に言葉を発しようとするのを、遮らずに待つ。他の患者さんはリハビリに出ていて、四人部屋には前沢さんしかおらず、くぐもった声が室内に反響する。

「オム、ライス、ですか？」

「ちょっと、おじいちゃん、なんでそんなこと」

綱木に前沢さんが倒れた日の顚末《てんまつ》を聞いていなかったら、言っている意味がわからなかったかもしれない。ただ、あの日、前沢さんは春香さんにオムライスの作り方を教える、と約束していたそうだ。その約束を果たしたい、という意味なのだろうか。ただ、璃空や綱木に頼むほど、それが重要な約束なのだろうか、とは思った。

「それはもういいよ。おじいちゃん、気にしないで」

春香さんが首を横に振りながら、前沢さんの肩にそっと手を置く。前沢さんは、精一杯の笑顔を作ると、大丈夫、と、たぶん言った。

「俺、やりますよ、永吾さんのオムライス再現して、ヘイリーに作り方を教えりゃいいんすよね？」

「綱木くん、忙しいのに、そんなことさせられないよ。ありがとう、ごめん」

「でも、前に、オムライスを食べさせたい子供がいる、って言ってたっしょ？　それ、大事なことなんだよね？」

「いや、そんな……」

「オムレツって、料理人への第一歩、って話したけど、俺、今までずっと基本とか基礎みたいなの無視してきてるし、勉強し直し、みたいなさ。だから、ヘイリーのためだけってわけじゃねえから」

ノリが軽くて、自分に甘い。こつこつと真面目にやるより、要領よく大きなリターンを得ようとして失敗する。勉強とか努力とか、そういう地味な言葉は嫌い。それが、璃空の知る、高校時代から変わらない綱木だ。ここ数年、年齢もあって少し落ち着いてきた感じはあったけれど、本質的に変わったと思ったことはなかった。その綱木が突如、勉強、などと言い出したので、璃空は戸惑った。大丈夫だろうか。春香さんの前でカッコつけて、引くに引けなくなってしまっているのではないか、などと心配になる。

璃空も綱木も飲食業界で働いてはいるが、シェフとか料理人と言われる人とは根本的に違う。料理は独学オンリーで、知らないこと、できないことも多い。ただ、飲食店というのは技術さえあればお客さんに受け入れられるというわけではなく、独学で料理を始めた人でも、行列店を作ったり、大きな飲食店グループの社長になって桁違いの収入を得るようになることもある。素人でもアイデア次第でプロと戦える、というのはこの業界の大きな魅力の一つだが、反面、璃空には、厳しい修業を積んだ料理人に対する憧れや引け目のようなものが常にあった。一番は、前沢さんに対してだ。綱木も、料理人の世界を少しだけ見てきているだけに、自分がそういう人たちとは違うということが、ある種のコンプレックスになっているのかもしれない。

「綱木、大丈夫か？　そんな簡単な話じゃないと思うけど」

「リックは店が忙しいし、ガキンチョ二人の面倒も見ないといけねえんだから、俺がやるっきゃないっしょ」

「でも、綱木だってさ、朝から――」

綱木が目で璃空の言葉を遮る。なんだよ、と、思わず声が出そうになった。なんだよ、綱木のくせに、なんでそんな真剣な目をするんだよ。困惑する璃空をよそに、綱木は笑みを浮かべて前沢さんの横にしゃがみ込み、布団の上に置かれていた左手をそっと両手で握った。

「俺がちゃんとやりますよ。大丈夫。一応、一番弟子っすからね」

綱木が握っている前沢さんの左手は、強張《こわば》ったままで動かない。あれでは、フライパンを振ることはできないだろう。まひが一時的なものであればいいが、もしそうでなければ、前沢さんが何十年も培ってきた技術はほとんどすべて失われてしまうことになる。

そんなのいやだ。

そう思っても、目の前の現実はどうにもならない。どうしたらいいだろう。こんなことになるなら忙しさなんかを言い訳にせずに、何度でも前沢さんの家を訪ねて、もっといろんな料理を教えてもらえばよかった、と、後悔で胸がいっぱいになった。

「なあ、リック。永吾さんから預かったレシピノート、ちゃんとしまってあるだろ？」

「もちろん。オムライスのページもあったよ」

「そこ、あとでコピー取らしてくれ」

璃空と綱木のやり取りを、前沢さんはにこりともせずに眺めている。不安そうで、申し訳なさそうでもあり、悔しそうでもあり、情けないと思っているようでもあった。

人生の大半を仕事に費やして、ようやく自分の時間が持てるようになったばかりの人に、神様はどうしてこんなに過酷な運命を用意するのだろう。そんなのないよ、と、璃空は唇を嚙《か》みながら言葉を飲み込んだ。

5

使うのは、直径二十センチくらいの小ぶりなフライパン。フッ素加工のものだが、ちょっとコーティングがしっかりしたいいやつだ。材料は卵のL玉が三つだけ。ボウルに割り入れてからホイッパーで泡が立たないようにしっかり溶き、目の細かいザルを使って二度ほど濾《こ》すのが『月河軒』のやり方だ。フライパンを強火で熱して、十分に温まったらバターを溶かすのだが、そのタイミングも大事だ。温度が高すぎるとバターが焦げて、卵に変な焼き色がついてしまう。逆に、バターが焦げることを怖がってフライパンの温度が低いままだと、卵の一部だけが先に固まって食感にムラができてしまう。火にかけた時間やフライパンから伝わってくる熱で、最適な頃合いを見極められるようにしなければならない。

卵液を素早く注いだら、そこからはスピード勝負。左手でフライパンを前後にゆすりながら、菜箸を使って卵をぐるぐるとかき混ぜる。火加減は強火のまま。火の通りやすい端のほうから真ん中へ巻き込むようにして、全体が均一に固まるようにする。ゆるくて細かいスクランブルエッグ状になってきたら、いったん火から離してフライパンを奥に向けて傾け、エッジを使って手前から卵を折り返してラグビーボール型に成形する。

永吾のオムライスは、チキンライスを卵で包む方式ではなく、チキンライスの上にとろとろのプレーンオムレツを載せる、いわゆる「たんぽぽオムライス」だ。古い日本映画の中で紹介されたものが、今では日本全国に広まっている。綱木と同じくらいから下の世代の人間は、オムライスはこれ、と思っている人間も多いだろう。

固まりだした卵をたたんだら、フライパンを傾けたまま火の上に戻して少し焼き、右手でフライパンの柄をトントン叩く。フライパンは上下に動かしているだけ。トントンするのは、フライパンの上向きの動きを途中で止めるためだ。フライパンを上下に動かすと、一緒にオムレツも動く。その途中でフライパンだけが止まると、卵はその勢いのまま上に動こうとして、結果、手前側に少し回転するような動きになる。確か、慣性の法則とかなんとかいうやつ。もう詳細は覚えていないが、中学とか高校で習ったことが料理にも活《い》かせるとわかっていたら、もうちょっとまじめに勉強したのに、と思う。

オムレツを少しずつ回転させて、折り目が合わさる部分を上に向けていく。焼きが甘かったり、火が入っていない生の部分が多いとトントンしているうちに、べろん、と開いてしまうし、焼きすぎると卵の表面に焼き色がついてしまう。火加減と折り返すタイミングの見極めもまた難しい。

合わせ目の部分が上を向いたら、フライパンを大きく動かしてオムレツを一気に半回転させる。半熟の卵がひっくり返って鍋肌に触れると、つなぎ目のところで薄く固まってくっつく。フライパンの上でコロコロ転がせるくらいになったら、プレーンオムレツの完成だ。つなぎ目が下になるようにチキンライスの上に載せ、真ん中に切れ目を入れる。卵が自重でとろりと広がれば、「たんぽぽオムライス」の完成なのだが――。

「どうすかね」

試食する小春は目を閉じて、綱木のオムライスを一口含んだ口をもむもむと動かしている。小春は料理人ではないが、誰よりも近くで、誰よりも長い時間、妻として、あるいは『月河軒』の従業員として永吾の料理を見てきた人だ。厳しい試験を受けるような気分で、綱木は最初の一言を待った。

「きれいにできてるとは思うけどねえ。綱木くん、器用よね」

「ですかね」

「でもやっぱり、うちのお父さんのとはちょっと違うわね。オムレツの食感が少し固い感じがするのよ。ちょっとだけね」

「んー、そうっすかあ」

「ほんとに微妙な差だと思うけど、その微妙な違いが味に出ちゃうのよね」

病院にお見舞いに行ってから一ヵ月、璃空からコピーしてもらった永吾のオムライスのレシピを見て、綱木は何度かオムライスを試作してみた。小春の言う通り、手先は器用なのでオムレツはそれなりにきれいにできるし、トマトソースも、昔《いた》ながらのケチャップベースなので、簡単に作ることができた。チキンライスの具も炒めるときの味つけも完全にレシピ通りにして綱木なりの再現オムライスを作り上げ、休みの日に家までお邪魔して小春に試食をしてもらったのだが、反応はあまりよろしくない。

でも、それは最初からある程度想像していたリアクションだった。

綱木は、レシピノートには永吾の特別な調理法とか材料が書かれているのだと思っていたのだが、綱木が知っているオムライスの作り方との大きな違いは見つからなかった。だから、レシピのまま作っても味が違うのだとしたら、それはたぶん、調理技術の差なのだ。具材の切り方、ライスの炒め方、卵の扱い方。そういうひとつひとつの細かい技術の差が積み重なって、綱木のオムライスは最終的に永吾のオムライスとは別物になってしまうのだろう。作っていて自分で痛感したことだ。

「あのね、こう言っといてなんだけど、綱木くんが無理してお父さんのオムライスを再現しなくてもいいと思うのよ」

「いや、でも」

「綱木くんが頑張っても春香が作れるようになるとは限らないんだし。だから、近い感じに仕上がればそれでお父さんも春香も満足するんだと思うのよ」

「そうなんすかね。でも、この程度のオムライスだったら、俺が教えなくたって春香さんは、ちょっと練習すりゃ作れると思うんすよ」

「どうかしら。あの子って結構な仕事人間だから、家で料理なんかほとんどしてないと思うんだけど」

春香は、ぱっと見、仕事ができそうな人、という感じで、家のキッチンに立って料理をするようなイメージはない。本人があまりやらない、と言っているのだから、料理をすることにもそれほどこだわりはないのだろう。

「でも、昔からオムライスが好きだったんすか？」

「そうね。春香がちっちゃい頃は、うちの息子夫婦もお店の近くに住んでたから、よく来てたのよ。あの子はいつもオムライス頼んでね。息子の仕事の都合で東京に引っ越してからはなかなか来られなくなったけど、たまに帰省したときは必ずオムライス」

「やっぱうまかったんすね、『月河軒』のオムライス。俺も食っとけばよかった」

「そうねえ。お父さん、腕はよかったから」

ふうん、と、綱木は深いため息をついた。特別な材料を何も使わないオムライスは、どうすれば人を感動させるような味になるのだろうか。もしかすると、春香の中で幼少期の記憶が美化されていて、実際よりもずっとおいしいものになっているのではないだろうか。

「たぶん、なんか意図があると思うんすよね、永吾さんには」

「お父さんに？　そんなのあるかしら」

「いや、今、雰囲気で言っちゃっただけで、ほんとにそうかはわかんないんすけど」

6

ううう、寒い、とつぶやきながら、璃空は目を覚ました。ついこの間梅雨が明けて夏が始まったと思っていたのに、いつの間にか季節は変わって、もう朝晩はかなり冷え込むようになっている。寒さでぞくりとして強制的に意識が動き出すと、はっ、となって顔を上げた。一瞬、自分がどこにいるのかと混乱したが、すぐに、綱木の部屋だ、と思い出す。リビングのドアの霞《かすみ》ガラスの向こう、キッチンのある空間に綱木のシルエットが見えた。フライパンを激しく振る、がこんがこん、という音。スマホを見ると、もうすぐ夜が明けそうな時間になっていた。璃空は綱木のオムライス作りの手伝いをしにきたのだが、いつの間にか寝てしまったらしい。璃空のお腹には、申し訳程度にタオルケットがかけられていた。

　リビングに置かれたテーブルには、紙皿に盛られたオムレツがずらりと並んでいる。二十食以上はあるだろうか。すべて綱木が作ったものだ。どれも、一口か二口食べられただけで置かれているので、すっかり冷めてしまっていた。キッチンの綱木に向かって、ごめん、寝ちゃった、と謝ろうとすると、そのタイミングで、「ああもう！」という声と舌打ちが聞こえた。最近、ろくに寝ていないからか、綱木もだいぶカリカリしている。ほどなく、リビングのドアが開いて、オムレツの載った皿を片手に持った綱木が戻ってきた。

「ああ、起きたのか」

「ごめん、なんか、寝ちゃって」

「しょうがねえさ。疲れてんだろ」

　綱木は、もう置き場のないテーブルから冷めたオムレツをいくつか床におろし、できたばかりのオムレツを中央に置いた。綱木は「もったいねえから」と試作品を廃棄しないので、最近は毎食オムレツになっているらしい。それでも追いつかず、冷凍庫はラップに包まれた黄色い塊でいっぱいになっている。

「成功?」

「知らん。成功なのか失敗なのかわかんねえじゃん。答え合わせもできねえしさ」

「きれいにできてると思うけど」

「そりゃな。こんだけ作ってりゃ、誰だってある程度できるようになるだろ」

ある程度はな、と、ため息をつき、ちょっと脂が浮いてテカりだした顔をタオルで拭きながら、綱木は自分のオムレツを一口食べる。璃空が「一口もらっていい?」と聞くと、何も言わず、食えよ、と言うように顎をしゃくった。スプーンで一口大に切ると、中からとろりとした半熟の卵が溢《あふ》れてくる。口に入れると、一瞬で溶けてなくなった。本来なら形を成さないくらいの柔らかいスクランブルエッグが、薄焼き卵の薄皮一枚に包み込まれてようやくオムレツという形を保っている、という感じだ。

「いや、おいしいよ、ほんとに。こんだけ作れるようになったのはすごい」

「で? じゃあこれで成功だと思うか?」

その言葉に、璃空は口をつぐんだ。このオムレツはおいしい。でも。

「僕が寝落ちする直前に食べたやつが、一番おいしかった、かな」

「悔しいけど、俺もそう思うんだよな」

実は、これだ、と思うオムレツができたのは、もう二時間以上も前のことだ。璃空も綱木も、これはいい、と思った出来上がりで、思わずハイタッチしたくらいだった。そのオムレツに比べると、今食べたものはほんのわずか、中の卵の固まり具合がゆるすぎる。液体のまま火が通りきらずに残ったところがあって、溶けるような食感である反面、やや卵臭さが残ってしまっているのだ。

綱木のオムレツを作る技術は明らかに上がってきていて、洋食店で出てくるものと遜色のないものも何度か作ることができている。問題は、それを毎回同じようには作れない、ということだ。一度二度おいしく作れても、誰かに食べさせるときに同じものが作れなければ意味がない。ただの料理上手と本職の料理人との大きな違いは、料理の再現性にあるのだろうと璃空は思う。全国各地で当たり前に提供されているオムライスだけれど、おいしいものを安定して提供できるお店はすごいんだな、と、改めて尊敬してしまう。

「もうわっかんねえ。何が違うんだよ」

ぼやきながら、綱木は大の字になって、ずいぶん前にやめたタバコを吸うような仕草をした。もうやだー、と、天井に泣き言をぶつける。

「少し休んだほうがいいよ」

「ああね。今日はもう無理だ。こんなん、左腕が腱鞘炎《けんしょうえん》になるわ」

「なんか、一人でやらせちゃってごめん」

「いいよ別に。俺がやるって言ったんだし。っていうか、お前は帰らなくて大丈夫なのかよ」

「もうこの時間になったら帰っても寝れないしさ。このままお店行って仕事するよ」

シャワーだけ貸して、と、言うと、綱木と目が合った。二人とも乾いた声で笑う。

「ちょっと、散歩に行かねえか。コンビニでコーヒー買いてえ」

「ああ、うん。いいよ」

だるくて重い体を持ち上げて、外に出る。明け方の住宅街に歩く人の姿はない。まるで自分たちだけが人の存在しない世界に迷い込んだみたいだった。ほんのちょっとだけ、自分の生きている毎日から別の世界に踏み込んで、外から自分を見てしまう。ああ、僕は何やってんのかなあ、あと何回こんな朝を迎えるのかなあ、なんてことを考える。

人間のすべての行動にはチケットがある、という話が、長女の絵本の中にあった。チケットの枚数は、人それぞれあらかじめ決まっている。起きるたび、家族と話すたび、食事をするたび、人はいろんなチケットを消費していく。家族そろって食卓を囲んだときも、立ったまま一分で済ます食事も、お店に食べに行って、失敗作のオムライスに当たってしまったときも、同じ「食事チケット」一枚を消費しているわけだ。「食事」「睡眠」「会話」といったすべてのチケットを使い切ったとき、人はこの世を去る。だからこそ、人からチケットを託された料理人は、できるだけおいしいものを作らなければならない。もう取り戻せない貴重なチケットを「このお店で使う」と選択してくれる人がいるからだ。

幸せな人生というのはたぶん、チケットをできるだけ有効に使えた人生のことなんだろうな、と思う。自分自身は上手く使えているだろうか、と、スマホの待ち受けにしてある、子供たちの写真を眺めた。

「綱木はさ、なんでこんなに頑張ってんの？　オムライス作り」

「さあ」

「キッチンカーで出すつもり？」

「どうだろうな。それは考えてなかった」

「じゃあ、教える相手が春香さんだから？」

綱木がちらりと璃空を見て、鼻で笑った。

「まあなあ。それはねえよ、とは言えねえけど。ただ、永吾さんのことをダシに使ったわけじゃねえんだよ」

「まあ、それはそうだよね」

「ただなあ、この機会を逃したら、俺もう一生結婚できねえ気がすんだよなあ」

「そんな大げさな」

「お前はナンシーをゲット済みだからそんな余裕をかませるんだ」

璃空の妻の杏南も高校の同級生なので綱木も昔から知っているが、「ナンシー」という独特の呼び名を使うのはもちろん綱木だけだ。

「そういうわけじゃないって」

「考えてもみろよ。俺たちの生活のどこに出会いがあるんだよ。もういい歳《とし》だし、人生一度きりしかねえんだぞ。リセットボタンはねえし、巻き戻し機能もねえんだ。このまま歳食って、ああ、結婚もできない孤独な人生だった、なんて思いたくねえんだよ」

「結婚がすべてってわけじゃないからさあ」

「うっせえな。そう思うやつはそう思ってりゃいいんだ。俺は結婚して、妻と子供のいる小市民の幸せってやつを味わってから死にてえんだよ。価値観は人それぞれだろ」

あと、既婚者が言うセリフじゃねえだろうがよ、と、綱木が璃空の鼻を指で弾《はじ》いた。

思いのほか痛くて声が出る。

「春香さんが綱木なんかに興味持つかなあ」

「なんかに、ってのはなんだよ。でもまあ、それはいいんだ。それはそれ」

「じゃあ、なんで?」

「ヘイリーはな、永吾さんのオムライスを食べさせたい子供がいる、つってたんだよ。どういう事情かわからねえけど、自分でおいしいもの作って、自分の力で幸せにしてやりたい誰かがいる、ってことだろ。なんか、そういうの、なんとかしたいじゃん」

「綱木がそんなこと言うの珍しいな」

「そうか？　まあ、そうかもな。俺、たぶんリックのことが羨ましかったんだろうな」

「え？　僕？　なんで？」

「だってさ、お前、恥ずかしげもなく、自分の料理で人を幸せにしたい、とか言うじゃん。俺、飲食店で働いてたときに、そんなこと考えたことなかったからさ。てか、むしろそういうこと言うやつをバカにしてたわ。きれいごと言ったって、商売なんだから利益出してナンボだろ、みたいな」

「実際にお店をやってると、それも間違ってるわけじゃないって思うよ」

「でも、やっぱ、リックがそういうやつだから、永吾さんもお前にレシピノートを託したわけだし、店を出すのを支援してやろう、って気にもなったんだろうしさ」

「そうなのかな」

「俺のほうが絶対お前より料理センスはあると思うんだよね。でも、俺はリックのおかげで商売してるだけで、自分じゃ何もできてない。なんでだ？　って思ったときに、俺はやっぱり人を幸せにできてねえんだろうな、って思ったんだよ」

「そんなことないと思うけど。でも、それで春香さんに協力しようと？」

「誰かを幸せにしようとしてる人に協力すれば、俺も料理で人を幸せにするってどういうことなのかわかるんじゃねえか、って思ってさ」

璃空は少しの間、ただ前を向いて歩いた。車通りのほとんどない、住宅地を囲む少し太い道路の先に、おぼろげに浮かぶコンビニの灯《あか》りが見える。ああ、こんなに誰もいないように見える世界にも人がいて、誰かが誰かのために生きているんだな、と思う。

「僕もさ、わかんなくなること、あるよ。人を幸せに、なんてことを忘れちゃってることも、正直ある。なんか、必死にしがみついてるだけ」

「しがみついてる？　何にだよ」

「自分の人生とか、生活とか。あっという間に一日、一ヵ月、一年、って過ぎていくし。波に揺られるボートにしがみついてたら、いつの間にか沖に流されてた、って感覚」

ああね、と綱木はうなずいて、「三十半ばってのはそうなるんだ」と、わかったようなことを言った。

「まあ、わかるわ。時間がどんどん過ぎていくのに、毎日同じことしかしてねえしな」

「だから、綱木はオムライスの話、引き受けたんじゃないかなって思ってた」

「ん？」

「ほんのちょっとだけだけど、世界が変わる気がするじゃない。新しい料理が作れるようになると」

綱木が軽く笑って、そんなんじゃねえよ、と、璃空の背中を小突いた。

「なあ、めちゃくちゃ大変で、自分の時間も取れなくなるような仕事、リックはやめようとか思わねえのか？」

「それが、やめようとは思わないんだよね」

「なんでだよ脱サラ組。会社勤めは辞めたろ？」

「なんでだろうね。それは綱木も一緒じゃん。なんで？」

「質問を質問で返すんじゃねえ」

「でも、綱木のほうが、大変だと思ったらさっさとやめそうだし」

綱木が白んできた空に向かって両腕を突き上げ、うん、と思い切り伸びをした。璃空も少し言葉を切って、東から降り注いでくる朝日の予兆のような光を正面から受け止めた。綱木をちらりと見ると、綱木もまた、璃空をちらりと見た。

「楽しいからだろ」

「楽しいからかなあ」

同じような言葉が被《かぶ》って、早朝にもかかわらず、二人で大笑いをする。人生にはいろいろ楽しいことがあって、人によって感じ方は様々だけれど、璃空にとっては、それが飲食店の仕事だったのだ。

7

「こんばんは」

「あ、お疲れっす」

夜も更けた頃、綱木のキッチンカーに春香が乗り込んできた。「今日、もう外めちゃくちゃ寒いですね」と、春香が少し体を震わせる。夏が終わって秋になり、肌寒くなってきたな、と思っているうちにどんどん気温が下がっていってもう冬の風が冷たい。朝、ベッドから出るのが苦行になりつつある。

「いや、今日はこんなところで待ち合わせにしたからじゃない？」

「なんかいいじゃないですか、ここ。誰もいないし」

今日で春香にオムライスを教えるのは三回目になるが、待ち合わせ場所はさくら祭りの会場だった、だだっ広い海浜公園の駐車場になった。指定したのは、春香だ。新しい職場に近いから、という理由らしい。ろくに街灯もない場所で、海の方向はただただ真っ暗闇だが、絶えず潮騒《しおさい》の音だけは聞こえてきて、そこに海があるのだとわかる。風は刺すように冷たいが、ほんのりとした潮の香りと波の音は心が落ち着く。

「どう？　新しい仕事、もう慣れた？」

「あ、楽しくやってますよ。忙しいですけど、やりがいもあるので」

春香の新しい仕事は、ここから車で三十分ほどの距離にある山の上のオーベルジュ――宿泊施設併設のレストラン――の広報担当だそうだ。東京から地元へのIターン、ということになる。永吾と小春の家にも近く、しばらくはそこから軽自動車で通勤することにしたらしい。本人は、珍しいし、面白そうな仕事だったから、と言っていたが、それに加えて、永吾の面倒も見るつもりなのは間違いない。基本的に、人に優しい人なんだな、と綱木は思った。

狭苦しいキッチンカーの中に入った春香は髪の毛を後ろでまとめ、自前のエプロンをつけた。手洗い用シンクでしっかり手を洗ってから、鉄板横のコンロの前に立つ。コンロには、一般家庭用のフライパンが大小二つ、重ねて置いてある。綱木が選んだもので、一つはチキンライスを作るための三十センチサイズ。もう一つは、オムレツ用、フチの部分が浅くて少し傾斜のついた二十センチのものだ。コールドテーブルの上には、業務用の四十個入の卵パックが四段入った段ボールが、どん、と置いてある。まずは、この卵を割って、卵液を作るところからスタートだ。

「どうすか、家でちょっと練習できました？」

「やってはいるんですけど、まだ三回に一回くらいしかきれいにできないんですよね」

「勤め先の厨房とか、練習に使わせてもらえたらいいのにな」

「さすがに、店の厨房は本気過ぎて、私なんかが立ち入れるような感じしないですよ。キッチン、て言うより、戦場、って感じ」

「店、フレンチなんだよね？　プレーンオムレツとかメニューにはない？」

「夜は基本コースのみで、その中にはないですね。宿泊施設側では朝食にオムレツを出してるけど、生クリームたっぷりで、銅板の上で焼きながら寄せて作るスクランブルエッグみたいな感じなので、基本のオムレツ、って感じじゃないです」

「へえ。シャレてんなあ。でもまあ、店持つようなシェフはちゃんとオムレツとか作れるんだろうなあ」

「たぶん、シェフはフランス人なので死ぬほど作ってきてるんじゃないですかね。私もまだ聞きかじりですけど、フランスってC.A.P《セアペ》っていう技術職向けの国家資格を取得してないと、飲食店に料理人《キュイジニエ》としてはほとんど雇ってもらえないらしいんですよ。だから、基礎の基礎はみんなわかってるんですよね。そこから現場で下積みして、十年くらいかけて実務経験積んでいって、マネジメントとかホスピタリティまで学んで、もっと上位の資格取得して、ってステップアップして、ようやくシェフになれるんですよ」

「道のり長ぇなあ。シェフになる頃にはジジイになっちゃいそうな」

「いやでも、C.A.P は中学卒業すれば取れるんで、その気になれば取得するのは早いですよ。うちのオーナーシェフ、まだ綱木くんと同じくらいの歳の女性ですもん」

まじか、と、思わずため息が漏れた。もし、自分が料理人を志した二十歳のときから、ショートカットなどしようとせずに真っすぐその道を歩き続けていたら、今頃、従業員を抱えるシェフになれる可能性もあったかもしれない。道の選び方一つでずいぶんな差がつくもんだ、と、苦笑いするしかない。

「じゃあ、そのシェフに習ったほうがいいかも」

「そうですね。もう少しオーナーと仲良くなれたら、いろいろ聞いてみようかな。あ、でもね、前に試食させてもらった綱木くんのオムライス、私びっくりしましたよ」

「そう？」

「おじいちゃんのと全然変わらない！　と思って。短期間であんなにおいしいものが作れるようになるものなんですね」

「まあ、これはもう、数こなせばこなすだけ結果がついてくるからね」

会話をしながら卵液を作り終え、今度はチキンライスのフェーズに入る。作業はすべて春香に任せた。大きいほうのフライパンに多めのバターを溶かし、玉ねぎのみじん切りを投入する。じっくり炒めて甘みを引き出し、軽く飴色《あめいろ》になってきたら鶏肉《とりにく》。肉に火が通ったら、刻んだマッシュルーム。通常、彩りにグリーンピースやコーンが用いられることもあるが、『月河軒』のレシピでは枝豆を使っていた。ある程度具材全体に火を通したら、トマトソースを加える。ケチャップベースのソースは、炒めることで酸味が飛んでまろやかになる。先に具材と一緒に炒めて、酸味と水分を飛ばしておく。

「さあ、ここから、力勝負すね」

「最近、これのために筋トレ始めたんですよ、私」

フライパンにご飯を投入して、ここからコンロの火力を最大にして炒めるのだが、ここもオムライス作りの難関の一つだ。火力が弱いとごはんの水分が飛ばず、全体的にべちゃっとする。その水分でべちゃっとしたところではでんぷんが溶け出してフライパンに焦げついてしまうので、絶えず強火でフライパンを煽《あお》って米を躍らせ、水分を飛ばしながら炒め合わせなければならない。一人分ならまだいいが、複数人分を作ろうとすると、春香のような女性の腕力では結構きつくなる。春香は両手でフライパンの柄を持ち、懸命にフライパンを煽っていた。最初はまったく返せず米がほとんど動かなかったが、それに比べるとずいぶんうまくなった。少々、米を巻き散らしすぎな感は否めないが。

全体的に程よく水分が抜け、具材、ソース、ライスが均一に混ざったら、ここでようやく塩コショウを振り、味を調える。最後に、仕上げのトマトソースを少し加えて再び強火で炒め、全体的になじんだらチキンライスの完成だ。出来上がったライスは型に入れたまま皿に盛って、冷めないように置いておく。一回で、五皿分のチキンライスが完成した。

「じゃ、すぐオムのほうに行っちゃおうか」

「はい」

フライパンをオムレツ用のものに替え、春香が一つ目のオムレツを作る。フライパンの温度と、卵液を入れるタイミング。ちょっと早い、と綱木が思った通り、外側が固まるのが遅くなって、全体に火が入りすぎてしまった。なんとか形にしたものの、こうなると、真ん中に切り込みを入れても、とろり、とは開かない。春香が、ああ、と肩を落とす。

「大丈夫。次々行こう」

横で、フライパンの温度、火の加減、卵を返すタイミングを綱木がアドバイスする。そもそもだが、永吾のレシピで作るオムレツは卵のコシを完全に切ってしまうので、返すのが少し難しい。黄身と白身では固まるタイミングが違うので、コシを切らないほうが先に白身が固まって返す時に扱いやすくなるのだが、完全に白身と黄身を混ぜてしまうと、返すのにちょうどいいタイミングでも全体的にゆるいままになる。ただ、その分、出来上がりの色味はムラなくきれいな黄色に仕上がるし、舌触りもとろけるように滑らかになる。難易度は上がるので、春香が苦戦するのも当然だ。

そこから二時間、春香はひたすらオムレツを作り続けていた。軽いフライパンを使っているとはいえ、これだけ振ると腕が痛くなってくるだろう。集中力も低下してありえない失敗もするし、思い通りにならない卵に対して殺意もわいてくる。綱木もすべて経験したことだが、春香はその感情を抑え込んだまま黙々と作業していた。やると決めたら苦手なことでも文句を言わずにやり続けることができる性格なのだろう。だからか、練習の成果は着実に出ていて、春香が一番最初に作った家庭料理感全開のオムレツとは、もう全然レベルの違うものを作れるようになってきている。ここから先の完成度へのこだわりは、ほんの一角ではあるけれど、プロの料理人の領域だ。

「それ、いい感じ」

十二回目。途中までは完璧だ。春香は緊張で表情が固まったまま、少し丸みのあるシリコンのスパチュラに持ち替えて卵をたたむ。焦げ目もないきれいな黄色。でも、ここから返すのに手間取ると焼き色がついてしまう。いったん火から外して、フライパンの余熱で卵が固まる時間を頭で計算しながら、頃合いを見てひっくり返す。奥側に傾けて、トントン、と、慎重に、でも大胆にオムレツを返し、最後に、大きめのトン、で、手前に半回転。

「できた！」

会心の出来。あらかじめ作っておいたチキンライスの上に、転がすようにして載せる。どろどろだった卵液に火の魔法が入って、撫《な》でたくなるほどきめの細かいオムレツに変わった。綱木がペティナイフを手渡すと、春香は緊張した面持ちで切り込みを入れた。その瞬間、オムレツは自重できれいに開き、たんぽぽのような形の卵の花が咲く。その様子こそ、「たんぽぽオムライス」という名前の由来だ。仕上げに永吾のレシピで作ったトマトソースをかければ、『月河軒』のオムライスの完成だ。

「で、できたんじゃないですか、これ」

「できたっぽい、ね」

綱木がスプーンを差し出すと、春香は子供のような顔になって、一口分を口に入れた。そして、そのまま何度もうなずき、じわりと目を潤ませた。

「おいしいです」

「チキンライスもオムレツも、仕上がり完璧だと思う。これが作れたら文句なし」

「ほんとですか？」

「ほんと。ようやくスタートラインにたどり着いたってことだね」

え、と、春香がスプーンを持つ手を止め、驚いたような顔で綱木を見た。

「スタートライン？」

「そうなんだよ。これから、このオムライスと同じものを百パーセント毎回作れるように練習しないといけなくて」

そっか、と、春香ががっくりと肩を落とす。

「私に、そんなことできますかね」

「大丈夫。なにしろ、俺だってできるようになったから」

「それは、綱木くんは料理人だし」

「いや、出発点は大して変わんないと思うんだ。俺はやったからできるようになった。ヘイリーはまだやってないからできない。だから、やればできるようになる」

綱木は、軽く笑いながら、春香のオムライスを試食した。ああ、いい。これ、うまい。と、思わず頰が緩む。

「その、さ。俺、食べたことないからわかんないんだけど、このオムライス、『月河軒』のオムライスと同じ味なの？」

春香は少し困ったような顔をして、目を泳がせた。そして、か細い声で「正直、わかんないです」と答えながらうつむいた。

「おいしいのは間違いないんですけど、おじいちゃんのオムライスと同じ味か、って言われたら、記憶が曖昧と言うか。完璧におじいちゃんの味を再現してるのか、って言われると、自信ない、と言いますか……」

まあ、そうだよな、と、綱木はうなずいた。

「たぶんだけど、そのオムライスは永吾さんの作ったオムライスと違う味なんだよね」

「え？」

「でも、永吾さんがヘイリーに教えたかったオムライスは、これなんだと思うわけよ」

春香が、どういうこと？　と首を傾げる。

「普通、自分の味を再現しろ、なんて人に頼むなら、なんか特別なレシピがありそうなもんでしょ？　でも、俺、ほんとに穴が開くほど永吾さんのレシピ見たのに、特別なことはなんもない。暗号でも隠されてんのかなって思ったくらい」

「そう、なんですか」

「これは俺の推測だけど、永吾さんが俺やヘイリーに伝えたかったのは、卵という食材と正面から向き合え、ってことなんじゃないかなって」

　永吾のオムライスは、よく言えば基本に忠実、悪く言えば独創性のない普通のオムライスだ。でも、だからこそ、人においしいと言わせるクオリティに持っていくには、料理の基礎を学んで、正しく理解しなければならない。フライパンに注がれた卵液が立てる音。熱を加えた時の固まり方、その速度。道具から伝わってくる卵の感触、バターの香り、色。どんな状況でも同じオムレツを作るためには、それを感覚に落とし込めるくらい繰り返し練習するしかないのだ。逆に、それさえできれば、どんな状況でも、どんなフライパンを使ってもちゃんとオムレツが作れるようになる。

　何度も失敗して、何度も同じことを繰り返して。永吾に課された地味で苦しい作業の先にあったものは、永吾が見せたかった風景は、一体なんだったのだろう。

　綱木は、「自信」じゃないかと思う。

　逃げ続けてきたことに正面からぶつかったからか、自分の技術でおいしいものが作れるようになったからか、綱木は今までとは違う感覚で料理に向き合えるようになった。俺はできる、という、うぬぼれではない自信。ああ、みんな最初はここからスタートするのか、と、十年以上も遠回りし続けたスタートラインにようやく立てた気がする。永吾はたぶん、オムライスを作ることでそうなるとわかっていたのだろう。

その話を綱木がぽつぽつと伝えると、春香の目から見る間に涙の粒が溢れてぽろぽろと音が聞こえそうなくらいはっきりとこぼれ落ちた。綱木が、「ちょっと休憩しに外でも行こうか」と言うと、春香は涙を拭いながら何度か小刻みにうなずいた。

外は寒い。でも、熱気の充満したキッチンカーから出ると、その寒さが心地よく感じられた。ざざん、と絶えず聞こえる波の音がすべての音を吸収して、春香のすすり泣く声をいい感じにかき消してくれる。

「ごめんなさい」

ひとしきり泣いて、春香が海を見る綱木の横に並んだ。

「私、綱木くんがここまでしてくれるなんて思ってなかったし、話すべきかどうか迷ってたことがあって」

「うん？」

「前に、オムライスを食べさせたい子供がいる、って言ったじゃないですか」

「聞いた」

「それ、今の彼の子供のことで」

あー、そういうことかあ、と、綱木は内心がっくりと膝をついたが、そういう予感はあった。卵と一緒で、春香に対しても正面から向き合っていなかったよな、と、少し反省する。まあ、こんな美人じゃ周りがほっとかねえよな、などと、いろいろ理由を並べて自分を納得させることにした。

「彼氏に子供がいるん？」

「前の奥さんとの間の息子で、ショーマくんていうんですよ。前の奥さんとは、離婚じゃなくて、死別で」

「なるほど。それで、その彼氏の息子くんの実のお母さんの得意料理がオムライスだった、みたいなことか」

「綱木くんて、そういうとこの勘がほんといいよね。前の奥さん、結婚するまでは調理師だったから、オムライスが上手だったんですって。ショーマくんはその味で育ってきたから、そこらのオムライスじゃ満足しなくなっちゃった、って」

小さい頃に食べたものの記憶は、死ぬまで人間の心に残る。味覚も、好き嫌いも、小さい頃に授けられるものだ。その子にとっては、母親の料理が味覚の基礎なのだろう。その上、オムライスは亡くなった母の愛情を象徴する料理になっているのかもしれない。他人が生半可に踏み込むなんてできないよな、と思う。

「それで、オムライスをマスターしよう、って？」

「前の奥さん、私とは違って結婚後は専業で。もう、家事と子育てに人生を全振りしてるような人だったみたいで。ショーマくんは、その愛情を一身に受けて育ってきたってことで、私にはたぶんそんなことできない。仕事は辞めたくないし、料理はそれなりにしかできないし。彼は結婚したいって言ってくれたけど、私、彼の妻にはなれても、ショーマくんのお母さんになれる気がしないんですよね」

「それで、オムライスを作れるようになったら、少しはお母さんの代わりになれるかも、って思ったのか」

そうなんですよね、と、春香がまた海に向かって言葉を投げる。

「でも、綱木くんの言う通り、無理だ、自信ない、とか言う前に、まずは正面から向き合え、っていうことだったんですかね、おじいちゃん」

「実際、どうなん？　自分としては、その彼と結婚したいとかしたくないとか」

「それがわからないんですよね。今までイメージしてこなかったから。仕事も好きだし。でも、もう三年半も付き合ってるし、結婚する意志が持てないなら彼の時間を奪うだけかな、って。実は、別れようかと思って、こっちで勝手に就職決めたんですよ。でも、地方に移住してのんびり田舎で子育てするのもいいな、なんて言われちゃって」

「ああ、自分でしっかり結論を出さねえとだめなのか」

誰かと正面衝突することをうまいことかわし続けていると、だんだん、人の真正面に立つのが怖くなる。避けられない現実とどう向き合うのか、綱木もたぶんわからなくなっていた。それを理解するためには——。

「まずはオムライス作れるようになってからですね」

「だな」

「頑張ろう。せめてクリスマスまでには、ショーマくんにおいしいって言ってもらえるオムライスをマスターしたいですね」

「あー、うん。大丈夫。あのオムライスが作れるようになったら、彼と別れることになっても、キッチンカーで全国回る、なんて選択肢もあるからさ」

え、綱木くんと？　などと言ってもらえることをどこかで期待したが、春香は一瞬答えに戸惑い、やがて「それもいいですね」とだけ答えた。ああ、こりゃ璃空の言う通り全然興味持たれてねえわ、と、綱木は鼻から思い切りため息を抜く。

8

「あのさ」

「あのよ」

朝の仕込みの時間、黙々と作業していた璃空がタイミングを見計らって口を開くと、なぜか同じタイミングで綱木も同じようなことを言った。二人で顔を見合わせて、どうぞどうぞ、という空気になる。綱木に、先に言ってよ、と言うと、綱木は「駅の北口にめちゃくちゃうまいおむすび屋を見つけた」と言った。へえ、そうなんだ、というリアクションしかできずにいると、お前はなんの話なんだよ、と聞かれる。

「その、春香さんの話、どうなったの、って」

「さあ。知らん。オムライスは教えた」

「それだけ？」

「それ以上聞くなよ」

ああそういう、と、璃空は口をつぐんだ。最近、綱木の口から春香の名前が出てこなくなったので、大方、付き合うだのという話ではなくなったのだろうと思っていた。

「いや、そうじゃねえだろ」

「ん？」

「リックが言い出そうとしたの、その話じゃねえだろって」

「わかる？」

「わかるわ」

そっか、と、苦笑して、璃空は大きく息を吸いこんだ。言おうとしていたのは、別の話だ。少し心を整えて、ようやく話し出す。

「実は、ずっと迷ってたことがあって」

「迷ってた？」

「前沢さんのドミグラスソースを、お店で出せないかなって」

「は？　マジで言ってんのか？　めちゃくちゃ大変だぞ」

「でも、このまま前沢さんがいなくなって、あの味がなくなっちゃったらもったいないんじゃないか、っていう考えが頭から抜けなくてさ」

「継ぎ足し五十年だぞ？　永吾さんのレベルに達する頃には、お前なんか死んでるだろ。生命力なさそうな顔してるし」

ひどい、と抗議をしつつ、そうかも、と、認めざるを得ない。

「永吾さんが倒れたからか？」

「それもある。あったものが消えてなくなっちゃうかもしれないんだ、って思って」

「そりゃそうだ。でも、生半可にはできねえだろ。人も雇わないといけないし」

「だからさ、やめたんだ」

「は？」

「あのドミグラスを作ることは諦めた。で、お店の定休日を一日増やそうと思ってる」

「はあ？」

「僕の力じゃ、目に入るもの全部自分の思い通りにはできないんだって思って、じゃあ何を一番大切にすべきなのかな、って思ったら、やっぱり家族かなって。最近、子供の顔なんてほとんど見られなくってさ。子供が子供でいてくれる時間なんて短いし一度きりしかないのに、僕は仕事ばかりしてていいのかな、って思ったんだよね」

綱木は、きょとん、とした顔をしていたが、何を思ったのか、急に大笑いしだした。そして、璃空の肩をばんばん叩く。え、なに？　と、今度は璃空が戸惑う。

「いいことじゃん。週休二日制。俺はもともと飲食店て働きすぎだと思ってるからな」

「そうなんだよね。それに、綱木を見てて、僕もちゃんと料理の勉強したいなって思って。休みが二日あれば、家族と過ごしながら勉強もできるし」

綱木は、すっと真面目な顔になって、二度三度、咳《せき》ばらいをした。あー、と、声を出して、空気を少し落ち着かせる。

「稼ぎは大丈夫なのか？　月四日減らしたら結構売り上げ減だろ？」

「うん。代わりに、お店のメニューの一部を通販しようと思うんだ。食品の真空包装から冷凍までやってくれる業者さんがいてさ。通販サイトの運営は杏南に任せることもできるし。試しにサンプルを作ってもらったんだけど、すごいんだよ、最近の冷凍技術。解凍してもほぼそのまんまの味」

「へえ。いいな、それ。賢いじゃん」

「でも、週休二日にすると、こうやってキッチンカーの分を仕込める日が一日減っちゃうからさ。綱木に相談しなきゃって思ってたんだ」

あー、ねえ。と綱木は仕込みの手を止めると、ちょっとこっちに来てくれ、と、厨房を出て、店内の隅に片づけていたテーブルと椅子をワンセット、ど真ん中に置いた。璃空が、なになに、とおそるおそる席に着くと、綱木は自分の荷物からなにやら封筒を持ってきて、璃空の目の前に置く。

「なにこれ」

「その、これで、あの車を俺に売ってくれないか」

え、と思いながら封筒を開くと、中には生々しい量のお札が入っていた。びっくりして、わあ、と声を上げながら、思わず突き返す。

「三百万入ってる。キッチンカーの改造費用も込みにしたら、少ないのはわかってる。でも、今、用意できるのはこれだけなんだ。足りない分は、分割で払うから」

「いやいや、なんでまた今さら」

「その、あのキッチンカーで、俺のメニューを出したいんだよ」

綱木の言葉がしみ込んでくると、そういうことか、と理解できた。綱木が考えているのは、キッチンカーのオーナーチェンジ、つまり、『イノウエゴハン』からの卒業だ。

「それ、さっき言おうとしてた本題？」

「そうだよ。なんて言ったらいいか、二週間迷ってた」

「え、その間、この封筒、荷物に入れっぱなし？」

そう。と、綱木がうなずくので、やめなよ危なっかしい、と、璃空のほうが焦る。でも、そうか、そうだよな、と、綱木のやりたいことについては理解できた。いつかそういう日が来るだろうと思っていたし、そうなるべきだろうと思っていた。

「自分のお店やるんでしょ？　いいじゃん、やりなよ。頑張ってよ」

「え、ああ、うん」

「お金は要らないよ。今までずっとうちのお店の宣伝をして回ってくれてたんだし」

「いやでも、お前さ、こういうとこはきっちりケジメつけたほうがいいんだぞ」

「大丈夫だよ。前から、杏南ともそういう話はしてたんだ。あの車、もう綱木に譲ってもいいよねって」

「そう、だったのか」

「最初はほんとに売れなくて大変だから、手元にまとまったお金があったほうがいいよ。僕も、車作るのに貯金はたいちゃったから、お金なくなっていくのが怖くて眠れなくなったからさ」

「まあ、怖《こえ》えよな、自営業は」

「だから、手元資金として残しときなよ。いきなり軌道に乗って利益が出たら、その時は、うちの子にお土産買ってきてくれたらそれでいいからさ」

　綱木はしばらくぶつぶつ言っていたが、やがてテーブルに手をついて頭を下げ、ありがとう、と、混じりっ気のないお礼を言った。

「でもさ、綱木のことだから、自分のメニューを出そう、って気になったのは、いいメニューを考えついたからでしょ？」

「まあな。最初は一品で勝負しようと思ってる」

「ええ、楽しみだな」

「絶対、めちゃくちゃうまいって売れまくると思う。なんだか当ててみろよ」

「オムライスしかなくない？」

　綱木が、一発で当ててんじゃねえ、と憤りながら、璃空の鼻を指で弾いた。ポーカーフェイスを気取っているわりにテンションが上がりすぎているのだろう。いつもにも増して力がこもっていた。璃空は、やっぱり三百万全額受け取ってやろうかな、などと意地悪なことを考えながら、綱木がどんなオムライスを作るのだろう、と想像を膨らませる。

9

「いらっしゃい、ませー！」

「うわ、すご、綱木さんこれ、車体全部塗り直したんですか?」

綱木の店としてのキッチンカー最初の営業日。期せずして、それはまた毎年春の恒例行事「さくら祭り」の日になった。少し風はあるものの気温は暖かくて、ようやく春が来た、という感じがする。海はきらきらしていてきれいだし、桜吹雪はやっぱり美しい。

門出の日の一発目に来てくれた客は、ナツキとメグミのナツ&メグカップルだった。璃空がキッチンカーで営業していた頃からの常連で、綱木が引き継いでからも週一くらいの頻度で食べに来てくれていた。綱木は車外に出て、二人と並んで新しいキッチンカーの外装をまじまじと見る。車体には、黄色いたんぽぽと白い綿毛が一面に描かれていて、ポップな字体で店名が描かれていた。

「ええと、『史上最強オムライス・ツナキ』って、店名でいいんですかね」

ナツキが少々戸惑いつつも、書かれていた店名を目でなぞりながら読み上げる。

「そうだよ。いいだろ、わかりやすくて」

「わかりやすいんすけど、ファンシーな絵柄とのギャップがすごすぎないですかね」

「そう? いいんだよ、キッチンカーなんかインパクトで勝負すれば」

インパクトは間違いない、と、メグミがくすくす笑っている。

「これ、開店祝いに」

メグミが、綱木に小さな紙袋を手渡してきた。中には、小さな包みがいくつか入っている。メグミの好きなお菓子の詰め合わせと交通安全のお守りだそうだ。なんだかぐっと来て涙が出そうになるのをごまかしながら、「注文、どうする？」と二人に聞く。

「どうする、って、一品しかないんですよね？」

「そうなんだよ。あ、ドリンクはあるよ。ペットボトルの中身移し替えるだけだけど」

「それ、中の人が言っちゃうんですか」

綱木がナツ&メグを相手に和気あいあいとしていると、突然、胸がぎゅっとなって、言葉が出なくなった。ナツとメグの背後から、一台の車椅子が近づいてくるのが見えたからだ。乗っているのはもちろん永吾で、押しているのは春香だ。その後ろに小春がいて、さらに後ろに、知らない男性と小学校高学年くらいの男の子が続いていた。瞬間的に、これが春香の「彼」と「ショーマくん」なんだろうと理解した。

「知り合いの方ですか？」

ナツキとメグミが左右にはけて、小さくそうつぶやいた。綱木は、俺の師匠なんだよ、と答える。ちょっと待っててな、と二人に断って、車椅子の永吾の前にしゃがんで片膝をついた。

「来てくれたんすか」

「あたりまえ、さ。一番弟子の、だいじな日、だから」

永吾の発音は、一年前よりもずっと聞き取りやすくなった。永吾に挨拶をして、後ろの春香に目を向ける。その斜め後ろに立つ男性に軽く会釈をした。四十前後くらいだろうか。身なりのいい、でも優しそうな雰囲気の男だ。

「ええと、彼と、結婚したんだよな、ヘイリー」

「うん、そうなんです。先月入籍」

「おめでとう。オムライスは？」

「うまく作れて、二人ともおいしい、って言ってくれて。全部、綱木くんのおかげ」

そりゃよかった、と軽く返事をして、綱木は大きく一息ついた。それでいい。短《みじけ》え夢だったなあ、と、胸の中にあった春香へのほのかな想《おも》いを春風に乗せてどこかへ飛ばす。

「ええと、みなさん、うちのお客さんってことでいいですかね？」

綱木がキッチンカー前に集まった人々を見渡せる位置に立って、軽い調子でそう言うと、周囲から笑いが起こった。全員が綱木を見ながらうなずく。春香が車椅子のストッパーをかけ、ショーマをちらりと見てから、財布を出して綱木の前に立った。

「ええと、〝史上最強オムライス〟を、人数分」

ナツとメグが、うちらもそれ、と注文を入れる。

「少々お待ちを！」

代金をありがたく受け取り、キッチンカーの中に戻って定位置に立つ。十分熱した鉄板にまずはハンバーグのタネを並べ、ぱこんとクローシュをかぶせて蒸し焼きにする。

焼き方、肉汁の閉じ込め方は、璃空と一緒に永吾から学んできたことをそのまま活かした。肉を焼いている間に、鉄板の空いている場所でチキンライスを仕上げる。綱木のチキンライスはドミグラスソースを使ったものだ。永吾のような手間はかけられないが、手順は簡略化して、既製品を利用しつつも、肝になる要素は永吾のレシピを参考にさせてもらっている。あらかじめ作っておいたチキンライスは、鉄板の上で再加熱して、コテを使ってライスを躍らせながら、仕上げのソースをかける。このソースが焼ける香りも、食欲をそそる。

仕上げたライスを専用のパックに盛り、焼き上がったハンバーグを載せていく。人数分用意し終わったら、ここからが腕の見せ所だ。

「え、オムライスのオムレツ、もしや鉄板で作るんですか？」

ナツキがスマートフォンで綱木の調理するところを撮影しながら、驚きの声を上げた。

「ま、見てろって」

コテで鉄板の上を少しきれいにし、適量のバターを載せる。見る間に溶けていくバターの上に、レードル一杯分の卵液を広げる。鉄板の上で広がろうとする卵を、絶えず両手に持った二本のコテでかき集めながら火を入れていく。右から、左から。手を止めたら薄く広がった卵に火が入りすぎてしまうし、あまり寄せすぎると形が崩れる。優しく鉄板の上で泳がせるようなイメージ。火が入ってくると、次第に楕円形《だえんけい》の玉のような形のオムレツができる。火加減と卵の性質さえ理解していれば、鉄板でもフライパンと同じ理屈でオムレツは作れる。もちろん、コテで作る技術は必要になるので、死ぬほど練習することになったが。

出来上がった丸いぷるぷるのオムレツをハンバーグの上に載せ、すぐ次のオムレツを作る。オムレツ一個を作るのに二十から三十秒。オペレーションをきっちり考えれば、遅くても五分以内には一人前を提供できる。キッチンカーでは、提供時間の短縮も成功要因の一つだ。

「お待たせしました、お一人ずつどうぞ！」

ナツとメグが先頭に立って、カウンターに並んだ器に手を伸ばす。綱木が、ちょっとまって、と言って制止し、仕上げ、と、ペティナイフでオムレツに切り込みを入れると、卵が自重で開いて、たんぽぽの花が咲いた。おおー、すげえー、と、二人がスマホを向けたまま驚きの声を上げる。最後にドミグラスベースの特製ソースをたっぷりとかけ、彩りにドライパセリを散らせば完成だ。パセリは春香に紹介してもらった地元農家から卸してもらっていて、例の綱木と同い年くらいだというオーベルジュのシェフも大絶賛しているものらしい。確かに、ドライにしても香りが強く、彩りだけではなく、オムライスのアクセントにもってこいだ。こういう香りの使い方は、きっと璃空のスパイスカレーが発想の原点になっている。綱木の今までの経験をすべて詰め込んだ一品。それが、

「史上最強のオムライス」だ。

「ゆっくりお召し上がりください！」

キッチンカーの前に用意されたベンチ席に、ナツとメグ、前沢夫妻、春香ら家族三人が固まって、めいめいが初めて見るオムライスを興味深げに覗き込んでいた。そのうち、メグが先陣を切って一口分の卵と肉とライスをスプーンで取り、口に入れる。そうやって食べると、まずはハンバーグからびっくりする量の肉汁が溢れ出てくる。鉄板仕上げのオムレツは、液体と固体のちょうど中間くらいの食感で、これが驚くほど甘く感じる。肉と卵というタンパク質の旨味《うまみ》を受け止めるライスは、ソースが濃厚になりすぎないように調整した。ボリュームがあるのに、ぺろりと食べられる。理想の味になるように何度も試作と試食を繰り返して、綱木自身が、まちがいなくうまい、と思えるまで改良を重ねた自信作だ。絶対、うまいに決まっている。うまいだろ。うまいって言え。

綱木の思いが届いたのか、メグミは一口食べるとすぐにスプーンを置き、手を震わせながら、食べるところを撮影しているナツキに向かって、ヤバイ、と連呼した。

「ヤバイ？」

「ヤバイスゴイ」

「え、何がヤバイ？」

「ゼンブ。トロトロジュワー」

相変わらず語彙力が、と、ナツキが笑いながらスマホをメグミに渡し、自分も一口、オムライスを口に入れた。

「トロトロジュワー！」

にぎやかな二人をよそに、永吾は静かに、ゆっくりとオムライスを食べていた。左手はまだ使えないので、小春がスプーンで一口分を取って、永吾に手渡している。頰がこけたのを隠そうとしたのか、ひげを伸ばしてワイルドな雰囲気になった永吾が、眉間にしわを寄せながら、ううん、と唸《うな》った。さすがに気になって、次のお客さんが来ないかを見つつ、キッチンカーを出て永吾の横にまたしゃがんだ。

「どう、っすかね」

永吾は、綱木を横目でちらりと見ると、かすかに笑った。そして、ゆっくりと体を綱木に向けて、右手で綱木の肩を摑んだ。感じたことのない、力の強さ。それで、思いのすべてが伝わってくるようだった。

「よく、できてる」

「あ、そう言ってもらえると、うれしっす」

「オムレツ、とてもいい。鉄板《グリドル》で作るなんて、やったことがない、ね。ハンバーグも、ライスも、ソースも、ていねいにつくってあって、まとまりもあって、おいしいよ」

「ありがとう、ござい……ます」

脱いだキャップを摑んでいる手に、思わず力が入った。作った料理をおいしいと言ってもらえることが、こんなにも嬉しかったなんて。胸の奥からこみあげてくるものを押さえつけるのに必死で、いつものようにはしゃべれない。

「きみのオムライスは、すばらしい」

　俺の、オムライス。

「わたしも、かならず、もう一回、つくるよ。わたしの、オムライス」

　まだほとんど動かない左手を懸命に動かしながら、永吾がオムライスを作るような仕草をした。フライパンは前後に、菜箸は円運動。だめだ、このままじゃ泣く、と、綱木は立ち上がって無理矢理笑顔を作り、「約束ですよ！」と、永吾の背中側に回って両肩を揉《も》んだ。正面には小春がいるので、涙ぐんだのを見られまいと横を向くと、今度は春香と目が合った。意外と泣き上戸な春香が、もうすでに目を真っ赤にしている。こっちもダメじゃん、と、さらに顔を足元に向けると、あまり感情の読めない顔で綱木を見上げている男の子と目が合った。

「よう、ニイチャン。名前は？」

　名前は知っているが、あえて聞く。

「ショーマ」

「名前かっけえな。ショーマはオムライス好きなんだよな」

男の子は、声は出さず、綱木という人間を探るような目で見ながら、ただこくりとうなずいた。

「どう？　俺のオムライス、うまかった？」

「うん」

向かい側にいた父親が、少し申し訳なさそうな顔を綱木に向けて、「うん、じゃないだろ」「おいしいです、とか、ちゃんと言って」と小声で息子に注意した。でも、言葉はどうでもよかった。ショーマの口元にはソースがばっちりついていて、誰よりも早く完食してくれている。それだけで十分だ。

「じゃあさあ、ママのオムライスと、どっちがうまかった？」

綱木はそう言いながら、視線を春香に向けた。ショーマは綱木の言う「ママ」が、春香のことであるとわかった様子だった。少し首を捻《ひね》って考えながら、答えを導き出そうとしている。結構気を遣ってんな、と、綱木は軽く笑った。空気読めよ？　と、心の中でショーマに語りかける。

「これ、おいしいよ」

「そりゃな。なにしろ史上最強だから」

「でも、ちょっとだけ、ママさんのオムライスのほうが、おれは好き」

なんだよ、俺の負けか、と綱木が派手に残念がった横で、春香が急に両手で顔を覆い、肩を震わせて泣きだした。おいなんだよ、俺に勝ったのがそんなに嬉しかったのか、と思って唖然《あぜん》としたが、同じように涙ぐみながら春香の肩を抱く夫、驚いた顔で、孫娘を見ながらハンカチを取り出す小春、といったリアクションを見ているうちに、どうやら、ショーマが初めて春香を「ママさん」と呼んだのだ、ということに気がついた。当の本人は相変わらず口元にソースをつけたまま、涙にくれる父と新しい母の様子を真顔で眺めていた。綱木がショーマを見ながら自分の口元に親指を当てると、ショーマはクールな表情で、自分の口元を親指で拭った。

なんだよ、いいなあ、おい。

自分のオムライスが、家族の小さな幸せを演出できたのだと思うと、なんとも言えない感情が胸を熱くさせる。これが、料理で人を幸せにするってことか、なあリック、と、いつも緊張感のない璃空の顔を思い浮かべた。このオムライスが全世界の全人類に幸せを届けられるように。綱木の思いを乗せたたんぽぽの綿毛が、今、空に向かって飛び始めた。

願わくば、俺にも春が来ますように。というか、来い。春よ来い。

さくら祭りは開場したばかりでまだランチには早い時間帯だが、あまり見たことのないオムライスを食べながら泣いて笑って大騒ぎの一団は、なにあれ、という周囲の視線を集めていた。その視線は自然と綱木のキッチンカーにも向き、足を止める人もいた。

あまりハイライトのない人生だったが、もうじき三十五歳になるというところでようやく、何かが動き出すような予感がする。キャップをかぶり直し、春になると聴きたくなる、あのお気に入りのアーティストの曲を口ずさんだ。

ほら　You Only Live Once　人生は　一度だけ　だから——。

「あ、綱木さん、ヤバいです。マジヤバイ」

歌をうたいながら人類を滅亡から救うべく宇宙船に乗り込むヒーローのイメージでキッチンカーに戻ろうとした綱木を、ナツキが腕を摑んで引き留める。なんだよ不粋だな、と思いつつも、そんなに俺のオムライスがうまくてヤバい？　と軽口を返した。

「いや、そうじゃないんすよ」

「そうじゃねえのかよ。なんだよ」

「さっき、このオムライス作ってるところの動画撮ったじゃないですか」

「ああ、うん」

「あれ、アップしといたんですよ、ＳＮＳに」

「おう、宣伝ありがとう。仕事早いな。で？」

「それが、ヤバいくらい鬼バズりしてて」

見てください、と、ナツキが差し出したスマホの画面を覗き込むと、綱木の調理動画に、すでに二〇〇〇件超の「いいね」がついていた。そして、その波はとどまるどころか爆発的に加速しているようで、ナツキのスマホは通知が止まらなくなっていた。

「これは、なんだ。史上最強のオムライスを作ってしまった感があるな」

「そんな、他人事《ひとごと》みたいに言ってる場合じゃないっすよ。今から食いに行く、ってリプもめちゃついてますし、昼過ぎくらいに地元のやつらが押し寄せてきますよ！」

最高じゃん！　と、笑いながら、綱木は海賊王よろしく海に向かって拳《こぶし》を突き上げ、っしゃあ、やったんぞ！　と吼《ほ》えた。今日の目標は、用意した分の完売。明日も、明後日《あさって》も、完売を目標に営業する日常が続く。でも、その日常を三百六十五回ばかり繰り返して、また桜が舞い、野山にたんぽぽが咲く季節になったら、きっと、もっと――。

おむすび交響曲《シンフォニー》・第一楽章～春のソナタ～

おむすび屋の朝は早い。

星野結女《ほしのゆめ》が営む『おむすび・結《ゆい》』の開店は、朝六時。お店は駅北口の大通りを少し歩いたところにあるバス停の目の前で、カウンター七席というウナギの寝床のような狭小店舗だ。立地的に、通勤や通学でバスを使う人が朝からやってきて、入れ替わり立ち替わり朝食を食べていく。結女は朝四時には店に出て、具材を調理したり掃除をしたりしながら、開店時間ぎりぎりに最初のお米が炊き上がるようにしている。

お店にはいくつかのこだわりがある。お客さんに出すのは、炊き立て、むすび立てのおむすびで、テイクアウトには対応しない。お米だけは原価をかけて国産の一等米を使う。「おにぎり」ではなく、「おむすび」と呼ぶのもこだわりの一つ。その理由は、カウンター席の後ろの壁に掲示してある。

おむすびは　人と人とを　むすぶもの

なにかの標語とか格言のようだが、結女におむすびの作り方を教えてくれた、今は亡き母の言葉だ。結女の母は、市内から海沿いに出て細い国道を進み、県境の少し手前くらいにある小さな漁港の町の出身だ。市内の団地に引っ越してくるまでは、漁師向けの小さな食堂で毎日おむすびを作っていたそうだ。結女の母はあまり教育熱のあるタイプではなかったけれど、それでも、自分の娘にそのおむすびの作り方だけはしっかり教え込んだ。それが、人とのつながりを作って人生を豊かにするのだ、と、母は本気で信じていたと思う。小さい頃は、なんでこんなに厳しくされるんだろうと思っていたが、それが仕事になったのだから、今は感謝しかない。

開店十分前、最初のお米が炊き上がる。店のガス炊飯器は一升炊き二台で回しているが、結構あっという間になくなってしまうので、次に炊き始めるタイミングが難しい。炊き上げたごはんは炊飯器から出しておひつに移し、ほんのり温かいというくらいの温度になると、おむすびとしておいしくなる。結女は手に薄い酢水と塩を少しとって、おひつに向かった。開店前の「儀式」だ。おむすび一つ分のごはんを取って、まな板の上でいったんまとめ、そこからあまり手で触らないようにして素早く成形する。力を入れて握り込むのではなく、お米一粒一粒が、粘り気で結びつくようなイメージ。空気を含ませて、ふわりと。この力加減で、崩れないおむすびを作るのは結構コツと技術がいる。

結女が毎朝一番最初に作るのは、シンプルな塩むすびだ。お米の味、おむすびの加減を確かめるには、ごまかしの効かない塩むすびがいい。塩むすびの出来がよければ、今日もお客さんを迎えていいよ、と、母に許してもらえる気がする。今まで、出来が悪くて開店を見送ったことはないが、もし塩むすびがおいしくできなかったら店は開けない、と心に決めている。

今日も無事、塩むすびはおいしくできた。おむすび一つをぺろっと食べて、開店準備が整う。よし、がんばるぞ、と気合を入れ、入口のロールカーテンを開けた。ドアを開放し、「今日のおすすめ」などが書かれた立て看板を出す。開店準備の時のほんの一瞬だけれど、店の前の桜並木を眺めるのが春の楽しみだ。もう、満開で見ごろ。ひらひらと桜の花びらが舞って、歩道に降り積もっている。

「あ、もう、いいっすか」

今日は、男性が独り、店の前で開店を待っていた。最近、ちょくちょく来てくれるようになったお客さんで、年齢は三十代前半から半ばくらいだろうか。来るときはいつも一番乗りで、今日は車通りがまだ少ない店の前にかわいらしいワゴンを停めている。いわゆるキッチンカーというやつだろうか。どうやら、同業のようだ。

「今日も、お早いですね」

「そうなんすよね。まだ眠いんすけどね」

男性は一番奥の席に座り、出されたお茶に口をつけると、卓上に置かれた一枚紙のメニュー表を眺める。おむすびは、二個セットは四百円。三個セットで五百円。そこから、一つ追加するごとに二百円が追加されるという、計算しやすいシステムだ。

「毎回悩まされますよね、メニュー多くて」

「すみません。なんだか、お店を続けてるうちにだんだん増えてきてしまって」

「いや、贅沢《ぜいたく》な悩みっすけどね、客としては」

「そう言っていただけるとありがたいですけど」

「今日は、あー、ええと、塩じゃけ……、と、あと柚子明太子《ゆずめんたいこ》。ああ、他のも食いたいけど、やっぱここの昆布は外せないんすよねえ、俺」

「じゃあ、塩鮭《しおざけ》、柚子明太、昆布の三個セットで？」

「あ、おかみさん、この、季節のおむすび、ってなんすかね」

「月替わりメニューなんですけど、今月は、たけのこ煮と、菜の花と桜えびの混ぜ込み、あとは初鰹《はつがつお》ですね」

「初鰹のおむすびなんてあるんすか？　生の鰹？」

「鰹のお刺身を生姜醤油《しょうがじょうゆ》のタレに漬けて、刻み大葉と梅肉で和《あ》えてあるんです。結構評判がいいので、月替わりって言いながら、毎年四月から六月まで出してるんですけどね」

なんそれ、うまそう過ぎる、と頭を抱えた男性は、悩みに悩んだ挙句、じゃあそれ全部ください、と言った。

「三個セットに三つ追加、で、よろしいですか？　結構な量になりますけど、お持ち帰りはお断りしているので……」

「俺、結構大食いなんで大丈夫っす」

そうですか、と、結女は笑って、さっそく一つ目のおむすびに取り掛かった。まずはさっぱりしたたけのこ煮から。ごはんの布団で優しく具を包み、ふわりと結んで海苔《のり》でまとめる。カウンター席前に置かれたお皿の上に置くと、お腹を空《す》かせていたのか、男性がすぐに両手で口に運んだ。海苔が、ぱつん、と弾けるいい音がする。

「たけのこヤバイっす。これは完全にたけのこが春を奏でてる」

面白い人、と、結女は思わずひそかに笑った。

「ありがとうございます」

「どこかで修業とかされたんですか？　米の握り加減とか完璧っすね」

「いいえ。うちのおむすびは母に習ったもので。母は、昔は食堂で働いてたみたいですけど、料理人とか職人ていう感じじゃなかったですね」

「マジすか。これは天然記念物とか、人間国宝とか、そんな感じで代々伝えていくべき味だと思うんすよね、俺は」

男性は妙に腰を入れてそう力説し、店内を見渡した。味を伝えようにも、結女独りでやっている店に、味を伝えられるような従業員はいない。

「はあ」

「ご自分のお子さんに教えたりするんですか？」

「娘は一人いるんですけどね。外食好きで、あんまり家庭料理には興味ないみたいで」

結女の一人娘の秋穂《あきほ》は管理栄養士の仕事をしているのだが、管理栄養士は基本的に栄養だとかカロリーの計算をする側の人間で、実際に料理、調理をするのが得意な人ばかりではないらしい。秋穂もその料理不得意派の一人で、今は一人暮らしだが、毎日の食事はすべて外食。食べ歩きが趣味であちこちに行っている。結女も自分の母のように、おむすびだけは娘に作り方を伝えてもよかったのかもしれないが、基本的には娘の意志を尊重したいと思って、無理に教えることはしなかった。いずれ、結婚して家庭でも持てば家庭料理にも興味を持つかと思っていたけれど、もう三十過ぎだというのに結婚のけの字も話題には上らない。資格だなんだと忙しそうだし、そもそも結婚に興味もなさそうだ。もう、結婚出産が女の幸せ、という時代でもないのだし、それは仕方ないと思っている。

けれど、お客さんの言う通り、秋穂がこのままおむすびに興味を示さなければ、いずれ結女の母のおむすびの味は結女とともに失われていくことになる。それは少し寂しいかな、と、手元で形作られていくおむすびを見下ろしながら、そう思った。

「あー、俺、なんでもう少し早くこんないいお店に気づかなかったんだろうなあ」

「あら、嬉しい。これから何度でも来てくだされば」

「それが、次いつ来られるかわからないんすよね」

二個目、結女のおすすめの初鰹を食べて、「これもヤバい」「激ウマ」と仰け反りながら、男性は外を見てため息をつく。開放した扉の向こうに見えるキッチンカーに目を遣ると、前に来たときとは車体のペイントの絵柄が変わっている。

「お仕事、お忙しくなるとか?」

「いや、俺、今までキッチンカーで市内を回ってたんすけど、今日から、日本一周しようと思ってるんすよ」

「キッチンカーで?」

「そうっす」

「今日から?」

「そうなんすよ。とりあえず、今日は、思い切ってもっと西のほうに行く予定で。初日は保健所行って車見てもらって、で終わりますけどね。でも、法律が変わって、前よりはあちこち行きやすくなったんで」

「いいですね。素敵。私、いつもこの狭いお店にいるから、そういうの憧れますよ」

「俺も、最近そういうのいいな、って思えてきて。自由にあちこち回りながら、季節を感じて生きていく、みたいなの。でも、憧れってまああ現実味ないじゃないですか」

「そうですね」

「だから、無理矢理現実にしちゃわないと、一生そんなことできねえんだろうと思って、日本一周するぞ、って決めたんすよ。何年かかるかわからないすけどね」

この小さいお店でひたすらおむすびを出しながら五十代も後半に差し掛かった結女には、男性の話がなんだかきらきらして見えた。実際には大変なことも多いだろうけれど、せっかく一度きりの人生なのだから、チャレンジすることは悪いことではないだろう。

「おかみさん、参考までになんすけど」

「はい？」

「来月の月替わりってなんすか」

初夏の季節のおむすびは——、と予定を話すと、男性は、俺、来月一回戻ってきますわ、と真顔で言った。日本一周を達成するのはいつ頃かな、と思いながら、毎月戻ってきてくださいね、と、結女は笑う。

夏の鉄板前は地獄

1

カビかほこりか、古い臭いのする六畳の牢獄《ろうごく》で、臼井海夏人《うすいかなと》は大の字になって真っ暗な天井を見上げていた。静かすぎてほとんど何も聞こえない。その静寂が、逆にうるさいくらい耳の中で鳴る。酷暑の夏だというのにエアコンは半ばその力を失っていて、他に昭和のデザインが色濃い扇風機一台しかない部屋は、夜になってもじわじわと蒸し焼きにされているかのような暑さだ。汗がしたたり落ちて止まらないが、部屋から這《は》い出そうにも鉛をくくりつけられたような手足は重く、自由には動かない。かすかにではあるが、このまま死ぬんじゃないか、という諦めにも似た絶望が海夏人の頭を埋め尽くしていった。家に帰りたい。でも、外は灯り一つない暗闇で自分がどこにいるのかも定かではなく、どこに行けばいいのかもわからない。

うっすらと部屋の戸が開き、海夏人を見下ろす人影が見えた。逆光で表情まではわからない。だが、それが誰なのかはわかっていた。

「話が、違くねえか」

「嘘はついてないさ。ちゃんと説明したからな」

「まなっちゃんは……、どうした」

「さあ。部屋で死んでるかもな」

「死んで……って、人の心ってもんがないのか」

「だいたいみんなこうなるんだよ」

「俺、お前のこと絶対許さんわ」

「しゃべる元気があるなら、寝とけ。まだ二日目だぞ」

くっくっく、と笑いながら、シルエットは戸を閉めて去っていった。海夏人は思い通りに動かない体をくねらせながら、転がっている自分のスマホに手を伸ばした。あと少し。指先が触れ、なんとか引き寄せる。ようやく手の中に収めて握りしめると、夢中でロックを解除した。まだバッテリーは残っている。親指を動かして、アプリを一つ立ち上げた。「マメログ」という、いわゆる日記アプリだ。今日一日のことを、そしてこれから起こる出来事を、ちゃんと記録しておかなければならない。

もう、自分のような犠牲者が出ないように。

2

七月十九日（金）「予感」　天候・雨のち曇り

○ログ
試験が終わり、大学の夏休み初日。
新宿南口を出てすぐ、甲州《こうしゅう》街道沿いで涼介《りょうすけ》と待ち合わせ。朝早い。
涼介の車にピックアップされて東京を出発。目的地は涼介の地元。
もう一人の同行者はまなっちゃんこと大場真夏《おおばまなつ》。小柄なぽっちゃり女子。面識なし。
今日から一ヵ月半、涼介の実家近くの「ビーチハウス」でアルバイトの予定。
バイトでは「鉄板担当」になったが、料理の経験は全くないので不安しかない。

○メモ
事前に聞いていた情報
観光案内にはまず載らない穴場のビーチで、地元のオシャレスポット。
水着の女の子多数。

仕事はユルいので楽。休憩時間に海とか入れる。

現実

砂浜真っ黒のちっちぇ海水浴場で、地元のヤンキーみたいなのがたむろしてる。

水着の女の子は二人ほど見たが、男六人組の連れ。

仕事についてはブラックバイトの予感がする。

＊　＊　＊

「あー、まず、そっちのニイチャン、名前と年齢」

「カナトです。先月、二十歳になったばかりです」

「カナト？　だいぶイマドキな名前じゃな。漢字でどう書くん？」

「海に夏に人です」

「なんたら、ここに来るためにつけられたような名前じゃの。なあ」

でっぷりとした体を揺らし、方言全開で笑っているのは、ビーチハウス『サニー・ビーチ・ロード』のオーナーである玉屋《たまや》という人だ。まだ三十代前半らしいが、見た感じは貫禄《かんろく》がありすぎて、そんなに若いようには見えない。身長はさほど高いわけではないが、腕回りなどは海夏人の両手でも回りきらないのではないかと思うほど太く、体のあちこちにタトゥーも入っていて、すごく端的な言葉で表現すれば、怖い。

「ネーチャンは？　名前と年齢」

「大場です。来月の十三日で二十歳になります」

「下の名前は？」

「真夏です」

「あんたもいい名前じゃな。な、涼介、なあ」

大学で海夏人と同じ経済学部経営学科の岩垣《いわがき》涼介が、へらへらというか、へこへこしながら、「そうなんすよ」「これは声かけるしかないと思って」などと薄い笑みを浮かべている。これは涼介に騙《だま》されたな、と、海夏人は乾いたため息をついた。

ことの発端は、夏休みを控えた七月頭、授業終わりに涼介に声をかけられたことだ。学部学科が一緒なので顔と名前くらいは知っているという程度の涼介が、地元のビーチハウスでバイトしない？　と、夏の長期バイトに誘ってきたのだ。期間中は涼介の広い実家にタダで寝泊まりができるので、ひと夏働けばかなりまとまったお金が貯《た》まるのだという。彼女もいないし、別にやりたいこともないし、稼ぐ、というのは実に有効な夏休みの使い方だと思った。さらに、去年涼介が貯めたという金額を聞くと、海夏人の心は大きく揺れた。マジ？　そんなに？　という額だったのだ。

件のビーチハウスがある海岸は、夏には地元の若者がこぞって集まってくるようなスポットで、うまくいけば地元の女の子たちとも仲良くなれるらしい。ただ、前述の通り涼介とはそんなバイトを紹介してもらえるような関係でもないので、「なんで俺？」と聞くと、「名前が夏っぽいから」という答えが返ってきた。それで納得してしまったのがバカだった。どこでどうつながっていたのかはわからないが、英文学科の大場真夏にも同じことを言って誘ったのだろう。

実際、たどり着いたところは地方都市出身の海夏人でさえ若干引くくらいのクソ田舎で、目の当たりにした「ビーチハウス」とやらは、湘南《しょうなん》の海辺的なイメージとは程遠く、板張りの掘立《ほったて》小屋のような「海の家」だった。海側は壁をぶち抜いて開放してあって、床はゴザだとかムシロだとかそんな名前の敷物を適当に敷いてあるだけだ。「家具」よりは「板」に近いテーブルはボロボロで、表面は、ハートだの名前だの、刻み込まれた数々のどうでもいい思い出のせいでデコボコになっている。

「さ、バイトくんたち、担当わけしようかね」

「担当わけ、ですか」

「涼介は――」

「あ、俺、去年ドリンクとかき氷やったんで」

「ああなあ。だったら今年もやってもらうか。真夏は、料理得意か？」

大場真夏は、ぼそぼそと、得意ってほどでは、と下を向いた。

「簡単なものならできますけど。おにぎりとか、お味噌汁《みそしる》とかそういう」

「なら、仕込みと調理担当じゃな。裏の台所。キャベツ刻んだりラーメン作ったり。あとでうちのバアさん来るから、何するか教えてもらって。で、カナトは鉄板担当」

「あの、鉄板担当ってなんですか」

「生きた焼きそば製造機じゃわ。ほれ、そこ」


玉屋がめんどくさそうに指さしたのは、ビーチハウスの前の砂浜に置かれたデカい鉄板だ。主に焼きそばを調理するためのもののようだが、海夏人は料理の経験など皆無だ。実家では昔から母親に任せきりだったし、一人暮らしの今は部屋のキッチンなどお湯を沸かす以外使ったことがなく、食事はほぼコンビニで買ってきたもので済ませている。

そう玉屋に告げると、「焼きそばなんてアホでも作れる」と一蹴された。

「ただ、ウチの利益の三分の一くらい叩き出してる最重要ポジションじゃし、頑張ってくれよ」

「え、マジですか。俺でだいじょうぶなんですかそれ」

「ちょい、試しに作ってみいさ。もう鉄板温《あった》まってるじゃろ」

玉屋に促されるまま、鉄板の前に立つ。鉄板の下はガスコンロになっていて、近づくと熱気がすごい。置かれていた一対のコテを手に取ると、鉄板とこすれてしゃりんと音がした。ただ、これをどう使っていいかはまったくわからない。

油はこれ、野菜はここ、と、玉屋が基本的な材料と、作り方を説明する。限りなく挽《ひき》肉《にく》に近いサイズの小間切れ肉とクズ野菜みたいなキャベツ、巨大な袋にみちみちに詰め込まれてもはや食材としてのありがたみを失っているもやしを炒めて塩コショウし、揚げ玉を散らし、一キロ単位で包装されている業務用の焼きそば麺を投入する。少し水を差して蒸気で麺をほぐし、デカいボトルに入っている業務用のソースで味付け。最後に、粉々になったかつお節の出来損ないと、いまいち香りのしない青のりを振る。パックに詰めて、色鮮やかすぎる真っ赤な紅ショウガを添えれば完成だ。

ただ、これが聞くのとやるのとでは大違いなのである。

まず、油を引いているのに、とにかく麺が鉄板に引っつく。引っついたところをコテで剝がしていると他のところが引っつき、麺を必死に剝がしているうちに野菜とか肉に火が通りすぎて焦げる。筋トレ用のダンベルかと思うくらいのデカいペットボトルに入ったソースは量のコントロールなど到底無理で、勢いよくドボドボ注いで怒られた。結局、出来上がったのは、焼きそばとは言い難いドス黒い何か、だった。玉屋も一口食べて絶句していた。

「こんなもん、客には出すなよ。さすがにぶん殴られるわ」

「え、お客さんが殴ってくるんですか」

玉屋は常に目が笑っていないので、冗談なのか本当なのかがいまいちわからず、怖い。

「食材自由に使っていいから、明日にはちゃんと作れるようになっといてくれや」

「明日」

「そりゃな、明日明後日、海開きだし、晴れるから忙しくなるでの」

海夏人が、明日かあ、とため息をつくと、玉屋は「練習に使った材料費は給料天引きな」と、さらに絶望的なことを言ってどこかにふらっと去っていった。海夏人は声を殺して笑っていた涼介の脇腹に一撃パンチを入れて、いらだちを紛らわせるしかなかった。

3

八月一日（木）「暴利」天候・晴れ

○ログ
焼きそばはアホみたいに売れるが、基本素人（俺）が作ったものなのでうまくない。うまくないものに金をくれ、と言わなければならないのは地味にストレス。

涼介はまったく気にならないようで尊敬する。もちろん悪い意味で。

○メモ

（1）『サニー・ビーチ・ロード』

一昨年までは『海の家・玉屋』が屋号だったらしい。去年から代替わりして屋号をイマドキっぽい名前にしたが、内装など特に変えていないので店名とのギャップがすごい。テーブルごとに場所貸しの料金を取って荷物置き場として使わせるのがメイン業務。裏には有料の温水シャワーもあり。ラーメンやネギトロ丼といった、ごく簡単な調理で出せるものも提供している。店先で売っている焼きそばは一人前七百五十円。

（2）『ビーチハウス・サマージャム』

『サニー・ビーチ・ロード』の隣の海の家。玉屋の同級生が営んでいて、玉屋が言うには、「あいつは水着のお姉ちゃんに囲まれたいという願望だけで店をやってる」とのこと。確かに店員が女の子ばかりで、全員水着で接客。うらやましい。

（3）『ハイカラ人魚』

『サマージャム』とは反対側のお隣。近くの居酒屋が運営しているらしく、夏の間は本来の店を閉め、海の家だけ営業しているらしい。酒とつまみのメニューが異様に充実していて、昼から高齢者が集まって酒盛りをしている。近づける感じがしない。

＊　＊　＊

「焼きそば二つ」

「千五百円です」

「あ、一個大盛」

「大盛だと、百五十円プラスですがいいですか？」

高《たっ》けえな、と、ガタイのいい客にすごまれて、海夏人は、すいません、と蚊の鳴くような声で謝った。原価などないに等しい食材をド素人がちゃかちゃか調理しただけのものに七、八百円もかけたくないという気持ちはよくわかるが、いちバイトにはお値引きの権限など与えられておらず、ただただ出来損ないの焼きそばを透明なパックに詰め、申し訳ない気持ちでお金をもらうしかない。舌打ちをして去っていく客の背中を見ていると、ため息が出た。

高いと思ったら買わなきゃいいだろと言いたいところだが、ビーチから防砂林《ぼうさりん》の向こうの一番近いコンビニまでは歩いて二十分以上かかるし、まともな飲食店は近隣に一軒もない。砂浜に弁当など置こうものならあっという間に傷むし、ここでは海の家の飯以外に空腹を満たす手段がないのである。だから、玉屋は強気の価格設定ができる。

昔は、この狭い砂浜に十五軒くらいの海の家がひしめいていたそうだ。その頃なら価格競争もあっただろうが、今は『サニー・ビーチ・ロード』とその両隣の三軒が営業しているだけで競争など起きようもない。そもそもオーナー同士が知り合いで、競争をしている様子は皆無だ。ドリンクの販売価格は三軒とも同じだし、焼きそばを販売しているのは『サニー・ビーチ・ロード』だけ。ハンバーガーやステーキといった肉メニューは『サマージャム』、サザエやらホタテやらを炭火で焼く貝焼きは『ハイカラ人魚』だけが扱っている。売れ筋は競合しないようにしているというわけだ。なので、ここで「焼きそばを食べたい」と思うのなら、海夏人が作る素人焼きそばに七百五十円を支払わなければならなくなる。

なんでまた海の家三軒だけの寡占状態になっているかというと、それはそれで事情があるようだ。昨晩、飯を食いながら涼介の両親から聞いた話だ。

全国の砂浜というのは「土地」ではなく「海の一部」という扱いなので、土地所有者はおらず、国が管理している。海の家の出店者は「〇〇海岸・海の家協同組合」といった組合を作り、自治体を通して国から海岸を一定期間借り受けることが多いそうだが、あくまで借りているだけなので、シーズンが終わったらいちいち建物を解体し、また翌年組み直さなければならない。昔は建てっぱなしでもＯＫだったらしいが、法律が変わってそういう運用になったそうだ。

　だが、海水浴客は三十年くらい前から少しずつ減り、町自体の人口減もあって、今は最盛期の半分くらいしか人が来なくなった。海の家を経営していた人たちも高齢化してきて、客が減って売り上げが落ちていく上に毎年小屋を組み立てなければならない、という肉体的経済的負担に耐えられずに撤退していき、三店舗が残る現在の状況になった、というわけだ。

「ドリンクオーダー、コーラMサイズ！」

　焼きそばと一緒に注文を受けたドリンクを、背後の涼介に伝える。涼介が「はいよー」と気の抜けた返事をしてくるが、それが毎回カチンとくる。『サニー・ビーチ・ロード』は、なぜか焼きそばを焼く鉄板だけ店の前に出していて、鉄板担当は半屋外で焼きそばを作り続けなければならない。半屋外ともなると灼熱《しゃくねつ》の太陽を庇《ひさし》が受け止めきれず、鉄板から吹き上がる凶悪な熱もあって、もはやオーブンの中に放り込まれたのかと思うほどだ。Tシャツなど着ると一瞬で汗を吸ってびっちゃびちゃになるし、鉄板越しの海がゆらゆらと揺らめいて見えて気持ちが悪くなる。

「涼介」

「何？」

　何？　じゃない、と、紙コップに入ったコーラを持ってきて客に手渡した涼介の足を思い切り踏みつける。痛《いて》え、と涼介が大げさに痛がり、なにすんだよ、と踏み返してきた。しばらく、鉄板の前で男二人、足の踏み合いをする不毛な時間を過ごす。

「見えてんだからな。かき氷」

涼介は、ドリンクと一緒にかき氷も作っている。そのかき氷を作るときに、毎回わざと削りカスを多めに器の外に落として氷の山を作り、首元に入れたり口に入れたりして涼んでいるのだ。ズルいだろ、と詰めると、涼介は「細かいこと気にしすぎ」と、鼻で笑った。

「細かくないだろ。売り物だぞ」

「氷なんて、原価限りなくゼロに近いんだって。玉屋先輩の知り合いの氷屋さんから分けてもらってるやつだし」

「いくらだっけ、かき氷」

「四百五十円」

「シロップもタダみたいなもんだろ？　暴利が過ぎるわ。客に申し訳なくなってくる」

「まあ、こういうとこは儲《もう》けてナンボだから。それでも売れるんだからいいじゃん」

海夏人が、そうかもしれんけど、と、もごもご言葉を濁したところに、死んだ魚のような目をした真夏が、サンタクロースみたいなサイズのビニール袋を背負ってやってきた。袋の中身は、全部キャベツだ。真夏は建物裏のやたら狭い台所スペースに押し込まれ、玉屋の祖母の監視の元、朝から手伝いのばあさんたちと並んでひたすらキャベツを刻む作業をやらされていた。キャベツを刻みながら心までみじん切りにしてしまったのか、海夏人が「大丈夫？」と聞いても心ここにあらずという様子で、「次、キュウリ洗って串刺すらしいので」とぼそぼそつぶやき、建物裏に戻っていった。

「お前さ、去年もやったんでしょ、この奴隷みたいなバイト」

「まあね」

「まあねじゃないよね。よくこんなもん二年もやる気になるな。バ畜かよ」

社畜ならぬバ畜呼ばわりをされた涼介は、はあ、とため息をつくと、海夏人ににじり寄って、しょうがねえんだって、と小声で言い訳を始めた。

「玉屋先輩に頼まれてんのに、断れるわけないだろ、だって」

「先輩だかなんだか知らんけど、こんなクソバイトに人を巻き込むなっつうの」

「人集めろって言われて、集めないっていう選択肢は俺にないんだよ」

悪いとは思ってる、と、涼介は悪びれもせずに言った。

「だいたい、先輩先輩って言ってるけど、だいぶ歳離れてない？」

「まあ、直の先輩じゃねえけどさ、この辺で玉屋先輩のこと知らないやついないから」

「ええ、こわ。なんだそれ。伝説の先輩かよ。なんでまたお前に声がかかったんだよ」

「何年か前まで俺の中学の先輩がバイトしてて、それが去年から俺に回ってきて」

「すげえいいように使われてるじゃん。断れ」

「そんなことしたら、二度と実家に帰ってこれなくなるだろ。バカ言うな」

俺は今バカ言ったの？　と海夏人は首を傾げつつ、真夏が刻んでくれたキャベツを鉄板にぶちまけた。キャベツも、スーパーなどには卸せない規格外品、つまり、収穫もせずに畑に放ったまま腐らせるようなものを群馬やら長野やらの農家から仕入れてきているので、仕入れ値などあってないようなものだ。焼きそばを作りながら、ついつい、原価が一食いくらとして――、と、頭の中で計算してしまう。商売なんだから儲けるのは当たり前なのだろうが、こういう儲け至上主義は好きになれないし、自分がその片棒を担がされているのも嫌だった。

「焼きそば二個」

またお客さんが来て、さっき作ってパック詰めしておいた焼きそばを機械的に手渡す。代金を受け取りながら、その焼きそば、俺が作ったんでおいしくないですよ、と、心の中で頭を下げ、また不快なため息をつくしかない。

4

八月十三日（火）「ゾーン」　天候・酷暑

○ログ
五日連続で猛暑日。夕立すら降らず一日暑い。
バイトはローテーションで週一回休日。
お盆休み初日という超繁忙日にもかかわらず今日は涼介が休み。
とにかく暑い。端的に言って、夏の鉄板前は地獄。
まなっちゃんがいろいろとヤバい。

○メモ
『サマージャム』の水着の店員さん
あおり……長身スレンダーのお姉さん系。
あゆ……感じのいい子で話しやすい。正直好き。
まえぴ……黒ギャル。声がデカくてよく笑う。
ゆず……おっとり系。あおりの妹らしい。

＊　＊　＊

暑い、というか、熱い。

お昼過ぎ、太陽がてっぺんに昇ると、降り注ぐ日差しは破壊光線のごとき威力で肌を焼く。今日はまた過去イチそれがキツイ。上から降り注ぐ熱、目の前で吹き上がる熱。そのど真ん中で休みもなくひたすら焼きそばを焼き続けていると、暑さと脱水で意識が飛びそうになる。朝十時からもう三時間ぶっ続けでこの状態だし、意識を保っているのすら奇跡に思える。夏の鉄板前はまさに地獄だ。

玉屋からは、水分補給だけはしっかりしろ、と言われているが、目の前にお客さんが並びだすとそれどころではなくなる。在庫を切らすまいとひたすら鉄板上の焼きそばと格闘するが、出来上がって透明なプラスチックのパックに詰めたそばからがんがん売れていく。キャベツの補充に来た大場真夏に応援を頼んで代金の受け取りと商品の手渡しをやってもらい、玉屋が言った通り、海夏人は「生きた焼きそば製造機」になっていく。例年、このポジションを任された人はそうならざるを得なくなるんだろう。

なるべく早く焼きそばを提供するためには、とにかく調理時間を短縮しなければならない。具や麺に火を通す時間はどうしても短縮できないので、野菜を摑み出すとき、そばを袋から出してほぐすとき、ソースを絡めて仕上げるとき、そういう細かな一つ一つの動作からできるだけタイムロスを取り除くしかない。手順を考えながら作っているのでは間に合わないので、体に覚え込ませる。何十回と繰り返しているうちに、どこにどの道具をどう置けば素早く動けるのか、どうすれば短時間で麺がほぐれるのか、鉄板のどこの温度が高くてどこが低いのか、そういうことがしだいにわかってくる。正確性と迅速性を突き詰めようとしているうちに、海夏人は高度な集中状態に入っていく。

いわゆる、ゾーン、というやつだ。

バイトを始めてから三週間と少し、さすがに焼きそばを作ることには慣れてきたけれど、目の前でこんなに多くの客を待たせながら調理するのは初めての経験だ。もっと早く。一心不乱に焼きそばを作っているうちに、海夏人は、両手のコテと一体化し、踊るように焼きそばを炒めていた。保存容器の列から最短で必要なものを取り出し、鉄板をいっぱいに使って麺を躍らせ、ソースひと回しできっちり適量を注いで仕上げると、横で見ていた真夏が、なんか、手慣れてきましたね、と笑顔を見せた。

「そう？」

「いや、最初の頃と比べると、手つきが全然違いますよ」

手つき、とオウム返しをしながら、コテを手の中でくるんと回す。コテ同士をすり合わせたり、鉄板を滑らせたりして、しゃりん、という音を鳴らすと、なぜだかテンションが上がる。意識したせいか、コテで鉄板のコゲを落とすだけなのに、必要以上に「しゃりりん」を鳴らしてしまった。大げさなフリで鉄板に油をなじませ、肉や野菜を幾分乱暴に、おおざっぱに炒める。ちょっとくらいキャベツが鉄板から飛び出すのは気にしない。逆にそれが熟練の職人であるかのようで、かっこよく見せられている気がした。

「すみませーん、また、焼きそば四つお願いできますか？」

「あ、ええと、いつもありがとうございます」

鉄板越しに話しかけてきたのは、隣の『サマージャム』の店員さんだ。昼食は店にあるものを適当に食っていい、と玉屋に言われているが、海夏人は涼介と『サマージャム』に行って自腹でランチを買うこともあった。もちろん、動機は下心以外の何物でもなく、ド直球に言えば水着の店員さん目当てである。が、下心に突き動かされるまま頻繁に買いにいったせいか、向こうの店員さんもたまに焼きそばを買いにきてくれるようになった。店員の女の子は四人で、胸元にいつも名札を付けているので名前は把握済みだ。今日来てくれたのは〝あゆ〟だった。年齢は海夏人と同じくらいだろうか。なんというか、表情もしゃべり方も感じのいい子で、四人の中では一番、あゆの雰囲気が海夏人に刺さった。夏の海というのは人の魅力を引き立てる強力な調味料であるらしく、笑顔がきらっきらに見えて困る。

「今、新しいの作ってるんで、ちょっと待てますかね」

「あ、作りたてだ。ラッキー。待ちまーす」

お腹すいちゃった、と屈託のない笑みを浮かべるあゆを前にして、そこから海夏人は再びゾーンに入り、自分でもちょっと尋常じゃないと思うスピードで大量の焼きそばを作り上げた。あゆを待たせることなく素早く提供し、でも、できるだけおいしい焼きそばを食べてもらいたい。通常より多めの「しゃりん」を入れて魅せることを意識しながら、自分がこれまでに培ってきた技術とノウハウを総動員して調理し、もうもうと湯気を立てるできたての焼きそば四人分のパック詰めを行う。真夏を経由せずに海夏人が直接手渡そうとすると、隣で真夏がかすかに舌打ちをした。水着女に媚《こ》びやがって、と思われたのかもしれない。

「なんか、俺らがちょくちょく行ってるんで、気を遣わせちゃってますかね」

「気を？　ああ、ウチらもお隣行かなきゃって？　そんなこと思ってないですよ。ただ、みんな最近焼きそばにハマってて」

「焼きそばに？」

「ウチら、去年もここでバイトしてたんですけど、みんな、去年より『サニー・ビーチ・ロード』の焼きそばうまい、って言ってて。お兄さん、焼きそば作るの上手いんですね」

あ、海に夏に人で、カナトです、と、どさくさ紛れに自己紹介し、四パックのできたて焼きそばをあゆに手渡す。

「本名ですかそれ？　この仕事にピッタリ過ぎ。また買いに来ますねー」

にこやかな笑顔を残して、手を振りながら去っていくあゆの後ろ姿を見ていると、海夏人の胸の奥から今までに体験したことのない感情が湧き上がってきた。なんだろう。

心臓をぎゅっと摑まれているようで、でも気持ちが温かい。やば、これは恋か、などと無意識に胸に手を当てていた。

「おい」

「いらっしゃいませ！」

突然声をかけられてほぼ脊髄反射のようにそう言うと、肩をがしっと摑まれて、耳元で「やってんね」とささやかれて背筋に悪寒が走った。背後に立っていたのは玉屋だ。太い腕には白いレジ袋がぶら下がっていて、中にはペットボトル飲料やらチューハイやらが大量に入っている。お酒やドリンクは車で三十分ほど行ったところにある激安スーパーで購入していて、それを紙コップに移し替えて売っている。こりゃ現代の錬金術だな、といつも思う。

「ちゃんと水分摂《と》ってるか？　倒れんなよ？」

玉屋がそう言いながら海夏人の首筋にスポーツドリンクのペットボトルをぺたんとつける。あまりの冷たさに思わず声が出たが、肌に残るじわっとした冷気が気持ちいい。玉屋に渡されたスポドリは、ものの十秒ほどで飲み干した。玉屋はにこりともせずに、五百円な、と言ったが、それが冗談か本気かは相変わらずわからない。

「カナトはなんかいいことあったんじゃろ」

「え？　いや、なんでですかね」

「後で鏡でも見とけ」

俺はいったい今どんな顔をしているんだ、と、思わず自分の頬に手をやった。

「真夏には、俺からささやかなプレゼント」

「え、プレゼントって――」

「誕生日じゃろ？　今日」

覚えていてくれたんですか？　と、真夏が目を輝かせる。だが、その真夏の手のひらに載せられたのは、よく見る銀色の缶ビールだった。アルコールデビューおめでとう、と玉屋はへらへら笑っていたが、真夏は見る間に複雑そうな表情に変わっていった。おじさんのこういうノリはマジで嫌い、とでも言っているかのようだ。

「あの、玉屋さん、すみません、ちょっといいですか」

「おお、カナト、なんかあったか」

「ちょっと、俺一人だと、お客さんがばーっと並んだ時に、会計まで手が回らなくて」

「ああ、そうか。じゃあ、そういうときは真夏に鉄板前へ回ってもらうようにするか」

「そうしてもらえると助かるかなと」

「わかった。いいか？　真夏」

海夏人と玉屋が一緒に目を向けると、今まさに缶ビールに口をつけ、喉を鳴らして飲んでいる真夏と目が合った。え、いや、勤務中ぞ？　という海夏人の視線をよそに、真夏は三百五十ミリリットルのビールを一気に喉へと流し込み、ぷわは、と息を吐くと、カン、と甲高い音を立てて空き缶を鉄板脇のテーブルに置いた。海夏人は、さすがに怒り出すのではないかとおそるおそる玉屋を見たが、玉屋は何を思ったのか爆笑して、飲みっぷりがいいな、などと変な褒め方をした。

「私も、一つお願いがあるんですけど」

ビールを一気飲みした真夏は学校の教室で発言するかのように、はい、と手を上げ、悪びれもせず玉屋に発言を求めた。だが、ビール一缶ですでにキマってしまったのか、潤んだ両目はどっしりと据わり、頬も赤く染まっていた。おいおい、完全に酔ってるじゃん、と、見ている側の海夏人がはらはらして落ち着かない。

「隣の店員さんたちみたいに、私も水着で接客したいんですけど、だめですか」

「水着で？　なんでだ」

「私、汗っかきなので、毎日何枚もTシャツ替えないといけなくて。涼介君のお母さんに毎日洗濯物いっぱいお願いするのも申し訳なくって、水着で接客出来たらタオルだけでいけるし、隣の子たちが羨ましいなって思ってたんですよね」

「ああ、まあ、そういうことなら別にかまわんけど、いいのか？」

「いいのかって？　ああ、恥ずかしくないかってことですか？　全然大丈夫です。私、趣味でコスプレイヤーとかやってるんで露出慣れてますし、人に見られてナンボみたいなとこありますんで」

「ならまあ、好きにしてもええが」

「ありがとうございます」

顔を紅潮させた真夏は、玉屋の前で腰を曲げ、ぺこり、とはっきり頭を下げると、おもむろにそれまでずっと着ていた薄手の長袖パーカーを脱ぎ、自分のTシャツに手をかけた。海夏人も玉屋も、ちょっちょっちょ、と慌てる。

「いや、まなっちゃん、ここで着替える気?」

「だめですか? 今日は下に水着を着てきたんで、脱ぐだけですし」

「ああ、ならいいけど、でもさ――」

酔ってるよね? という言葉を飲み込んだ海夏人が腰を引くやいなや、真夏は両腕をクロスし、豪快に着ていたTシャツを脱いだ。上半身につけていたのは、ピンクに白ドット柄、比較的布面積が多いはずのセパレートタイプの水着なのだが、胸にボリュームがあるので、ぱっと見のインパクトがすごかった。海夏人は、いつもオーバーサイズのTシャツを着ている真夏を「小柄でぽっちゃりした子」だと思っていたのだが、実は全体的にはほっそりした体型で、規格外の胸のサイズのせいで着ぶくれし、ぽっちゃりしているように見えていただけだったのだと思い知らされた。

真夏は、それまで一つ結びにしていた髪をほどいて頭を揺らすと、今度は左右二つに結び変える。おそらくではあるが、あざとさ全開の二つ結びこそ、真夏の戦闘モードの証《あかし》なのだろう。真夏は背筋をびしっと伸ばし、胸を張ってゆっくり髪を結ぶと、先ほどと同じように海夏人の隣に立ち、横目で睨《にら》みつけ、ふん、と鼻を鳴らした。私だって水着になればそれなりですけど？　という示威行為だろうか。いやそれなりどころじゃないんですけど、と、海夏人は思わず目をそらした。

「いらっしゃいませー！」

いつもぼそぼそしてはっきりしないしゃべり方をしていた真夏が、いきなりがっつりとしたアニメ声を張り上げて、店前を歩く人にぶんぶんと手を振る。アルコールの影響で陽気になっているのか、本来こういうキャラだったのがアルコールの影響で表に出てきたのかはわからないが、夏の日差しを受け、はつらつとする水着の女の子というのは、大学生男子にはやはり何割増しか輝いて見えるので、隣に立たれるとそわそわする。

「やるのお」

玉屋がにやりと笑い、「せっかくだから頑張って売れよ」と、海夏人の肩をまたがしっと摑んで去っていた。いや、せっかくだからってなんだよ、と思っている間にも、目の前には、真夏に誘引された客が、ものすごい勢いで行列を再形成しつつある。気持ちを整理する間もなく、海夏人は慌てて次のロットの焼きそばを作り始めるしかなかった。

だが、その日、海夏人がゾーンに達することはもうなかった。いろいろ気が散って。

5

八月十六日（金）「意味」天候・台風

○ログ

数日前から進路を心配されていた台風が直撃。前日に玉屋が休業を決断。朝、「準備しろ」との連絡が来て、暴風雨の中、軽ワゴンでどこかに連行される。到着した場所は、地元の古い水産加工会社だった。

○メモ

真イカ……地方によって真イカと呼ばれるイカは異なる。一般的にはスルメイカ、関西では剣先イカを指すことが多いらしい。地元で一番ポピュラーなイカが「真イカ」と呼ばれるようになるっぽい。

＊＊＊

普段、都内で暮らしている限りでは、台風は「電車を止める面倒臭いもの」くらいの認識だったが、海が近いこの町ではそうはいかない。いつも穏やかな海がうねってごうごうと音を立てるし、横風を受けるたびに車が横転するんじゃないかというほど揺れる。あちこちでサイレンが鳴り響いていて、雰囲気が異様だ。雨も強烈で、ワイパーが最高速度でビュンビュン動いているのに、正面の視界はほとんどない。海沿いの道は、砕けた波がざぶざぶかかっていた。

なんでこんな日に、と、海夏人がビビりながら後部座席で揺られていると、車は古めかしい建物の前に停車した。白くて四角い建物の正面はシャッターが下ろされていて、その上に「水産」の文字が見えた。たぶん、地元の水産加工工場なんだろう。規模は小さなもので、お世辞にも儲かっていそうには見えない。

「いや、玉屋くん悪いね、こんな日に」

「こんな日でもないと仕事休めんでね。気にせんといてくれ」

玉屋を出迎えたのは、この工場の社長のようだった。背が低くて、全体的にフォルムが丸い。大粒の雨が外壁に打ちつける音を聞きながら、何に使うのかよくわからない機械が所狭しと並んだ作業場の奥へと案内される。若干、海臭いというか、生の海産物の臭いがする。

「ああ、これか、結構あんなあ」

奥にあったのは巨大な冷凍室で、温度計はなんとマイナス四十五度を指していた。豆腐の角で頭を打って死ねそうな環境で、半袖の海夏人と涼介はガタガタ震えながら白い息を吐き続け、おじさんたち二人の会話が終わるのを祈るように待った。社長はブルゾンを着ていたが、タンクトップ一枚の玉屋がまるで動じていないのが恐ろしい。

「物はいいんだよ。サイズも結構大きいしさ。生でも焼いてもうまいよ」

玉屋が冷凍室の端っこに山積みされていた大きな発泡スチロールの箱のふたを開け、ううん、と唸った。ぎっしり詰まっていたのは立派なイカだ。

「真イカか。全部でどんだけ余っとんのかね」

「三百箱ある。もうね、十でも二十でもいいからさ、頼むよ」

玉屋は海夏人と涼介に何も説明してくれないが、状況から察するに、何かの理由で水産加工会社で扱っているイカが大量に余ってしまい、社長は、その一部を買ってくれないか、と玉屋に交渉をしているようだ。

「キロいくら?」

社長が、すぐにポケットから取り出した電卓をはじいて、数字を玉屋に見せた。玉屋はひとしきり大笑いすると、えぐいのう、と、ため息をついた。

「なんでまたそんなに余らせたんかの」

「取引先が突然倒産しちゃってさ。加工しても他に売るあてがなくて」

「まあ、わかった。じゃあ、百引き受けるでええかの？」

「百箱？　ほんとに？」

玉屋よりずっと年上に見える社長が、泣かんばかりの顔で玉屋の手を取ってぎゅっと握りしめ、頼りない髪の毛をばさばさにしながら何度も頭を下げた。

「ありがとう。ほんとに、なんと言ったらいいか」

「困ったときはお互い様ちゅうやつじゃろ」

さあ、若《わけ》ぇの仕事だぞ、と、玉屋がようやく歯の根が合わずに震えていた海夏人と涼介に向き直った。ポケットから何か取り出し、ポンと投げてよこす。かじかむ手で掴み取ってみると、それが軍手であることがわかった。オレンジのイボイボがついているやつだ。

「イカ百箱、車に積み込むでの」

鉄板前の暑さは地獄だが、世の中には寒冷地獄というのもあるのだと海夏人は思い知った。暑いのもキツイが、寒いのもヤバイ。冷え切った体に鞭打《むちう》って発泡スチロールの箱を冷凍室から運び出し、軽ワゴンではトラックヤードが使えないので、作業場の機械の間をすり抜けて入口まで運ぶ。入口では、暴風雨で頭のてっぺんから靴の先まで完全にずぶ濡《ぬ》れになった涼介が、うめき声を上げながら軽ワゴンの荷室までイカの箱を運んでいた。玉屋は、のんびり喫煙場所でタバコを吸いながら海夏人と涼介の奮闘ぶりを笑って見ていた。

「玉屋くん、入らない分はさ、台風行ったらうちのトラックで届けに行くから」

「ああ、わかった。金は現金《キャッシュ》で用意しときゃええじゃろ？」

「ほんとに、恩に着る。ほんとに。すまん」

軽ワゴンの思ったよりも広い荷室が白い箱で埋め尽くされるまで作業すると、両腕が爆発しそうなほどパンパンになって力が入らなくなった。涼介は後部座席で抜け殻のようになっていて、海夏人が助手席に座る。玉屋から渡された若干かび臭いタオルで体を拭き、ようやく一息ついた。外は相変わらずの暴風だ。そろそろ本格的にヤバそうだな、と、玉屋がボソッとつぶやいてエンジンをかけた。

「あの、イカ、なんに使うんですか？」

「ああ、どうしようかの」

「え、決まってないんですか」

「余って困ってるっちゅうで引き受けただけでの。まだ使い道なんか考えとらんよ」

「お金、余裕あるんですね」

「バカ言うな。今年の売り上げ全部持っていかれたわ。お前らのバイト代も飛んだぞ」

「マジですか？　それなのに買っちゃったんですか」

「真イカだけに、まいっか、っての。あんなの、冷凍庫に置いてるだけでも金食うし、会社潰れられても困るじゃろ。ちっさい町の仲間は助け合いでやってかんとね」

　海夏人は、意外、と言いそうになって、なんとか言葉を飲み込んだ。正直、玉屋はゴリゴリの銭ゲバで、人の足元を見た商売をして荒稼ぎするのが海の家をやっている目的だと思っていた。でも、泣きそうな顔をして玉屋の手を握る社長の顔を思い出すと、ただ金儲けしようとしてるんじゃないのかもな、と、考えを改めざるを得なくなった。

「こんな大量のイカ、全部売れますかね」

「売れますかね、じゃねえのよ。売るしかねえんだから」

「いやまあそうなんですけど」

「イカ焼きそばにすりゃいいか。たぶんうまいじゃろ。イカ焼きそば九百五十円」

「イカ入れるだけで二百円もプラスするんすか」

「イカをバカみてえな量ぶっこんでやりゃ客も納得するじゃろ」

　ええ……、と、海夏人は言葉を失った。

「そんな適当でいいんですかね」

「適当と言われんのも心外じゃな。うちは焼きそばにはそこそこだわっとるでね」

「そうなんですか」

　どの辺りがですか？　と言いそうになって、海夏人はまた慌てて言葉を飲み込む。

「かつお節はあれ、一応特級品よ。もう少し海岸沿いを南のほう行くと漁港があっての、昔はカツオ漁が盛んだったから、いいかつお節扱ってるとこがまだあるんよ」

あの削りクズみたいな――、という言葉は、海夏人もさすがに学習して、頭に思い浮かべただけにした。商品にならない部分を安く譲ってもらっているのだろうということは想像がつく。

「ソースもな、あれ、地味に毎年改良しとんのよ」

「まさか、あれ自家製とかじゃないですよね?」

「そらそうじゃわ。でも、年に何回か食品業界向けの展示会みたいなのがあるでの。毎年そこいって、うまくて安いソースがないか探しとるよ。で、俺が研究に研究を重ねて、何種類かブレンドしたやつがあれじゃわ」

あのラベルの貼っていないデカいペットボトルに入ったソースが、まさか玉屋の試行錯誤の末に生み出されたものだとは思いもしなかった。

「そんな、こだわる必要あります? 海の家の焼きそばって」

「まあ、ないわなあ。誰も気づかんしの。でも、無駄な努力でもなんでも、やれることがあるなら、せんでおくより、したほうが気持ちいいってだけじゃな」

「なんかその、材料こだわっても作るのは素人の俺だし、って思っちゃうんすけど」

「まさかひと夏のために職人を雇うわけにもいかんし、バイトに頼るのはしゃあないでの。コスト的にできんもんはできんと割り切るしかないがね、でも、どうせ飯出すなら、まずいって言われるより、うまいって言われたいじゃろ？」

うまい、かあ、と、海夏人は少し押し黙って考えた。

——みんな、去年より焼きそばうまい、って言ってて。

海夏人の頭の中であゆの言葉がリフレインして、そっか、と、すとんと腑《ふ》に落ちた。あの時、胸があったかくなったような気がしたのは、恋というわけではなくて、自分が作った焼きそばを「うまい」って言ってもらえたからかも、と思ったのだ。

バイト開始からとにかく焼きそばは大量に作ってきたが、人にうまいものを食べてもらおう、と考えたことはなかった。材料も手順も決まっている焼きそばは当然味も決まっていて、自分が言われた通りに焼きそばを作れてさえいれば、味については玉屋の責任、と、無意識に考えていたのかもしれない。

「さっきあの、俺らのバイト代出ないかも、って言ってましたけど」

「ああ、まあ、それはちゃんと出すから心配せんでいいわ」

「いや、なんつうか、もっと儲かってんのかと思ってました」

「儲かる？　海の家が？」

玉屋は珍しくひとしきり笑うと、そんなわけないじゃろ、といつもの真顔に戻った。

「昔ならいざ知らず、今はよくてトントンくらいじゃわ。儲けるためにやるようなもんじゃあないな」

「じゃあ、玉屋さんはなんで海の家やってるんですか?」

玉屋はちらりと海夏人を見ると、うーん、と、少し考えている様子だった。どうやら、玉屋の中にあらかじめ答えのある問いではなかったらしい。

「さあ。俺のじいさんの代からやってるでの、やるのが当たり前、って思っとるわ」

「そういうもんですか」

「さ、そろそろ着くでの。今日はもう家から出るなよ」

どの口が言うのかとは思ったが、玉屋に意見する勇気はなく、素直に車を降りた。

涼介の実家で風呂を借り、芯まで冷え切った体を温めると、ようやく人心地がついた。使わせてもらっている六畳間の畳の上で大の字になって、やることもないので車の中での玉屋との会話を思い出す。

お客さんに、うまい、って言ってもらったら、確かに嬉しいかも、とは思う。うまいかあ、と、独り言をこぼしながら、自然とスマホを手に取っていた。親指を動かして、〝焼きそば　作り方　鉄板〟で、検索する。

「あ、帰ってきてたんですか」

部屋の入口を見ると、今日は一日オフになった真夏が立っていた。今までは、涼介の家にいる間はずっとオーバーサイズのTシャツにたるんとしたカーゴパンツという格好だったが、店で水着接客を始めてからは自分に自信がついたのか、はたまた素の真夏が出るようになってきたのか、以前とはずいぶん雰囲気が変わってきたように思う。よくしゃべるようになったし、表情も明るくなった。今日も、短パンにキャミソールという格好で家の中をうろうろしていて、もはや完全に実家だ。夕食前にもかかわらず、すでに風呂上がりの缶ビールをキメていて、いつものように目が据わっていた。誕生日に缶ビールを飲んで以降、酒がずいぶん気に入ったのか、飲酒は毎日の日課である。もうあと二缶分くらい飲むと人に絡み出して面倒なので、その辺で止めておいてもらいたい、と、海夏人は強く思った。

「台風の中、何してたんですか？」

「ああ、なんか、玉屋さんの買い出しの手伝い」

「買い出し？　こんな日に何か買うものあるんですかね」

「それが、大量の冷凍イカでさ。結構立派なやつ。明日からイカ焼きそば出すってさ」

「いか……、大量の……？」

「俺、当然イカ焼きそばなんて作ったことないけど、ぶっつけで大丈夫かねえ」

海夏人が普通に話していると、真夏が立ったままぼろぼろと涙をこぼし始めた。え、なに、なになに？　と困惑していると、さらに真夏の肩が震え、ついには両手で顔を覆って、子供のような泣き声が指の隙間から漏れ聞こえるほどになった。

「あれ、ええと、俺、なんか悪いこと言った？」

「イカ……、解体するの、絶対私じゃないですかあ」

海夏人が、確かに、と思いながらも、泣き出した真夏を前におろおろしていると、その泣き声を聞きつけたのか、部屋の入口から涼介が、ひょい、と顔を出した。最初は、海夏人をからかうようににやにやしていたが、のたくたと歩いてきて「大丈夫？」と真夏に声をかけた瞬間、表情が変わった。真夏は振り返りざま、ナチュラルな動きで涼介の胸に顔を埋《うず》め、間髪入れずに涼介の腰に両腕を回したのである。

「私、大量のイカの解体なんて、できないです」

できないです、の語尾は、ですぅ、に近かった。真夏がすべて計算でやっているのか天然なのかはわからないものの、酒が入った真夏は、妙な色気を出してくる。今、涼介の視界には、ほんのり頬を上気させた上目遣いの真夏の顔が見えていることだろう。

真夏の密着攻撃を受けて固まり、驚いた表情を浮かべていた涼介だったが、真っすぐに海夏人を見て、一瞬切なそうな顔をした。海夏人が見守る中、それは諦めというか、何かを悟ったような顔つきに変わっていく。まるで、肉食獣の牙が首元に食い込み、自分の運命を悟った草食動物のような顔だった。

海夏人にも、涼介にも、夢があった。夏の海という絶好のロケーションで、大学生活にはない非日常の中、普通なら接点のない女子と出会ってひと夏の恋に落ち、みたいな。『サマージャム』の子たちと仲良くなっていくのはわくわくしたし、楽しかった。これから八月後半まで、まだもうひと展開くらいあったかもしれない。でも、涼介はそれを放棄しなければならなくなった。同じ大学の学生という、一番無難なところに着地する是非を自分に問うても、こうなってしまった以上、結論は変えられないだろう。

なんか、お前の気持ち、わかるぞ、涼介。

海夏人が万感の想いを込めてうなずくと、涼介は目を伏せて、真夏の後頭部におずおずと手を回し、ぽんぽん、と何度か軽く叩いた。酒の入った真夏の魔性に、涼介は負けた。これ以上、涼介を見続けるのはかわいそうな気がして、海夏人は静かに後ずさりをし、自室に戻ってふすまを閉めた。

そこから、「指が生臭くなるなんて嫌だ」と、号泣する真夏を小一時間ほどなだめ続ける涼介の声が聞こえていた。おとなしそうに見えて、とんだ釣り師だったな、と、あざとすぎる真夏の潤んだ目を思い出しながら、海夏人はぶるりと体を震わせて戦慄した。

6

八月二十一日（水）「脳汁」天候・晴れ

○ログ
お盆も明け、平日は海水浴客も落ち着いている。
イカ焼きそばの売り上げは好調。
玉屋の本業は運送業の経営者らしく、イカの在庫は会社のコンテナ冷凍庫に保管中。
残り少ない期間でイカを売り切るべく、新しいメニューを考案することにした。

○メモ
新メニュー・海鮮塩焼きそばの作り方
（1）豚肉、イカ、キャベツ（増量ＯＫしてもらった）をよく炒める。
（2）具材を鉄板の端によけ、麺を鉄板に広げてほぐし、しっかり焼く。
（3）コテで具材を持ち上げるようにしながら水分を飛ばす。
……ここまでイカ焼きそば（ソース味）と同じ……

（4）麺に焼き目がついたら、麺と具材を混ぜて特製塩だれで調味する。
（5）ごま油で香りをつけ、かつお節と乾燥小エビ、レモン汁を少々かけて完成。

＊　＊　＊

しっかり焼いて焼き目をつけた麺と香ばしいイカ、食感を残しつつ炒め合わせた野菜。コテで持ち上げながら余計な水分を飛ばし、満を持して海夏人が鉄板に「特製塩だれ」を回しかけると、じゅわ、という音とともに、にんにくの香りが効いた湯気が一気に立ち上った。熱気と香気に、鉄板の前を取り囲むように集まった面々が、おおー、と沸く。

輪の中には、玉屋と涼介、真夏、玉屋の知り合いの常連さん数名と、『サマージャム』の店長さんと女性店員さん四人。もちろん、海夏人が気になっているあゆもいる。

「あの、正直に感想言ってもらっていいんで」

いつものプラスチックパックではなく紙皿に焼きそばをとりわける。玉屋の「じゃあ、いただきます」の掛け声をきっかけに、全員が一斉に焼きそばを口に入れた。もくもくと口を動かしている人たちを眺めている時間は、半ば拷問だ。どうすか？　と言いたくなるのをぐっと我慢しながら、海夏人は鉄板のコゲを落とす。

「なにこれうま。優勝じゃろ」

最初に口を開いたのは、『サマージャム』の黒ギャル店員〝まえぴ〟だった。その一言を皮切りに、顔を見合わせながら咀嚼《そしゃく》していた面々が、口々に感想を述べる。

「イカの風味がちゃんとする。麺をしっかり焼いてるから、ところどころかりっとした食感もあるし、全体的にべちゃっとしてなくておいしい」

「にんにくの香りがー、食欲そそって、いいと思います。暑くてソース味キツイかな？ってときも、最後のレモンがさっぱりさせてくれるので、すごく食べやすいです」

食レポが妙に上手いのは、〝あおり〟と〝ゆず〟の美人姉妹だ。あゆ曰《いわ》く、二人とも地元芸能事務所に所属してローカルタレント活動もしているそうで、食レポ慣れしているのも納得だった。まえぴが姉妹を見ながら、「別に、うまい、でええじゃろ？」と、頬を引きつらせていた。

まだ夏休み期間中とはいえ、お盆休みを過ぎると平日の午前中はだいぶ人出が落ち着いてくる。その時間を使って、新メニューの試食会が開かれた。イカ焼きそばはかなり売れ行きもよく、玉屋が知り合いの飲食店にも卸すなどしてイカの在庫は着実に捌《は》けているが、海の家の営業最終日まで一週間を切り、残りの在庫を売り切るためにはテコ入れが必要だろう、という話になったのだ。そこで、海夏人は一度まかないで作ってみておいしかったレシピをベースにしたメニューを考案した。それが、「海鮮塩焼きそば」である。

「海夏人を褒めんのもなんかムカつくけど、ガチでうまいわ、これ」

涼介が、口いっぱいに焼きそばを頬張りながらそう言った。あまり表情を変えずに、性格悪くね？　と返事をしたが、褒められたことはまんざらでもない。真夏は何も言わないが、ふんふん、とうなずきながら箸を止めずに食べ進めている。食うのが早い。

「カナト、これ、味付けどうやってるの？」

もう名前で呼び合うくらいよく話すようになったあゆが、海夏人に塩焼きそばの味付けの仕方を聞いてきた。あー、うん、と、海夏人は歯切れの悪い返事をする。

「あ、もしかして、企業秘密とか？」

「いや、全然。ただ、これだけなんだよね」

鉄板の陰においてあるのは、「塩ラーメン」と書かれた業務用スープで、そこにさらに業務用刻みにんにくを足したものだ。レモン果汁はアルコールメニューに使われている濃縮タイプのもの。いずれも、営業期間が終了するまでに使い切れなさそうなものばかりだ。

「ほんとにそんだけ？　めちゃくちゃおいしいんだけど」

「そう？　それはよかった」

自分が作ったものを、おいしい、とか、うまい、と言って食べてくれる人がいるのは、なんというか、不思議な感覚だ。一番近い言葉を当てるとするなら、「快感」だろうか。

その快感を味わいたくて、最近は空き時間にひたすら動画で勉強している。焼きそばだけにとどまらず、古今東西の鉄板焼き動画を観漁《みあさ》っているが、最近一番びっくりしたのは、とんでもない再生回数を叩き出していた、キッチンカーの中でオムライスを作る動画だった。海夏人の使っているのと似たような鉄板とコテ二本で器用に卵液をこねまわし、プルプルのオムレツを作っているのだ。あんなコテ捌《さば》きは到底真似《まね》できそうにないが、いろいろな動画を観たおかげで意識が変わったのか、海夏人の焼きそば作りは格段に上達した。

正直、焼きそばなんてものは土曜の昼間に出てくる家庭の手抜き料理という認識でしかなかったが、突き詰めればなんでもちゃんとした料理になり、料理になれば、驚くような技術や工夫が生まれてくるものだな、と思う。

今回、新メニューを作ってみて、改めて玉屋の言葉がよくわかった。最初は、儲け重視の暴利の極みだと思った焼きそばの価格も、それが海の家全体の採算を取るために必要な最低ラインなのだ。お店を経営するには、原価だけじゃなくて、設備費とか光熱費、家賃、人件費、その他もろもろいろんなお金がかかる。毎年、期間限定で出店し、その都度店を組み立て、解体しなければならない海の家では、料理にかけられるお金はさらに限られる。安い業務用食材も、売り物にならないような野菜やかつお節も、限られた予算内で、できる限りうまいものを、という玉屋の工夫の結果だったのだ。

　本当にうまい海鮮塩焼きそばを作ろうとするなら、イカ以外にもたくさんの海鮮を使いたくなるし、焼きそばの麺ももっといいものを使いたくなる。いろんな調味料を使えばおいしくもなるんだろうけれど、結局、売れるかもわからないものにコストはかけられないし、そもそも海夏人にはそんな技術も知識もないから、余りもの、ありものでなんとか新メニューを考えるしかない。まかないを作りながら、裏の食材倉庫にあるものを並べて考えたのが「海鮮塩焼きそば」だった。あまり売れずに余っていた業務用の塩ラーメンスープならホタテやら魚やらの海鮮の味がするし、イカの味と結構マッチするだろうと思ったのが出発点だった。正直、真面目に飲食店をやっている人からしたら料理ということもはばかられるようなものなのだろうが、これくらいが海夏人の限界だし、やれることのすべてだ。

「よし、今からこれ出せ」

「え、今から？」

　がしっと海夏人の肩を摑んだ玉屋が、涼介に段ボールを持ってこさせ、太いマジックで「絶品！　海鮮塩焼きそば」と、思いのほか丸みがあってかわいい字を書いた。少し悩むようなそぶりを見せた後、六百五十円という価格を書き込む。これまでの傾向を考えると、だいぶ安い価格設定だ。鉄板前に掲げられていたイカ焼きそばの価格も六百五十円に、通常の焼きそばは五百円に値引きされた。

「いいんですか？　元取れますかね」

「お前らのバイト代くらいは売り上げたから、後はまあサービスじゃわ。それに――」

玉屋は、半分ほど食べた海鮮塩焼きそばに目を落とし、にやりと笑った。

「びっくりするほどうまかったでな、みんなに食ってもらいたいじゃろ、これ。ウチのバイトがえらいもん作った、って、俺は自慢したい」

その瞬間、海夏人の体を、ぞわぞわと何かが通り過ぎていった。体中の毛を撫でられていくような、皮膚の表面一ミリが波打つような。そしてそれが胸に集まって、ぎゅっと心臓を締めつけると、今度は後頭部のほうから、ジューシーな蜜が溢れ出してくるような感覚があった。これが世に言う「脳汁が出る」というやつか、と、海夏人は身震いした。人生でこんな感覚を持ったのは、たぶん、中学生の頃にスマホゲームのガチャで鬼レアカードを引いたとき以来だ。

「あの、すいません」

「あ、はい、いらっしゃいませ」

「なんかめっちゃいいにおいするんですけど、これ、やってます？」

見ると、彼女連れの色黒お兄さんが、今まさに涼介が鉄板脇に貼り出したばかりの「海鮮塩焼きそば・六百五十円」と書かれた段ボールを指さしながら、怪訝《けげん》な顔をしてこちらの様子をうかがっていた。あ、はい、すぐ作るのでちょっとだけ待てますか、と断って、慌ててコテを手に取る。玉屋がそんな海夏人の背中をばしんと叩いて、行け、焼きそば製造機、と笑った。

　季節的には夏も終わりに向かっているというのに、今日も変わらず日差しはキツイ。鉄板から吹き上がる熱で意識が朦朧《もうろう》とする。夏の鉄板前は紛れもない地獄だが、その地獄で懸命に焼きそばを作っていると、なんでか生きているという気がした。だが、いやいかん、とすぐに我に返る。就職するときは勘違いせず、地獄のブラック企業にハマってやりがい搾取をされないように気をつけなければならない。海夏人は手になじんできたコテを両手に装備すると、っしゃ、と気合を入れて、目の前の灼熱地獄に立ち向かっていった。

7

八月二十五日（日）「最終日」　天候・曇りのち晴れ

〇ログ

海の家最終営業日は、びっくりするほど人が来た。最高売り上げを更新。イカはほぼ完売。むしろちょっと足りなくなって追加で二箱購入した。

午後五時で無事に営業終了。そこから打ち上げと称して恒例らしい飲み会が始まった。

○メモ

労働後の冷えたビールはマジでヤバい

＊＊＊

あああああ、気持ちいいいい、と、声に出して言いながら、海夏人は濡れた髪をタオルでガシガシと拭いた。海の家は営業期間が決まっていて、最終日は午後五時きっかりに終了した。掃除と片づけを済ませると、ひと夏を捧《ささ》げた労働もすべて終わりだ。玉屋が無料で温水シャワー用のトークンを渡してくれたので、疲れ切った体に温水を浴びせて汗を流し、持ってきた新しい服に着替えた。人間というのは単純なもので、汗をだらだらたらしながら地獄だ、と思っていたのに、お湯を浴びるだけで生き返ったような気持ちになる。夜の風は夏の盛りの頃より少しだけ涼しくなって、シャワー上がりの濡れ髪で風を受けるのが心地よかった。にしてもめちゃくちゃ肌が焼けた。もともと、比較的色白なはずだが、夜になるとちょっと闇に溶け込みそうになる。

海夏人がシャワーを浴びている間に、どこからともなく人が集まってきて、『サニー・ビーチ・ロード』の店内はいっぱいになっていた。最終営業日終了後に、海の家三軒合同で打ち上げをするのが毎年の恒例行事なのだそうだ。オーナーや従業員の家族親戚、友人を集めて、余った食材も大盤振る舞いしてどんちゃん騒ぎをするらしい。

「おう、海夏人、こっちこいや」

玉屋に呼ばれて、いつも涼介がドリンクを作っていたカウンター前の席に座る。少し座面の高いハイチェアに腰かけると、玉屋が太い腕を海夏人の肩に回し、お疲れじゃったの、と労をねぎらってくれた。

「飲めるんじゃろ？」

「ああ、まあ、一応。でも、まだ飲んだことないです」

玉屋が、グラスを手にもって傾けるような仕草をする。海夏人は夏休み前に誕生日を迎えて二十歳になっているので酒も飲めるのだけれど、いまいち酒には興味がわかず、機会もなかったので、まだ飲んだことがなかった。子供の頃、父親のビールをこっそり飲んでひどい目にあったことがあって、酒に対してはいいイメージがない。苦いし臭いし、大人がなんでこんなものをうまいと言って飲むのか理解できなかった。

「体質的にダメとかか」

「あー、いや、大学でパッチテスト受けたときは大丈夫って判定でしたけど」

「じゃあいけるな。いくか」

「いやでも、俺、あんま酒とか――」

「おい、涼介、注いでやれ」

バーテン気取りでドリンクカウンターに立っていた涼介が、冷凍ショーケースからカチンカチンに凍らせたガラスジョッキを慣れた手つきで取り出し、一丁前にビールサーバーからビールを注いだ。黄金色の液体を静かに注ぎ入れ、キメの細かいクリームのような泡で蓋をする。ぱっと見はめちゃくちゃうまそうなのに、ジンジャーエールみたいな味がするならまだしも、苦くて薬みたいな味なんだもんなあ、と、海夏人は苦笑した。

「お、カナト、飲むの？」

背中に、どん、という圧力を感じて振り返る。立っていたのは大場真夏だ。海夏人より早く飲み始めていたようで、手に持っているジョッキはほとんど空になっていた。いつものように出来上がっていて、顔は真っ赤だし、目も完全に据わっている。

真夏は酒の力を借りて本当の自分を解放することに成功し、バイト期間終盤は裏のキッチンの女帝と化していた。玉屋のばあさんをはじめ、手伝いのじいさんばあさんにも気後れすることなくガンガン指示を出しながら注文をさばき、自分は自分で、ものすごいスピードでイカをさばくまでになっていた。その強気すぎる姿勢は年寄衆になぜか好評で、今日の打ち上げも、真夏はじいさんばあさん連中の中心になって大盛り上がりしている。

すっかり酔いどれキャラになった真夏は、ビールはおいしいよ、と上から目線で海夏人の肩を叩くと、涼介におかわりのビールを注いでもらい、颯爽《さっそう》と一番賑やかな輪の中へ帰っていった。真夏を目だけで見送ると、視線の正面には、自分の分のビールを手にした玉屋が、逃げ道をふさぐように乾杯を待っている。仕方なく、肉厚ガラスのジョッキを手にもって、玉屋のジョッキにぶつけた。ガチン、という鈍い音がする。

「いいかカナト、ビールは喉で飲め。一気に喉にぶち込め」

「はあ」

こういうこと言うおっさんよくいるよな、と、玉屋の言葉を聞き流しながら、まあ付き合いで一口くらい飲むか、と、ジョッキの縁に唇をつけた。今日も暑かったし、風呂上がりだし、喉は渇いている。スポーツドリンクとか牛乳を飲む勢いでビールを流し込むと、その瞬間、海夏人の視界がぐりぐりと歪《ゆが》み、世界が変わった。

なにこれ、ヤバくない？

渇いた喉をキンキンに冷えた飲み物が通過していくのは、それだけで快楽だった。ちょっと口をつけるだけ、などと思っていたはずが、気がつくと、目を閉じ、眉間に力を入れながら喉を鳴らして飲んでいた。胃に入ったビールがそのまま体の隅々にまで浸透し、血中をぐるぐる回り出していく感覚。合法な反応なのかこれは、と少し不安になるくらい、ジョッキを持っていない手が虚空を摑みながらぶるぶる震えた。うまい、というより、気持ちいい、に近い感覚をもっと味わっていたかったが、あまりにも高まりすぎた感情に恐怖心さえ生まれてきて、海夏人はジョッキをカウンターに叩きつけるようにして置き、ぷはあ、と息を吐いた。目を見開くと、すでにジョッキの中身を四分の三ほど飲み干していた。

風呂上がりに冷たい飲み物を飲んだ経験は数あれど、キンキンに冷えたビールのうまさは他をはるかに凌駕《りょうが》していた。でも、何がうまいのかと訊かれたとしても、苦い飲み物を飲んでうまいと思ったのが初めてのことで、人に説明するのはきっと難しい。飲んだ瞬間から全身にしみわたってくるようなあの感覚を知ってしまうと、大人が酒を飲む理由もわからんでもない、と思った。もしや、一口目だけの感覚か、と思って、残りを喉に流し込んだが、ちゃんとうまかった。いつの間にか、味覚だけは大人になっていたのかもしれない。子供でいられる時間もあとわずかだな、と、少し切なくなった。

血中をアルコールが回っているからか、疲れた体にどすんとした重力とふわりとした浮力を同時に感じる。粘度の高い液体の中を泡が浮いていくみたいに、ふわり、どよん、と意識が自分から離れて、飲み会の喧騒《けんそう》が少し遠くなった。店前では子供たちが砂浜で花火に興じている。ドリンクカウンターから呼ばれて駆け寄っていった涼介も、子供に混ざって存分にはしゃいでいた。海夏人からするとどこか掴みどころのないあいつも、地元では「気のいいお兄ちゃん」というポジションのようだ。あちこちで人がわあきゃあと騒ぐ声が平和でいい。海の家をライトアップする提灯《ちょうちん》のレトロな光も、夏の夜、っていう感じがした。スマホを取り出してアプリを起動し、「労働後の冷えたビールはマジでヤバい」とメモをする。

「大丈夫か？」

「あ、いや、大丈夫です。ちょっとふわっとしただけです」

玉屋が大笑いしながら、うまかったじゃろ、と海夏人の頭に手を置いた。まるで、ぼくちゃんおおきくなったね、とでも言われているようで、子供の頃、親に褒められたときの記憶が少しよみがえった。

「ただ、酒飲んだら海に入るなよ。連れていかれるでの」

「さすがに入んないですけど、なんですかそれ、昔からの言い伝えですか」

「いや、うちの親父《おやじ》が酔っぱらって海に飛び込んで、溺れて死んだからよ」

絶句して思わず玉屋を見るが、玉屋は特に動揺したような様子もなく、ざざん、という音だけが聞こえてくる真っ暗な海を見ていた。

「前に、なんで海の家なんかやってんのか、ってカナトが聞いたじゃろ」

「ああ、はい、台風の日ですよね」

「あれからちょっと考えたんじゃわ。なんでこんなことしてんのか、ってな」

「はあ」

「俺がガキん頃は、夏休みになると一家総出で海の家やっとったんよ。手伝いなんかしたくねえからって家にいても誰もおらんし、飯も作ってもらえんし、手伝うしかねえ。鉄板は、その頃からずっと俺の担当での。今思えば、手伝わせようとしておだてたんじゃろうが、親父は、俺が作った焼きそばが一番うめえ、って言ってよく食ってたわ。で、俺は調子こいてよう作っとったんじゃわ、焼きそば」

「焼きそば、ですか」

「よくも悪くも、それが思い出ちゅうか、俺の夏そのものなんじゃな。で、たぶんな、ガキの頃に海に泳ぎに来て、うちの海の家の焼きそば食って、ってのが夏そのもの、ってやつがこの辺りにはそこそこおるんよ。他に遊ぶ場所ねえからの」

「じゃあ、そういう人たちの思い出の場所を守りたい、みたいなことですか」

「そこまで高尚なことは考えとらんがね、海の家なんて今日日《きょうび》儲からんし、昔からやってた連中はもう歳で気力もねえし、後を継ぐような若いのも減ってるしの。誰かがやらんとそのうちなくなる運命じゃろ？　じゃあ、俺がやるか、ってくらいのもんじゃな」

「なるほど」

「まあ、ここ閉めたら、毎年親戚だのなんだの集めて、酔って溺れたバカ親父を笑って思い出す場がなくなるからの。それは、夏って感じがせんのよ」

「そう……、です、よね」

なんと言っていいかわからなくて当たり障りのない返事しかできなかったが、なるほどな、という納得感はあった。海の家の焼きそばなんて、どこで食べても似たような味で、味自体の記憶なんてまず残らないけれど、だからといって料理としての存在価値がないかといえば、そんなことはない。飲食店は手の込んだおいしい料理を出すことがすべてというわけじゃなくて、海夏人のような素人バイトが作った焼きそばでも、誰かの思い出の付け合わせになることもあるのだ。だったら、まずいって言われるより、少しでもうまいって言ってもらえるものを作りたい。玉屋もたぶん、そう思っている。

「これ、全員に渡しとるでの」

「は、お？　なんですかこれ」

玉屋から受け取ったのは、茶色い封筒だ。封のされていない口を開いて中を見ると、生々しいお金の束が見えた。

「バイト代、ですか、これ。今のタイミングで？」

「そろそろ渡しとかんと忘れそうでの。明日にはもう今日何しゃべったか覚えとらんじやろうし、明日帰るんなら、もうカナトと会うタイミングもないでな」

「ていうか、ちゃんと数えてないですけど、ぱっと見、多くないですか？」

「ああ、ロイヤリティ分を加算しといたからじゃわ」

「ロイヤリティ？」

「来年以降も、塩焼きそばはレシピを使わせてもらうでの。ええじゃろ？」

「あ、はあ、それは全然、かまわないですけど」

「なあ、カナト。また来年の夏もここに来いよ。おまえの焼きそば、結構評判よかったでの。時給五十円上げてやるから」

「あー、来年は、就活でインターンとか行かなきゃいけなくて――」

でも、と、海夏人は言葉をいったん切った。今までは、やりたいことも好きなこともなくて、ただ右へならえですべてやってきた。このまま、来年、再来年は漠然と就職活動をこなして、どこか引っかかった会社で働くものだと思っていたけれど、この夏のバイトでちょっとだけ、自分は意外と料理することが好きで、作った料理を人にうまいと言ってもらえることがうれしい、ということがわかった。今から料理人を志そうとはさすがに思わないけれど、食品メーカーに就職したり、あるいは、自分で起業して飲食店を経営する、というのも面白いかもしれない。

「でも、時間があったらまた来たいです」

「おう。待ってるでの」

少し多めにしてもらったバイト代をありがたく頂き、忘れないようにバッグの奥に忍ばせた。海夏人に背中を向けて別の集団の中に入っていく玉屋を見送っていると、外のほうから名前を呼ばれた。どうやら、鉄板はまだ火を落としていなかったようで、海夏人がひと夏を過ごした地獄の鉄板の周りで、子供たちがめいめい肉やらイカやらを焼いて食べている。海夏人の名前を呼んだのは、輪の中にいた涼介だ。

「なに？」

「焼きそば作ってくれよ」

「涼介がやりゃいいじゃん。俺が休みの日は鉄板やってただろ」

「言わせんなって。お前が作ったほうがうまいんだからさ」

どこからか「焼きそば！　食べたい！」という声が聞こえてくる。声の主は、たぶん、『サマージャム』のまえぴだ。ほどなく、ギャル店員四人がひょこんと鉄板前に現れて、塩焼きそば！　の大合唱を始めた。

「カナトの焼きそば食べたーい」

そう言いながら手を振ってきたのは、あゆだ。水着の接客姿もまぶしかったが、私服姿もエグい。時を止めて、このままずっとあゆを眺めていたい、という願いもむなしく、完全に酔った真夏がふらふらした足取りでやってきて海夏人の視線を遮る位置に立ち、ほらなにしてん、と、手首をひっ摑んで強引に席を立たせた。小柄な体格にそぐわず腕力がすごい。

しゃあねえな、などと十二分にもったいつけて、鉄板に向かう。「天才焼きそば職人！」「鉄板の魔術師！」などと周囲におだてられながら、海夏人は鉄板前に立って、コテを、しゃりん、と鳴らした。

8

「東京着くのは夜中だな」

涼介の車の後部座席でふんぞり返りながら、海夏人がぽつんとつぶやいた。言葉は車内に伝わったはずだけれど、それに対するレスポンスはない。運転席の涼介はバキバキの目で真っすぐ前を見続けているし、助手席の真夏は時折ゆらゆら上体を揺らしながらも、眠ることなく、助手席に座った者の義務を果たそうとしている。

本当は、今日の朝イチに出発して東京に帰り、昼過ぎには新宿で解散の予定だったのだが、昨夜の酒のせいで全員が二日酔いとなり、夕方近くまで寝込むはめになった。今朝などは、酒はもう二度と飲まん、とさんざん思ったけれど、マメログで労働後のビールのうまさを再確認すると、また飲んでしまうかもしれない、とも思った。あのビールは衝撃だった。わりと大げさではなく、人生が変わる体験だった。

「カナトさ」

「ん？」

唐突に、涼介が前を向いたまま海夏人の名前を呼んだ。なに？　と発音するのもダルくて、ん？　とだけ返した。

「おまえ、ゆうべどこ行ってたん？」

「どこって」

「なんか、いつの間にかいなくなってて、夜中に帰ってきただろ？」

「あー、まあ、うん。酔ったから、ちょっと醒《さ》ましに」

「海夏人くんと一緒に、あゆちゃんもいなくなったよね」

さっきまで半寝だったはずの真夏が、急に話に乗っかってくる。

「おまえさ、やっぱあゆと――」

「いや、大丈夫」

何が大丈夫かはわからないが、海夏人がそう言い切ると、車内は再び静まり返った。

「涼介とまなっちゃんもさ」

「あ？」

「なんか二人、今日雰囲気違くない？　ゆうべなにか――」

「別に」

「何も変わらないです」

車内の空気が地獄になりそうだったので、海夏人は口を閉じて、ふふ、と笑った。今年の夏は、人生で一番夏らしい夏だったな、と思う。駆け抜けた地獄の日々をプレイバックするべく、書き溜《た》めたログを見返すのを再開すると、ころん、という軽やかな音とともに、メッセージが届いた。差出人名は、〝あゆ〟だ。

『来月とか、東京に遊びに行ってもいい?』

小鼻が膨らみそうになるのを表情筋に力を入れて必死に堪《こら》え、海夏人は、ふう、と肺から息を抜いた。いやこんなことある? と、思いながら、いいよもちろん、とメッセージを返す。既読がついて、すぐにメッセージが返ってきた。

『またカナトの焼きそば食べたい』

「なあ、涼介」
「なんだよ」
「東京帰ったらさ、俺、鉄板買うわ」
何言ってんだおまえ、と言われながらも、頭の中で、焼きそばを作るイメージをする。

商売じゃないから、少しくらい原価をかけてもいいだろう。あゆが遊びにくるまでに研究して、自分なりの焼きそばの味を作ってみようと思った。あゆは、うまい、と言ってくれるだろうか。鉄板の上の焼きそばのように、心が躍る。

おむすび交響曲《シンフォニー》・第二楽章～夏のアダージョ～

今日の『おむすび・結』の開店一番客は、珍しく若い女性のグループだった。お化粧や服装は派手めだが、全員、妙にくたびれた感じがある。おそらく、都心の繁華街で朝まで遊んで、これから帰るところなのだろう。夏の終わりを楽しみつくそうとした結果なのかもしれない。

近くの駅南口のバスターミナルからは県内各所に向かうバスが出ているので、六時台のバスの発車時間まで時間をつぶしにくるお客さんがたまにいる。結女がお盆やおしぼりを彼女たちの前に並べていると、かすかにお酒のにおいを感じた。夜通し飲めるなんて、若くていいな、と思う。結女はもう、晩酌にビール一杯飲むだけでまぶたが開かなくなってしまう。少しぼんやりしていると、グループの中の一人が手を上げて、すいませーん、と結女を呼んだ。

「季節のおむすびって、どんなんですか？」

「月替わりのメニューで、今月は、三陸《さんりく》ほや塩、葉唐辛子《はとうがらし》、アジのなめろうですね」

四人の女子が、なにそれうまそう、と、わいわい相談を始める。そこから、彼女たちの質問タイムになっていった。

「葉唐辛子って、辛いですか？」

「いいえ。唐辛子の葉っぱは辛くないんですよ。ただ、ちょっと実のほうも使ってピリッとした味付けになってますけど。でも、お子さんでも食べられるくらいです」

「なめろうっていうのは？」

「アジの身を叩いたものに、お味噌と薬味をあわせたものです。今日は身の厚いいいアジが入りましたので、おいしいと思いますよ」

「ほや、って聞いたことないんですけど、貝かなにかですか？」

「ほやは……、その……」

これなんですけど、と、結女がスマホで画像を見せると、全員が、うわー、と言いながら仰け反った。慣れない人にはショッキングな見た目かもしれない。女子たちから、「グロい」「これは食える気がしない」と、口々に拒絶の言葉が出る。

「おむすびに使ってるのは身のほうじゃなくて、このほやから作ったお塩なんです」

ほやを剝《む》き身《み》にするときに殻を割ると、中からほやが吸い込んでいた海水が溢れ出てくる。この海水を集め、じっくり煮詰めて作るのが「ほや塩」だ。やわらかい塩気とほのかな磯《いそ》の香りがするので、おむすびにまぶして食べると非常においしい。だが、詳しい作り方は彼女たちに説明しないでおくことにした。

「じゃあ、葉唐辛子となめろうの二個セット」

「私も同じで」

タイプは違うがどこか顔の似ている姉妹のような二人が、いち早く注文を決める。

「じゃあ、あゆがほや塩いってみるね。あと、梅しそください」

うわ、あゆ、あれ行くん？　と、三人が苦笑いを浮かべながら、一人の女の子を一斉に見た。最後まで迷ってから注文したのは真っ黒に日焼けした子で、彼女は「ツナマヨと焼き鮭」という定番二品を頼んだ。おむすびの具はお客さんの性格が出るので面白い。

「あ、あと、すんません、ここって、豚汁ありますか？」

「セットはお味噌汁がつくんですけど、すみません、豚汁は冬しかやってなくって」

日焼けした子が、えー、ないのかあ、と、がっくり肩を落とす。あまり夏場に豚汁を飲みたいという要望を上げるお客さんはいないので、結女は首を傾げた。

「まえぴってさ、夏でも飲み明けに豚汁とか言い出さない？」

「え、だって定番じゃろ？　酒飲んだら〆《しめ》は豚汁」

他の子たちが、は？　と言いながら、結女と同じように首を傾げた。

「ラーメンとかじゃない？　普通」

「嘘でしょ、豚汁じゃろ？　え、ウチだけ？」

まえぴ、と呼ばれた子は、必死に「〆は豚汁」と訴えるが、他三人はまったくぴんと来ない様子だ。

「おかみさん聞いたことあります？　飲み会の最後が豚汁とか」

急に話を振られて驚いたが、結女には少し思い当たるところがあった。

「それが、うちの母は県南の小さい漁港の近くの生まれなんですけど、祖父母の家に行くと、祖父がお酒の〆に豚汁を食べてた記憶がありますよ」

「あ、そこ、ウチのパパママの生まれたとこ！」

まえぴが、立ち上がって、それ！　というように結女を指さした後、ほら、嘘じゃないから、と、得意げな顔で三人を見下ろした。

「豚汁だけ飲むんですか？」

「祖父は塩むすびと一緒に食べてましたけど、人によっては豚汁だけ、みたいな人もいるそうで」

「初めて聞いたー。そんなに離れたトコじゃないのに」

「もしかしたら、その町だけの定番なのかもしれないですね」

「いやでも、飲み明けの豚汁ガチ最強なんで、よかったらメニューに入れてください」

まず、飲み明けにこの店来るのウチらくらいしかいないから、と、年長っぽい長身の子が笑いながら言った。彼女たちの後に来店してくる客は、みんなスーツ姿のサラリーマンだ。普段はなかなかいない若い女子たちを怪訝そうに見ながら席に着いていく。

「ねえ、まえぴ、それどころじゃない」

「え？　なに？」

「ほや塩が激ウマすぎる」

ウソでしょー、と、女子たちがキャッキャと笑いながら結女が出したおむすびをおいしそうに頬張ってくれる。結女の目の前に、小さかった頃の娘の姿が浮かんで、ふわっと消えた。

「絶対、葉唐辛子のほうがうまいって」

「じゃあ、あおりのやつ一口ちょうだいよ。ほや塩と交換」

「あげるのはいいけど、私はほやはいいわ」

長身クールビューティの〝あおり〟が、頬を引きつらせて首を横に振る。おいしいんだけどなあ、と、結女は〝あゆ〟を応援したくなった。

「まえぴのツナマヨもおいしそうなんだけど」

「超うまいけど、絶対あげんからね」

「えー、けちくさー」

「彼氏持ちは、彼に焼きそばでも作ってもらってりゃええじゃろ」

あー、と言いながら、〝あゆ〟が少し頬を赤らめたように見える。

「来月遊びに行くって言ったらさ、鉄板買って待っててくれるって。優しい」

「マジうぜぇ」

一体、〝あゆ〟はどういう彼と付き合っているのだろう。笑いたくなるのをぐっとこらえながら、結女は入店したばかりのお客さんに冷たい麦茶を出す。こっそり、ほや塩がおすすめですよ、と伝えておいた。

サンクス・ギビング

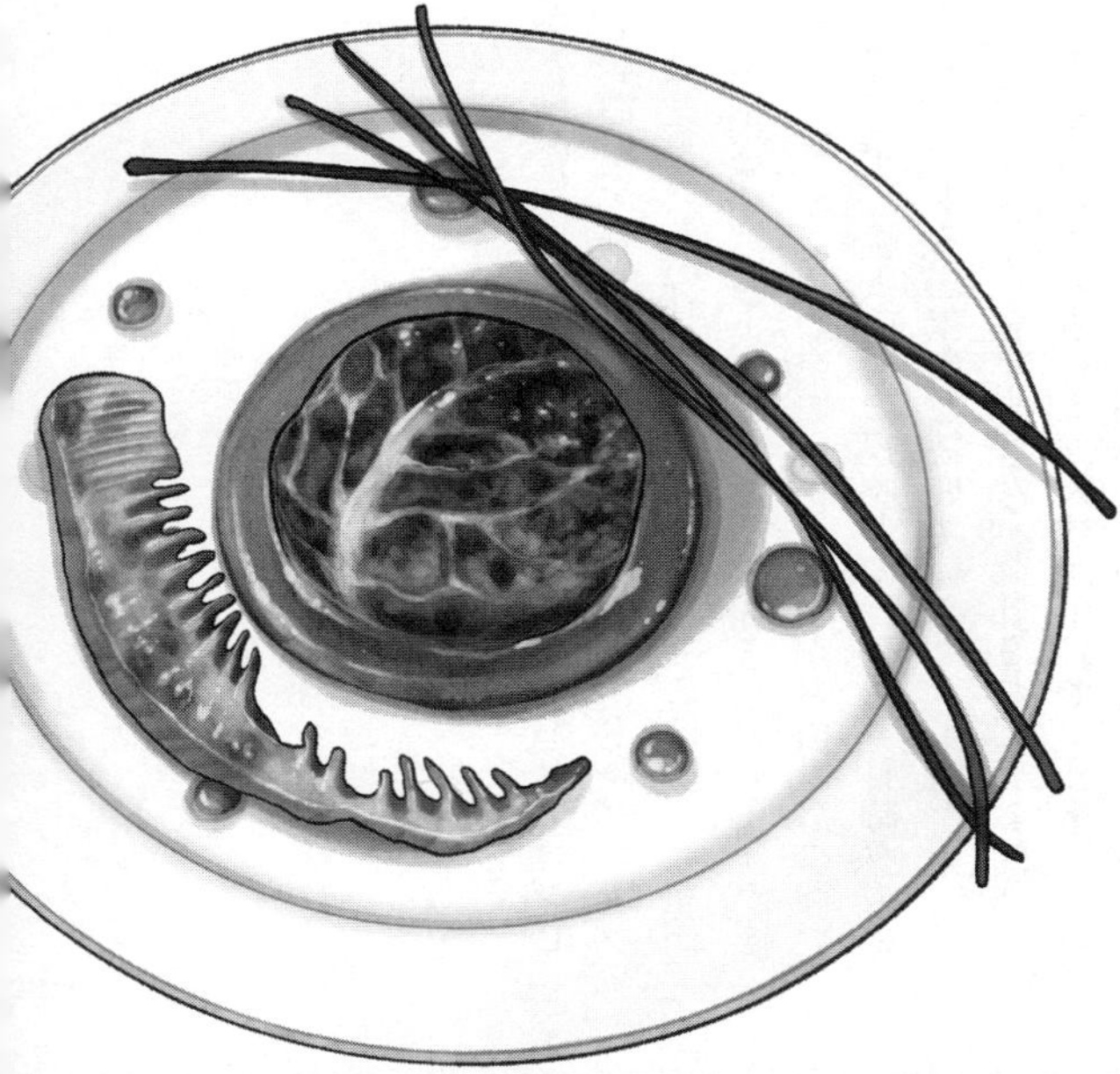

1

テレビ番組『本日のメニューは。』は、最近では珍しい王道グルメ番組だ。

演技と食に妥協を許さない美食家大御所俳優の天塩川日支男《てしおがわひしお》、大阪のお笑いコンビ「せんべろ」のツッコミ担当で自身も居酒屋を経営するサワー梅沢《うめざわ》、アイドルグループ「フルーツジャム」のセンター兼大食いタレントの甘衣《あまい》あんずというでこぼこ三人組が、地方の飲食店を回ってその店のスペシャルなメニューの誕生秘話を聞きながらトークをする——、というベタな構成だが、司会進行の二垣碧奈《にかきあおな》アナウンサーが自由で癖の強いメンツをよくまとめていて、老若男女問わず、幅広い層の視聴者に好評だ。日曜夕方の時間帯ではそこそこの視聴率を取っており、もう三年ほど続いている。

野村千秋《のむらちあき》は、その『本日のメニューは。』の制作をキー局から委託されている制作会社の社員で、番組スタッフの一人として参加している。まだ入社四年目で、仕事はAD、つまりアシスタントディレクターである。今日は、年末特番で放送予定のお店にスタッフのみで訪問してのロケーションハンティング、略してロケハンだ。編集用のインサートなどを撮影したり、機材のセッティング位置、撮影場所などを確認する作業だ。明日はシェフに一日同行して密着映像の撮影をすることになっている。

ロケハンに参加したスタッフは、千秋の他、『本日のメニューは。』の企画から演出まですべて担当する敏腕チーフディレクターの山本《やまもと》さんと、料理を撮らせたら会社で一番との呼び声が高い「ブツ撮り達人」海原《うなばら》さん。それから、千秋と同い年ながら、オーディオマニアで機材に対するこだわりが半端じゃない音声・江川《えがわ》くんの四人だ。

今回、番組の舞台となるのは、山奥にひっそりと佇《たたず》むオーベルジュ『ラ・モワッソン』というお店だった。

「オーベルジュ」というのは「宿泊施設が併設されたレストラン」のことで、レストランの入ったホテルとは何が違うのかと言えば、その目的が異なる。周辺の観光の拠点にするわけではなく、あくまでもそのお店で食事をするために宿泊するのだ。

お店の場所が山奥の辺鄙《へんぴ》なところにあるので車くらいしか交通手段がなく、遠方から来て食事だけして帰るには一苦労。ドライバーの人にもお酒を楽しんでもらうためには宿泊施設があったほうがいい、というのはわかる。でも、だったらなんでわざわざこんな何もない田舎の山奥にレストランなんか作るのか、と、千秋は不思議に思う。土地が安いからだろうか。それとも、シェフが都会のしがらみに疲れてしまったのだろうか。

千秋は知らなかったが、全国のいろいろなところにオーベルジュは存在していて、中でも、『ラ・モワッソン』は知る人ぞ知る名店なのだそうだ。新進気鋭のフランス人女性シェフがオーナーで、食通の間では予約が取れない店と有名らしい。なんともテレビ向きのお店なのだが、今まではメディアの取材をことごとく断っていたそうで、ディレクター陣は「テレビ初登場」という冠をつけられることに色めき立って、全員でハイタッチしたくらいだ。ネットや動画も一般的になったこの時代に、まだメディアに取り上げられていないお店を発掘するというのは至難の業なのだ。

「宿泊棟側には全十二室ございまして、ディナーのご案内も一日十二組さままでとなっております」

レストランと呼ぶにはあまりにも広大な敷地内の案内を、広報担当の前沢春香さんという方が担当してくれている。上品な雰囲気の女性で、パンツスーツをばしっと着こなしていてかっこいい。左手薬指にはマリッジリングが光っていて、どうやら既婚の方のようだ。さっき、海原さんがカメラを回しながら、山本Dに小声で「美人だな」と耳打ちしていた。海原さんの好みのタイプの女性、という意味ではなく、カメラ映りがよくて視聴者の目を引きそうな容姿、という意味だろう。自分もあんな女性になれたらいいのに、と、千秋は窓に映った色気のかけらもない自分の格好を見てため息をついた。

「予約がほんとに取れない、と伺ってますが」

山本Dがカメラの外からインタビューを入れる。前沢さんはにっこりと笑うと、「大変ありがたいことに、半年先まで予約で満室となっております」とよどみなく答えた。実際、今回撮影ができることになったのは、施設内一斉清掃のための休業期間中にスケジュールを合わせることができたからだ。休業中とはいっても、広い厨房内では十人ほどの若いスタッフさんが黙々と作業をしているし、仕事がストップしているわけではない。休業明けから始まる新しいメニューの試作中だそうで、料理オンチの千秋にはなんだかわからないけれど、とにかくおいしそうな匂いがさっきからずっと鼻の奥に侵入してきて、お腹が鳴りそうになる。

「その、オーナーシェフはどんな方なんですか？」

「クロエは、とても面白い女性ですよ。一度お店の外に出ると、なかなか帰ってこないので、いつも心配になりますが」

2

『ラ・モワッソン』の取材一日目を終えた後は市街地に戻って一泊し、翌日はシェフの密着取材のため、集合時間は朝の六時になった。眠い目をこすりながらホテルをチェックアウトして、秋が深まって肌寒くなった朝の空気に体を震わせつつ、近くのローカル駅に向かう。駅前の小さなロータリーには、江川くんが運転する機材車が待っていた。

おはようございます、と挨拶すると、後部座席から山本Dが、よう、と手を上げた。

「なんだ、昨日はほんとに帰らなかったのか、実家」

「ああ、はい。ホテルに泊まりました」

今回、取材で滞在している街は、実は千秋の生まれ故郷である。山本Dも同じ街の出身で、さらに出身高校も同じだ。近辺の高校生の四分の一くらいは通うのではないかというマンモス私立なので、そこまで驚くようなことではなかったが、初めて知った時はやたら気まずい思いをした。

「なんだよ、せっかく金星あげたんだから、実家に帰るくらいよかったんだぞ。たまには親御さんに顔でも見せてやれよ。全然帰ってないんだろ？」

「はあ。でも、仕事って感じがしなくなっちゃうので、今回はやめておきました」

金星、と山本Dが言うのは、『ラ・モワッソン』の撮影許可を千秋が取ったからである。基本的に、番組に登場するお店はADがリサーチして撮影の交渉をするのだが、『ラ・モワッソン』は二年前から何度か断られていたお店だった。だが、年末特番のために話題性のある店を登場させる必要があって、千秋がダメ元で撮影交渉をしたところ、なんとあっさりOKが出たのだ。それがスタッフ内では「大金星」と言われて、千秋は入社以来初めて先輩社員たちから激賞されることになった。千秋としては、地元にこんなお店ができたのか、と、半分興味本位で電話をしてみただけで、特に苦労もせずに許可が取れたこともあって、褒められてもくすぐったいばかりだ。

最近、仕事に限界を感じているのも、素直に喜べない理由かもしれない。

ＡＤというだけでほとんど人間扱いされなかった昔に比べると、最近は待遇も労働環境もよくなってきてはいるらしい。それでも、過酷な仕事であることに変わりはなく、これでマシになったのか、と思うばかりだ。ＡＤには番組作りに関するあらゆる雑用が回ってくるので、日々それをこなすだけで時間が足りなくなる。今回のロケの準備、いわゆる「仕込み」も、すべて千秋の仕事だった。ロケのスケジュール調整や資料作成、撮影の許可取りから機材の準備運搬、スタッフ分の宿泊施設の予約、食事場所のリサーチやロケ中の昼食の準備、と、一息に言おうとすると息が足りなくなるくらいの量の仕事がある。

千秋のＡＤ暮らしも四年になるが、未《いま》だにやることを忘れてしまったり間違えてしまったりして、先輩社員には迷惑をかけっぱなしだった。自分はなんと役立たずなのかと落ち込んだことも一度や二度ではなく、取材お断りのお店から許可を一度取れたくらいで「大金星」などと浮かれる気にもなれなかった。

入社してすぐの頃は、芸能人が間近にいるという職場環境に興奮もしたし、世界が変わったという実感もあったけれど、最近は深夜のオフィスで並べたオフィスチェアに横たわりながら、もう辞めようかな、と思うことも増えた。周囲の人たちが金星などといっておだてるのも、千秋のモチベーションが下がっているのが目に見えているからじゃないかと思った。辞める、と言ったら、全力で引き止められるのだろう。千秋という人材が惜しいからではなく、雑用係が減って、その分他の社員の負担が増えるから、という理由で。

「山本さんはさ、帰ったんでしょ？　実家に」

千秋が助手席に乗り込むと、後部座席で海原さんと山本さんが会話を始めていた。同年代のおじさん二人で気が合うらしい。山本さんは昨日はホテル泊ではなく、実家に帰ったようだ。

「そりゃ帰りますよ。次に帰れるのがいつになるかわからんもん」

「やっぱあれか、おふくろの飯が恋しい、みたいな？」

「ああー、でも、飯は別のとこで食ったけどねえ」

「別のとこ？」

「高校時代の柔道部の先輩がもうずいぶん前に病気で亡くなってるんだけど、その先輩の実家だった定食屋にいつも行くんだよ」

「へえ、高校時代の。病気はお気の毒だけど、山本さん、意外に律儀なところあるんだねえ」

「意外にって。僕は人の情だけで人生わたって歩いてきたような人間ですからね」

おじさん二人が、へらへらと笑う。

「ところで、その定食屋は旨いの？」

「味は旨い。ただ、とにかく半端じゃなく量が多いんだよ。高校時代は嬉しかったけど、年々完食がキツくなってきててさ」

「山本さんが言うなら相当多いんだな」

「多いなんてもんじゃない。カレー、ご飯少なめで、って頼むと、二合くらいの白飯をカレーで覆いつくしたのが出てくる」

ご飯二合、と、海原さんが思わず絶句する。柔道経験者だという山本さんは、背も高くて体も大きく、社内では大食いで有名だ。その山本さんが「多い」と言うなら、人並みの胃袋しか持たない千秋にはまず食べきれないだろう。

「テレビに出てないの？」

「何度か出てる。デカ盛り系」

「うちの番組にも出てもらったらいいじゃない。甘衣あんずならすごい量でも完食できるでしょ」

「そしたら、大将がムキになってさらにとんでもない量出して、視聴者からクレームが来そうだよ。食いもんで遊ぶな、って」

「うはは、面白いじゃない。負けられない戦いが、みたいなね」

「でもまあ、テレビはめんどくさいからもういやだ、って言われちゃってるからさあ」

「そういう店にこそ挑んでいくのがテレビマンじゃないの。野村みたいにさ。案外、野村が交渉したらすんなりOKでたりしてな」

え、私ですか、と、突然飛んできた流れ弾に、千秋は困惑する。周囲は大笑いしているが、急に話を振られても面白い返しはできないので、できればいないもののようにそっとしておいてほしいな、と思う。

正直に言えば、今回のロケに参加するのも気が進まなかった。昨今は番組予算も潤沢ではないので、スタッフだけのロケは人数を絞っていかなければならないのだが、その枠の一つを託されるのは重荷だ。ディレクターの山本さんは現場になくてはならない人だし、海原さんも江川くんもそれぞれの分野のスペシャリストだ。でも、ADの仕事は千秋じゃなければできない仕事ではなく、もう少し要領のいい同僚や後輩も何人かいる。おそらくは「地元だから」という理由で千秋が選ばれたのだろう。気を遣ってもらったのかもしれないが、言葉を選ばずに言うと、余計なお世話だ。地元を離れてから今まで、地元に帰りたいと思ったことはなかった。むしろ、帰ってきたくなかったのに。

この街は、「地方都市」と言えば聞こえはいいけれど、何もない街だ。中心部の商店街はそろいもそろってシャッター商店街だし、歩いている人の数も少ないし、これからどんどん衰退していくだけ。街全体がくすんでいるように見える。中高生や若者が遊ぶようなところはほとんどなくて、唯一の遊び場は郊外のショッピングモール。都内にはそこら中にあるチェーン店でも行列ができる。そんな「しょぼい」街の中心部から、さらにバスで一時間半くらいかかるのが『ラ・モワッソン』のあるエリアである。同じ市域内ではあるがさらに田舎で、平地は全部田んぼ。山のほうは畑しかない。隣接する海沿いの町にもおしゃれなビーチなどはなく、千秋が生まれる前から建っている古臭いリゾートマンションがいくつかあるだけだ。

早く仕事を終わらせて東京に戻りたい。

車窓から見える風景を横目に、千秋は深くため息をついた。

3

「おはようー」

待ち合わせ場所に軽トラックでさっそうと現れ、降りるなり日本語で挨拶をしたのは、今日一日密着取材をする『ラ・モワッソン』のオーナーシェフであるクロエ・フルニエさんである。事前に調べておいたプロフィールによると、クロエさんはフランス・パリ出身の三十五歳。パリ市内にある名店で修業したのちに独立し、自分のお店を開店。しかし、三年前にパリのお店を閉めて来日し、オーベルジュを建設してオーナーシェフとなった。経歴と一緒にお店のホームページに掲載されていた写真は金髪碧眼《へきがん》の白人女性で、メイクもばっちり、華のある印象だった。いったいどんな人が来るのかと身構えていたのだが、実際に現れたクロエさんは、千秋の想像とはずいぶん違う雰囲気だった。

身長は思っていたよりも小柄で、百五十七センチの千秋とほぼ同じくらい。顔は、おそらくすっぴんだ。上がネルシャツに蛍光色のアウトドア用ベスト、下はデニムのパンツで、裾は黒いゴム長靴の中に突っ込まれている。帽子は生地がぺらぺらに薄いベージュのバケットハットで、髪の毛は無造作に後ろで一つ結びにされていた。首にはどこかの企業の名前が入った薄いタオルが巻かれていて、手にはゴムのすべり止めつきの軍手。ステレオタイプのフランス人のイメージと日本の田舎のイメージが全然融合せず、脳が混乱するばかりだ。

「シェフ、今日は一日、よろしくお願いします。ディレクターの山本と申します」

「はい、どうも。あ、クロエでいいよ。みんなそう呼ぶから」

「は、はあ、クロエさん」

「さん、いらないよ」

クロエさんが、あっはっは、と豪快に笑う。いきなりの友達口調には山本さんも面食らったようで、笑顔が引きつっている。

「あの、広報の方から日常会話に問題ないとは伺っていましたけど、ほんとに日本語お上手なんですね」

「ワタシ、父の仕事で七歳まで日本にいたから、フランス語のほうが下手なくらい」

流暢《りゅうちょう》な、というか、日本人が聞いても違和感のほとんどない発音で、クロエさんが山本さんと会話する。取材の申し込みをしたときに、広報の前沢さんから「通訳は不要」と聞いていたが、これなら確かに不要だわ、と、千秋は胸をなでおろした。もし、聞いた話よりもクロエさんとの意思疎通が難しくて取材に支障が出たら、千秋のミス、ということになってしまう。

「さあ行こう！　時間もったいないからね！　今日は忙しいよ！」

「あ、はい。カメラ回します！」

クロエさんはカメラを前にしても気取るようなこともなく、田舎のおばあちゃんスタイルのまま、紅葉が美しい晩秋の山道をずんずん進んでいく。本当は、朝はお店で集合することになっていたが、お店から少し離れた山の中の小さな駐車場に待ち合わせが変更になった。なんでも、欲しい食材を見にいきたいから、とのことだ。今日一日、食材の仕入れに行く、ということ以外、クロエさんがどこに行くのかはわからない。普段なら、行く先々にあらかじめ取材許可を取るのだが、クロエさんは一日のスケジュールが決まっておらず、今日どこに行くのかは相手先と連絡を取ってから決めるようだ。

山本さんは、マイペースに歩いていくクロエさんの斜め後ろにぴたりとついて、いろいろ話を振っている。会話の中から面白い部分をかいつまんで編集し、クロエさんの密着VTRに使うのだ。百戦錬磨の海原さんは、こんな山道でもどでかいカメラを肩に担いで二人についていく。四十代の山本さんはまだしも、海原さんは五十代半ばだというのに、信じられない体力だ。江川くんも、柄の長いガンマイクをクロエさんと山本さんの間につけて、歩きながら音声を拾う。マイクが遠ざかりすぎると音が拾えなくなってしまうし、近づけすぎるとカメラの画角に重なって見切れてしまう。足場が悪くてもいい位置にマイクをキープしているのはさすがだ。みんなが、それぞれの役割を全うする中、荷物持ちの千秋はもうすでに息が上がってしまい、ただついていくのがやっとになっている。

「サコさーん」

クロエさんが突如声を上げて手を振る。視線の先には、犬を連れた一人の高齢男性がいて、やや恥ずかしそうに手を上げた。クロエさんと同じような派手な色のベストを着たどこにでもいそうな白髪の小柄なおじいさんなのだが、ただ一つ、普通の人との大きな違いは、肩に担いでいるものだ。銃である。

クロエさんの話によると、おじいさんは「佐古《さこ》さん」という地元の猟師さんで、御年七十八歳とのことだ。獲物は主に鹿や猪《いのしし》で、付近の畑を荒らす害獣の駆除を請け負っている。害獣駆除にもいろいろな方法があるが、佐古さんはたった一人、愛犬二頭とライフル銃だけで単独猟を行う、この道五十年のスペシャリストだそうだ。

「いいのが獲《と》れたっていうから急いで来たよ」

「ああ、こっちだよ、こっち」

「サコさんが自分からいいって言うこと少ないから、楽しっみー、だね」

山本さんがどういうことか、と話しかける。どうやら、早朝に佐古さんが猪を仕留め、クロエさんに連絡を入れたらしい。

「猪の肉をお店の料理に使うんですか？」

「うん。うちではメインに使うよ」

「フランスでも、ジビエ料理って食べるんですね」

クロエさんは山本さんの言葉に、ん？　というような顔をして、やがて口を開けて笑った。

「だって、ジビエ、ってフランス語よ？」

〝gibier《ジビエ》〟は、狩猟で獲った野生動物の肉を表すフランス語だ。ロケ用の資料には載せておいたので、山本さんは目を通していなかったのだろう。せっかく作ったんだから見といてよ、と、内心、千秋は口を尖《とが》らせた。

フランスにおけるジビエは、鷹《たか》狩りを娯楽とする王侯貴族が獲物を食べるというところから発展したもので、伝統的な料理がいくつもあるようだ。日本でも、仏教で肉食が敬遠されていた時期はあったものの、裏では根強く野生動物の肉が出回って食べられていたのではあるけれども、料理として発達していくのは明治時代以降、フランス料理が伝わってきてからのことらしい。ということは、現代日本で発展しているジビエ料理は、ルーツをたどればフランス料理に行きつく、ということなんだろう。

「いつも、猟師さんから直で仕入れてるんですか」

「そう。基本、サコさんご指名。サコさんは名人でさ、猪も鹿も一発で仕留めるから肉がおいしいよ」

おだてすぎじゃわ、と、佐古さんがクロエさんの肩を軽く小突く。ずいぶん親しげな様子だ。

「ジビエって臭みって言うか、クセがあるイメージですけど、仕留め方で違ったりするんですか」

「家畜でもそうだけど、肉や魚は血が臭みになるよ。変なとこに弾が当たると、その周りの肉は血の臭いで食べられなくなっちゃう。でも、サコさんは一発で喉に当てるんだよ。すごいの」

佐古さんが猪の喉を狙うのは、そこが猪の急所の一つで、一瞬で猪の意識を絶ち、同時に血抜きもできるからだそうだ。肉には血が回らないから解体したときの歩留まりもいい。罠《わな》猟で獲った猪は暴れて体温が上昇したり、怪我をしたりしてストレスがかかり、肉質が悪くなってしまうこともあるが、佐古さんのように、一発の射撃であっという間に仕留めたほうが、猪にも苦痛がなく、肉の味も良くなるのだそうだ。

「一発で、ってのはやっぱり難しいんですか」

「まあ、ケモノってのは動くでの。でも、一発で、ってのは親父からそう教わったから、ずっとそうなるようにしてるだけじゃわ。確実に当てられそうにない時は撃たんね」

「それは、やっぱり美学、みたいなところがあるんですかね」

「美学？　そんなもんないない。おれは己のためにそうするんよ」

「自分のために？」

「一発撃たれても死なずに手負いになったケモノってのは、こっちに襲い掛かってくることがあるでね。こんなジジイじゃ、猪が突っ込んできたらお手上げよ。デカいのは百キロとか二百キロくらいあるからの」

　佐古さんはこともなげにそう言うが、緊張感と生々しさに、千秋は思わず息を呑《の》んだ。害獣駆除のことを知らなかったわけではないが、銃で一発撃てば動物は簡単に死んでしまうものだと思っていた。

　歩きながら佐古さんとクロエさんを撮影しているうちにたどり着いたのは、山の中の小さな沢だった。角の尖った小石が転がる小さな河原を歩いていくと、さらさらと流れる小川の水に、四つ足を天に向けた猪が浸《つ》けられているのが見えた。猪は、喉元からお尻まで切り裂かれて内臓が抜かれており、見た瞬間に思わず腰が抜けそうになった。生きている猪は見たことがあるし、スーパーで売られている動物の肉も見慣れているはずなのに、生きているところからパック詰めされるまでの間の姿を知らないので、肉になる途中の動物の姿を見るのは、なんというか、衝撃的だった。

それにしてもどうして川に入れられていたのかというと、撃った獲物は、早めに内臓を抜き、冷却しないと臭みが全身に回っておいしくなくなるからだそうだ。だから、獲ったその場で佐古さんは内臓を抜き、応援の人が来るまでの間、川まで引きずってきて、水に浸けておいた、というわけだ。

「そこの、力ありそうなお兄さん、手伝ってくれ」

佐古さんに指名された山本さんが、おっかなびっくり猪の足を摑んで、佐古さんと一緒に岸に敷かれたブルーシートの上に引き上げた。毛皮がついたままの猪は四、五十キロほどあるようで、人ひとりで沢の上の道まで持って上がれる重さでは到底なかった。近くには自治体が運営するジビエ専門の解体所があって、そこの職員さんがもうじき取りにくる手はずになっているそうだ。解体所に運ばれて切り分けられた肉が、クロエさんのお店に卸される、ということになる。

千秋の感覚では、死んだ動物に触れるという行為は考えられないことだが、クロエさんにとっては「猪の死骸」ではなく、もうすでに「食材」なのかもしれない。興味深く、半分開いている目を覗いたり、毛皮の上から脚を揉んで肉質を確かめたりしている。

「いいね、最高。肉もきれい」

「そうじゃろ?」

「これ、サコさんが前に言ってたやつ?」

「そうそう。ウマズメ、な。これは最高よ。うんまいから」

佐古さんが「ウマズメ」と言ったのは、「産まず雌」、つまり、まだ出産していない雌の猪のことだ。子を産んだメスかどうかは、乳頭の授乳の痕跡で判断するそうだ。猪は繁殖力が強い生き物なので、成獣になると、だいたい春か秋かに交尾をし、年に一回出産をする。成熟した雌が子供を産まないで成長するということは極めて稀《まれ》であるようで、「ウマズメ」のまま大きくなる個体はほとんどいない。繁殖期の雄はフェロモンを出すので肉に若干の臭みが出るようになるのに比べて、「ウマズメ」は臭みも一切なく、肉質も柔らかくて、猪の肉としては最上級、とにかく希少なのだそうだ。秋も終わりに差し掛かったこの時期は、冬に向けて餌を大量に食べるので脂肪もしっかりとついていて、猪がおいしい季節、と、佐古さんは言っていた。

「佐古さんが獲った猪は、全部クロエさんのお店に卸すんですか?」

「いや、んなことはないけどもな。基本は解体所に持ってって、そこに注文入れてもらうんじゃゃわ。でも、クロエが欲しそうなのが獲れた時は連絡して、ほしいって言うなら、クロエのとこに回してやって、って言うだけじゃね。別に、決まりもなんもないから」

「じゃあ、ほかのお店からの注文もあるんですか」

「そうじゃね。メシ屋からもあるし、スーパーとか肉の卸なんかからも注文が来るよ」

「結構いいビジネスじゃないですか」

「いや、それなあ、商売になったんは、クロエが来たからよ」

「へ？　クロエさんがですか？」

「クロエの店で猪だの鹿だの出してくれたから、この辺の野獣肉がうまい、ってのが広まって、遠くからも注文が来るようになったんよ。商売になるならってんで、自治体がカネだして解体所も作ってくれたもんでね。で、この辺の有志で会社にしてさ、商売にしたって感じだよ」

「え、じゃあ、クロエさんが来る前はどうされてたんですか」

「穴掘ってその場に埋めるくらいじゃね。ジジイには重労働よ」

「せっかく獲ったのに埋めちゃうなんてもったいないですね」

「ジジババ二人暮らしじゃ、とても食いきれんからの。報奨金も一頭一万円くらいじゃし、犬の餌代だの銃の維持費なんちゅうもん考えたら大赤字もいいとこだったわな」

「それでも、駆除しないといけないんですか」

「猪は毎年子供《うりんぼ》を産むでね。ほっといたら、猪なのにねずみ算みたいに増えていくもんでさ。今、山にいるのを七割くらい駆除せんと数が減っていかんのよ。ほっといたら畑のもん根こそぎやられるし、誰かがやらんとね。だから、クロエのおかげで駆除が商売になったたって、猟師連中はみんな感謝しとるんじゃわ。足向けて寝られんよ」

「なるほど。だから、一番いい肉はクロエさんに、みたいな」

「いや、クロエは余っとる肉も全部買ってってくれるで、いいお客さんよ。外の連中のほうがうるさいんじゃわ。脂乗りのいいの寄越せとか、この部位だけ寄越せとか」

かっかっか、と独特の笑い方をする佐古さんから、カメラがクロエさんに向く。クロエさんは、佐古さんと山本さんの会話などそっちのけで、クーラーボックスに入れられた内臓をチェックしていた。猪は、毛皮と蹄《ひづめ》以外はすべて料理に利用するそうだ。

「お店的には、そういう買い方して採算取れるものなんですか？」

「なんとかなるし、なんとかする。猪も鹿もおいしく食べられて、肉も売れて儲かったら、害獣じゃなくて〝いい獣〟になって、みんな好きになるからね」

「でも全部が全部いい肉ってわけではないですよね？」

「だって、一頭一頭違うのは当たり前。なにもしなくてもおいしい肉はラッキーだけど、どんな肉でもおいしくするのがワタシの仕事だから」

　山本さんの口元が、にやっとする。あの顔は、いいワードをもらった、という顔だ。猟師さんがいい猪を獲ったり、料理人がいい肉を手に入れたりしたときと同じように、テレビマンも、絶対に使いたいと思えるいい映像が取れたら嬉しくなるのだろう。

「猪からしたら、処分されるのも食べられるのもそう変わらないんじゃないかって思いますけど」

山本さんが、わざと意地悪な質問をクロエさんにぶつける。

「そうかも。でも、これは、ソンゲンの問題だよ」

「尊厳？」

「もともと、猪って、日本人には食べるための生き物でしょ？」

「え、そうですかね」

「猪って、もとは〝い〟って名前で、しし、は、古い日本語で〝肉〟って意味でしょ？だから、い、の、おにく、って意味で、いのしし」

千秋が慌ててスマホを取り出し、ネットで調べてみると、クロエさんの言うことは確かにその通りだった。昔の人は、獣の肉のことを「しし」と呼び、その「しし」は主に猪や鹿の肉のことだった。日本庭園にある、竹がかこんと音を立てる「ししおどし」も、漢字で書くと「鹿威し《ししおど》」だ。

「日本人でも、知らない人多いと思いますよ、そのお話」

「そうでしょ。だから、ワタシの料理で思い出してもらいたいね。猪も鹿もおいしいでしょ？　って。昔の人が猪とか鹿を食べて生き延びたから今のワタシたちがいるんだし。

でも、みんな家畜しか食べなくなっちゃったから、猪も鹿もただの悪いやつになっちゃった」

「猪や鹿が害獣って言われなくなることで、何か変わりますか？」

「愛がうまれるよ」

「愛？」

「害、なんて言われてたら、ただ捨てたり燃やしたりしても、誰も何も言わない。でも、自然ていうワタシたちのパパやママンが用意してくれたごはんなんだから、って思ったらね、子供が食べずに捨てたら悲しいことでしょ？　とてももったいない。愛がない」

愛、という表現は、千秋には正直ぴんと来なかった。千秋は、豚肉や牛肉を食べても、愛を感じたことはない。でも、それはもしかすると、動物の命をもらっているという感覚がなくなってしまっていたからかもしれない。頭ではわかっていても、忙しく日常を過ごしていると、だんだんそういうことを忘れていく。一人暮らしになってからは、ご飯を食べるときに、いただきます、と手を合わせることもなくなった。実家では、いただきます、と言うように教えられてきたのに。

「ちょっと、かっこつけすぎじゃなかろうかね」

「えー、サコさん、そういうこと言わないでよ。めっちゃ恥ずかしいでしょ」

あっはっは、と、また豪快に笑うと、クロエさんは、佐古さんに挨拶をして、さあ次、と、またずかずか歩き出した。佐古さんとの会話は、時間にして十五分くらい。分刻みの一日は続く。

4

クロエさんは、変わった人である。

一緒に山道を歩いていると、クロエさんは急に道から外れて草の生い茂る場所に入っていく。何事かと唖然とする千秋たちを尻目に、名前もわからないようなただの雑草を手でむしり取ると、いきなりそのまま口に入れて食べ始めるのだ。そして、おいしー！と言いながらスマホで写真を撮る。山本さんが、今の草は食べられるものなんですか？と聞くと、さあ、というあいまいな答えが返ってきた。クロエさんもはじめて見る草で、後で近くに住むおばあさんたちに画像を送り、なんという草なのか聞くのだという。山に生える山菜や草花の名前を聞くために、クロエさんはおばあさんたちにスマホのメッセージアプリの使い方をすべて教え、スマホを持っていない人にはプレゼントまでしたそうだ。

いきなり食べた草がものすごく苦かったり、毒だったりしないのだろうか、と心配になるが、当の本人は当たり前のように、藪《やぶ》から葉をむしってもぐもぐ食べている。嫌な予感がしていたが、案の定、山本さんが「野村もちょっと食べてみて」などと無茶ぶりをしてきた。もちろん、ADに断るという選択肢はない。

カメラの前で、千秋はおそるおそる草を口に入れた。クロエさんは、香りがよくておいしいよね！　などと言うけれど、味は「草」としか言いようがなく、「草の味です」とコメントをしてしまった。ただでさえ食レポなんてできないのに、食べたことのない草の味などどう伝えていいかわからない。編集でテロップやナレーションをつけたり、ＶＴＲを見た芸人のサワー梅沢さんがイジったりして面白くしてくれると信じたいけれど、もう少しテレビ的なリアクションが取れなかったものかと、胸の辺りがもやもやした。胃もむかむかしたし、口の中もぎすぎすした。

あの「草でしかないもの」を、おいしい、と言うだけなら、クロエさんは変わった人だな、でおわるのだが、クロエさんはさらにぶっ飛んでいて、その草をお店で出すという。そんな、誰も食べ物という認識を持たない草を出して怒られないのかと思うけれど、クロエさんはその草を束にしてビニール袋に入れ、リュックに詰め込んでいた。本気で料理する気らしい。

クロエさんは、草を突如食べだすだけではなく、道端の土を掘ってにおいを嗅いだり、沢に下りていってその水を飲んだりもする。キノコだけは一度ひどい目にあったので避けているそうだが、食べた毒キノコの味はおいしかったという。毒がなかったらみんなに食べてほしいのに、とも言っていた。

そういった行動はすべて、クロエさんにしてみれば料理のためなんだそうだ。なんでこんなことが料理のためになるのか、千秋にはまったく理解ができなかった。料理人のイメージは、コック服を着て包丁やフライパンを手に、厨房でいろいろな食材を調理している姿なのだが、クロエさんの一日は、そのイメージとはあまりにもかけ離れていた。

佐古さんの猪を見た後、クロエさんは誰かに電話連絡してから軽トラを駆って一気に山のふもとまで下り、隣町の小さな漁港に向かった。さびれた漁港にある漁協の市場にもクロエさんの知り合いの職員さんがいて、発泡スチロールの箱にいっぱいの魚を用意して待っていた。一緒にいた数名のご年配の漁師さんが、なんと呼ばれる魚か、どう食べるとおいしいのか、といったことを懇切丁寧に説明する。これらの魚は「未利用魚」と言って、食べられるのにほぼ利用されることなく廃棄されてしまうもので、地元出身の千秋でも見たことがない、知らない、という魚ばかりだった。アジやサバといった魚であれば値段がつくのだが、地魚は足が早かったり見た目が悪かったりして全国的に流通しないので、一部の高級魚をのぞいてほとんど値段がつかない。そういう魚を、クロエさんは欲しがるのだという。

「クロエにはいつも世話になっとるでね」

一見気難しそうな漁師さんたちと和やかにしゃべるクロエさんの横で、ほかの漁師さんに山本さんが話を聞くと、そんな答えが返ってきた。

そして、こういった言葉を、千秋は一日中聞くことになった。


漁港を出たクロエさんが向かったのは、再び山側だ。ビニールハウスの立ち並ぶ花卉《かき》農家、つまり花農家さんの畑だった。広報の前沢さんが「外に出るとなかなか帰ってこない」と言った通り、クロエさんはいろいろなところに連絡して、気になる話を聞くと、すぐそこに向かう。花農家さんでは、てっきりお店に飾る花を仕入れるのかと思えば、食材としての花を見にきたという。エディブルフラワーとも呼ばれる食用花で、農家さんから、新しい種類の花が咲き出した、という情報をもらったようだ。菜の花や菊をお浸しなんかにして食べるというのは千秋でも知っているが、ここの「食べられる花」は、一見、花壇で咲く花と区別がつかなかった。バラやパンジー、カーネーションといった花屋に置かれている花にも食用にできる種類があって、ここではそういったものを栽培し、一年を通して『ラ・モワッソン』に提供している。

この農家さんは四十年前からずっと観賞用の花を栽培していて、従来、出荷量が一番多かったのはお葬式やお墓参り用の菊だったそうだ。花農家には珍しく、完全無農薬で花を育てていて、噂《うわさ》を聞きつけたクロエさんが直接依頼しにきてから、エディブルフラワーの栽培を始めた。初めは、いきなり飛び込んできた日本語ぺらぺらのフランス人女性シェフに困惑したようだが、半信半疑で栽培を始めたエディブルフラワーは都市部のレストランなどからも注文が殺到し、今ではほぼエディブルフラワー栽培がメインになっているらしい。

それまで、細々と、でもこだわって花を育ててきた農家が急に脚光を浴び、全国各地からたくさんの注文が入るようになり、テレビや雑誌の取材を受け、今までよりもたくさんの収入を得られるようになる。この農家さんがやっていることは変わったわけではなく、クロエさんが来る前と同じように、無農薬で丁寧に花を作っているだけだ。

「クロエちゃんのおかげでね、私、いま、人生楽しくてね」

八十代だというおばあさんが、そう言いながら顔をほころばせている姿を、海原さんがカメラにしっかりと収めていた。それだけの言葉だったのに、千秋はなんだか目の奥にじわっと来るものを感じた。なんとなく、おばあさんの気持ちがわかるような気がしたのだ。

花農家さんのところを出ると、クロエさんは休む間もなくまた軽トラックに乗り、ろくに舗装されていない道を通って、山の奥へ。『ラ・モワッソン』と同じく、山の中にあったのは、『奥村窯《おくむらがま》』という、陶芸工房だった。若き陶芸家の奥村氏は、県内出身の有名な陶芸家のもとで修業し、数年前にこの土地に移り住み、工房を作ったそうだ。

付近では焼き物に適した粘土が取れるそうで、江戸時代には焼き物の製造が盛んだったのだが、戦時中に職人が多数戦争に取られて作り手がいなくなり、近年では町立の資料館に作品が残るだけになっていた。千秋は、地元に瀬戸焼《せとやき》や益子焼《ましこやき》のような焼き物があったことなどまったく知らなかった。

工房のための土地探しで町を訪れた奥村氏は、その失われた焼き物に興味を持ち、趣味で伝統の焼き物を作っていた人から話を聞いて、自分のオリジナル要素を加えつつも、技法の再現を目指しているそうだ。『ラ・モワッソン』で使われている陶器の食器はすべて奥村氏の作品で、オール一点ものだ。食事客は、気に入れば食器を購入して持ち帰ることもできるようになっている。『ラ・モワッソン』から帰る途中に奥村氏の工房に立ち寄る人もいて、次第にファンも増えているらしい。地元の伝統的な焼き物の技術を学ぶべく、奥村さんに弟子入りした地元民も何人かいるという。

「なんか、似てるんですよね、クロエと僕は」

自分で作ったと思われる素朴な風合いのマグカップでコーヒーを飲みながら、奥村さんは山本さんのインタビューに答えてそう言った。奥村さんは、三十代後半から四十代前半くらいだろうか。土をこねる仕事であるからか、前腕の筋肉の陰影が濃いのが目に眩《まぶ》しい。その上、なかなかのイケオジで、年上好きの千秋のタイプなのでついつい目がいってしまう。

午後の休憩時間を優雅に楽しむ奥村さんの後ろで、棚にずらりと置かれた焼き物をクロエさんが物色し、次々に付箋紙を貼っていく。貼ったものは購入するという意味なのだろうが、だとしたらすごい枚数だ。『ラ・モワッソン』は季節ごとにメニューを一新するし、クロエさんはお客さんの雰囲気に合わせて皿を選び、盛りつけのデザインも少し変えるそうで、実際に使う枚数よりも余分に購入しなければならないのだろう。

「似てる、というのはどういうところがですか？」

「僕もクロエも、外からこの土地に来たわけじゃないですか。僕はまあ、県内の生まれではありますけど、それでも、こっちのほうはあまり来たことなかったから」

「どうしてここに工房を作ろうと？」

「ここが理想的な場所だったからですね。僕が欲しいものが全部あったので」

千秋には、こんなとこ何もない、としか思えない。あるのは、山と田んぼと畑、そして透明度などまったくない海くらいだ。みんなが、それいいね、と思うような価値があるなら、人口も減っていないだろうし、いつまでもこんな田舎のままじゃないはずだ。

「それは、やっぱり土がよかったんですか？」

「いやもう、すべてですね。環境もそうだし、今はそれこそクロエがいる、というのもひっくるめて全部」

「クロエさんが？」

「やっぱり、工房を作った当初はなかなか作品も注目されなかったですし、恥ずかしながら金策にも苦労していましたけど、クロエが作品を買ってくれて、お店で料理を盛りつけた食器がお客さんのＳＮＳとかでも広がって、僕の作品や活動が認知されてきた感じはありますので。彼女がここに来てくれて幸運でしたね。もうたぶん、一生頭が上がらないですよ」

　苦笑する奥村さんの後ろで、あらあ、と言いながら、クロエさんがまた笑う。

「オクムラさんのお皿がなかったら料理が完成しなかったから、ワタシもオクムラさんがいてよかったよ」

「クロエさんとしては、お皿もやっぱり料理の一部、って感じなんですか」

「そうね。オクムラさんのお皿は、ワタシの料理の最高の、scène《セーヌ》……って、日本語でなんだっけ。あ、舞台だ。舞台」

　クロエさんは一度咳ばらいをすると、背筋を伸ばして表情を作り、「彼の作る作品は、ワタシの料理にとって最高の舞台です」と、わざと丁寧に言いなおした。奥村さんが、カメラ回ってるとすごい褒めてくれるなあ、と、笑いながらつぶやいた。

「普段、クロエさんにはあんまり褒めてもらえないんですか？」

「褒められた記憶がないですね」

「うそ、いつもいいねって言ってるよ。いいね！　最高よ！　って」

「褒めるより、こういうのが欲しいっていう注文のほうがはるかに多いんですよ。注文の多い料理人ですよね」

また、いいワードがもらえたと思ったのか、山本さんがニヤリとした。奥村さんと、制作会社スタッフ、クロエさん、そして『奥村窯』のお弟子さんたちが、輪になって笑う。とても平和で、穏やかな世界が千秋の目の前にある。

どこに行っても、みんなクロエさんに感謝をしている。

どこに行っても、クロエさんを中心に人の輪ができる。

クロエさんはＡＤの千秋にも、「チアキ、疲れてない？」とか、「少し休む？」と声をかけてくれる。千秋は機材の一部が入ったバッグをずっと持っていたが、クロエさんは山歩き中にいきなりそのバッグを取り上げると、山本さんの肩にかけて、「女の子は大事にして」と背中を叩いていた。「チアキはあなたが想像する半分の力しかないから、想像の二倍辛《つら》い思いをしている」と言われた山本さんは、思い切り苦笑いをしていた。

フランスで「シェフ」と呼ばれるのは、ほかの多くの料理人、従業員を統括するリーダーのことを指す、と、事前の下調べで千秋は勉強した。日本だと、個人経営のお店の料理人もシェフと呼ぶことがあるが、そもそもの〝chief《シェフ》〟の意味は、英語でいうところの〝chief《チーフ》〟だ。組織のリーダー、みんなを率いるトップ、という意味になる。そういう意味で、『ラ・モワッソン』でのクロエさんの立場は、間違いなく「シェフ」だ。でも、クロエさんは偉ぶる様子もなく、ずっと自然体だった。カメラの前でだけそうしているんじゃないということは、接してみればすぐにわかる。

子供のようにはしゃぐこともあるし、大声で笑う。どこに行ってもみんなに好かれている。飾り気のない格好をしていても、存在感というか、華がある。『ラ・モワッソン』というオーベルジュの魅力は、細かく説明をしなくても、クロエさんを映すだけで視聴者に十分伝わるのではないだろうか。いわば、今日のＶＴＲにおけるメインディッシュのような存在である。

きっと、この世界というのはクロエさんみたいな人のためにあるんだろう。千秋はそう思って、クロエさんの照らす目に見えない光の輪から、一歩、足を引いて外に出た。自分はなんだか、その輪の中にいるべきではない気がしたからだ。

5

嫌な予感がする。

『奥村窯』を出てから三十分ほど。先行するクロエさんの軽トラには山本さんが乗り込み、助手席からハンディカメラで撮影を行っている。千秋らは機材車でクロエさんの車についていっているのだが、古めかしい校舎の学校の前を通過した辺りから、胸騒ぎを覚えていた。小さな郵便局や、もう廃業してしまった中華料理屋さんの跡が沿道に見えてきて、四辻《よつつじ》の角にある神社の前を曲がり、舗装されていない小道に入ったところで、千秋の嫌な予感はついに確信に変わった。ガタガタと揺れる道を進んで、クロエさんの軽トラが停まったのは、いくつかの農家が集まる一角にある、だだっ広い砂利の駐車場だ。駐車場の目の前にはビニールハウスがずらりと並んでいて、露地栽培の畑もある。少し奥まったところには生け垣に囲まれた古めかしい日本家屋があり、その背後は木がうっそうと生い茂る山だ。

看板は出ていないが、ここは『野村農園』。

千秋の実家である。

車が停車した後、千秋はしばらく固まっていたが、海原さんや江川さんが降りてしまうので、慌てて後を追った。持っていたキャップをかぶり、何度かぐっとつばを動かして、深くかぶりなおす。できる限り存在感を消して、道端の石のようになろうとした。別に、やましいことがあるわけではないが、大学卒業以来、実家には一度も帰ってきていなかったし、こうして地元にロケに来ることも両親には話していなかったので、バレたらとにかく気まずくなりそうだった。山本さんと出身地が同じことは話していたが、実家が市域の端っこも端っこにある農家だという話は誰にもしていないし、海原さんや江川くんに、え、実家がこんなクソ田舎なの？　と思われて、会社でネタのように扱われるようになったらたまったものではない。

クロエさんは、慣れた様子でハウスに向かい、「奥さーん」「旦那さーん」と声を張った。ハウスは端から端まで五十メートルほど。「クロエちゃーん」と、農園の「奥さん」「旦那さん」が笑顔で手を振った。千秋の両親である。いつもと変わらない農家スタイルにもかかわらず、事前にクロエさんから取材が入ることを聞いて意識したのか、動きや発声がぎくしゃくしていて、見ているだけで恥ずかしさがこみあげてきた。変に厚化粧とかしなくていいじゃん、やったことないのに二人そろって手なんか振らなくていいじゃん、と、悲鳴にも似た文句をつけたくなる。

「こりゃ、壮観だな」

ハウスの中には、緑の葉が整然と並んで、幾筋ものきれいな直線を作っている。緑の葉の正体は、全部パセリだ。『野村農園』は、パセリ専門のパセリ農家なのである。普通の人が普通に暮らしていて、これだけのパセリがもさもさ生えている様子を見ることはまずないだろう。海原さんは物珍しそうに角度を変えながらパセリだらけの異世界を撮影していたが、クロエさんがハウスの奥へと走っていくのを見て、慌ててその後を追った。山本さんも江川くんもそれに続き、千秋はうつむきながら、少しだけ距離を取って最後尾に回った。

「これ、パセリですよね?」

山本さんがクロエさんに追いすがって、すかさず質問を入れる。

「そう。パセリ。フランスでは〝persil《ペルシ》〟って言う」

「お店で使うんですか?」

「ここのパセリは香りも味も最高だから、ワタシの料理によく使うよ」

山本さんが、あっ、と、ちょっと微妙な声を出した。

「ええと、なるほど。料理に使うんですね」

「ん?　どういうこと?」

「日本だと、料理の飾りに使われることのほうが多いんですよ、パセリって」

ずん、と音がして、千秋の体の中に熱い石のようなものが放り込まれた気がした。

──捨てられるだけのゴミを一生懸命作る人生なんかいやだから！

千秋の頭の奥のほうから、大きくうねる感情が脳を飲み込んでいく。お酒に酔った時のように目の前が回っている気がして、吐き気がした。

「飾りにしてもきれいだけど、ノムラさんのパセリは食べないともったいないよ」

クロエさんが「ノムラ」という名前を出したので、一瞬、千秋の心臓が縮み上がった。江川くんが、あれ？　という表情でちらりと千秋に目を向けたものの、感づいた様子はなくてほっとする。

「普通のパセリと違うんですか？」

「そう。全然違う。見て、これ。すごいいい土でしょ？　いい匂いがする」

クロエさんはそう言いながら座り込んで、パセリの根元を覆う反射シートの隙間から土を掘り、においを嗅いだ。山本さんが同じようにして、土のにおいを嗅ぐ。

「あっ、わからないかと思いましたけど、ほんとになんか、ほんのりいい匂いします」

「ここに来る途中の道のわきに、畑あったでしょ？　ワタシ、この辺の農家を回ってて、ここはすごいいい土だから、絶対おいしいもの作ってるって思った」

「わかるんですか、そんなことが」

「わかるよ。フランスでも、よく畑に行って土触ってたからね」

「すごいですね」

「ワタシね、パリのお店で出してたspécialité《スペシャリテ》をこっちでも出そうかなって思ってて。でも、必要なハーブが、日本でなかなか見つからないのね。〃cerfeuil《セルフィーユ》〃っていうんだけど、日本語でなんて言う？」

スペシャリテとは、日本語でいえば「看板料理」という意味になるだろうか。シェフが最も得意とする、お客さんに一番食べてもらいたい料理のことだ。クロエさんのお店のスペシャリテに使われていたというハーブについては、居合わせた全員が首を傾げた。

「ちょとわからないですね」

「そうだよね。〃cerfeuil《セルフィーユ》〃はパセリと似てる香りがするから、作ってください、ってお願いしようと思って」

「なるほど」

「でも、このパセリね。食べたらびっくりした。最高なの。そもそも日本のパセリがおいしいのかなって思ったんだけど、違った。ここのパセリが特別だった」

クロエさんが千秋の両親をちらりと見て、手元にあったパセリを一房ちぎり取り、半分を口に放り込み、もう半分を山本さんの口にねじ込んだ。クロエさんは口をもくもくと動かしながら、目を閉じて鼻から息を吐き、うっとりとした表情で胸に手を当て、セシボン、とつぶやいた。

「ああ、確かに、普通のパセリより香りが抜ける感じが。それに柔らかいですね」

日本で作られているパセリは、主に「モスカールドパセリ」と呼ばれる、葉がカールして縮れる種類のものだ。アメリカや日本ではこれが主流だけれど、ヨーロッパでは葉がカールしない平葉種のほうがよく使われる。日本で「イタリアンパセリ」と言われることの多い種類だ。

パセリはほぼ一年中収穫できるけれど、種を蒔《ま》く時期によって旬もある。『野村農園』では、今はちょうど夏蒔きのパセリの収穫最盛期である。旬のパセリは、葉も柔らかく、香りも豊かになる。

「あまりにもこのパセリが素晴らしいから、わたし、予定を変えて、パセリのソースを作ることにしたよ。そのソースを使いたくて一つメニューを考えて、それが、今のワタシのお店のスペシャリテ。みんなおいしいって言ってくれるね」

クロエさんは、そう言いながら、また一房摘み取って、口に放り込んだ。

「その、旦那さん、おいしいパセリを作る秘訣《ひけつ》、みたいなのはあるんですか？」

「なんでしょう。やるべきことをやるだけですけどねえ」

「やるべきこと？」

「パセリは、作りやすいんですよ。家庭菜園でも簡単に作れるじゃないですか。私たち夫婦はもともと都会暮らししてまして、自然環境の豊かなところで子育てがしたいと思って移住してきたんですけど、町に就農相談をしたところ、紹介されたのがパセリで。初心者でも比較的簡単だから、って」

「そうなんですか」

「それほど手間をかけなくても勝手に育っていくような植物ですから、だから、われわれはパセリが育ちやすいようにね、環境だけ整えて、手助けしてあげればおいしく育ってくれますよねえ。あんまり肥料をあげすぎても固くなりますし、適度に自由にさせてあげたほうがいいんですよ」

「でも、それだけでクロエさんが絶賛するようなパセリになりますか？」

「んー、そうですね。ほんとに、特別なことはしてないんですよ。まあ、花がついちゃうと育ちが悪くなるんで、それを取ってやったりとか、育ち始めの頃にちゃんと間引いてあげたりとかですかねえ。後はもう、虫がつかないようにするとか、土を清潔にしてあげるとかね」

「聞くだけなら簡単そうに聞こえますけど、このパセリ全部ですよね？」

そう。言うほど簡単な作業じゃない。

パセリは直根性、つまり、根っこが真っすぐ地下に向かって伸びていく植物だ。そういう植物を栽培するには、畑は深く耕さなければならない。でも、近隣の土壌は、陶芸に使えるくらいの粘土質の土だ。土の粒子が細かくてぎゅうぎゅうに詰まり、雨が降って乾くと、掘るのも一苦労なほどカチカチに固まる。千秋の両親が移住してきて、最初に買った農地はそれなりに土もできていただろうけれど、そこから畑を広げていくには、土壌を改良していかなければならなかったはずだ。手触りのいい、ふかふかでいい匂いのする土になるまでには、土を入れ替えたり、耕したり、苦労も多かっただろう。

　パセリはほったらかしでも育つ。でも、だからこそ、よいものを作るのが難しい。毎年のように改良された新品種が開発されるわけでもなく、メイン食材となるような代表的な料理もなく、通年、スーパーの野菜売り場とハーブ売り場のどっちともつかないようなところに、百円するかしないかのあまりありがたみのない価格で売られている。ブランドパセリがあるわけでもなく、高級パセリがあるわけでもない。料理の添え物か飾りに使われるのが関の山で、一番好きな食べ物を聞かれて「パセリ」と回答する人なんて、この世界に一人もいないんじゃないかと思う。

「旦那さん、クロエさんがパセリを使うようになって、変わったことはありますか？」

「あー、まあ、生活は何か変わったかというと、具体的には何もないんですけど」

「そうですか」

「でもね、やっぱり、少しでもおいしいパセリを作りたいと思って二十五年やってきましたんで、ここを巣立っていったパセリたちを、おいしい、って言ってもらえるのは、ほんとに嬉しくてですね。ああ、育ててよかった、って思います」

なので、クロエには感謝してるんです、と、語りながらちょっと涙ぐんだ「旦那さん」の肩に、「奥さん」がそっと手を置いた。「奥さん」の目もうるんでいる。

「なんか、まるで我が子の話のようですね」

「ああ、そうですね。パセリも子育ても根っこの部分は同じかもしれないです」

特別なものでもない、パセリ、というだけのもの。

それに愛情をかけて、手間をかけて、育てる人がいる。

「あ、ちょっと、カメラストップ！　いったんストップ！」

突然、クロエさんの大きな声が響く。千秋が何事かと顔を少し上げると、目の前にいた海原さんや江川くんを押しのけて、クロエさんが千秋の目の前にやってきた。動揺のあまり、どうしていいかわからなくておろおろしていると、クロエさんはうつむいた千秋の顔を覗き込むようにして、大丈夫？　と言った。大丈夫？　何が？　と、千秋は一瞬その言葉に戸惑ったが、すぐに、自分が涙を流して泣いていることに気づいた。

慌てて涙をぬぐおうとしたが、それよりも先にクロエさんが両腕でしっかり千秋を包み込み、ぎゅっと抱きしめた。少しふくよかなクロエさんの胸元にうずもれると、冷えていた頬にじわりと温《ぬく》もりが伝わってきた。もう何年も感じたことのなかった人の温かみに包まれるとたまらなくなって、感情がキャパオーバーして一気に溢れた。泣くまいとしても無理だった。千秋は、子供みたいに声を上げて泣きながら、クロエさんの腕の中で、香水や化粧品の匂いではない、山の土のようないい香りがするな、と思った。

6

「え、野村さ、お前、それ食うの？」

向かいに座る男子が、半笑いで千秋に向かってそう言った。

「食べる、けど」

「まじ？　食えんのそれ？　ただの飾りっしょ？」

男子がフォークで指しているのは、千秋が口に運ぼうとしていたパセリだった。

「食べれる……、よ」

「普通食わねえって、こんなの。みんな残すから、たぶん裏で使い回ししてんだぜ。きったねえよ」

汚い、という言葉に、千秋が唖然としていると、横にいた同じクラスの女子が、千秋の肩によりかかるように両手を置き、会話に入ってきた。

「この子、家がパセリ農家なんだから、そんなこと言わないでよ」

「はあ？　パセリ農家ってなに？　パセリだけ作ってんの？　マジ？　儲かんの？」

「さあ？　そこまで知らないけど」

「っていうか、野村って家どこなん？」

千秋が、生まれ育った辺りの土地名を言うと、彼は、うえ、めっちゃ田舎じゃん、と、少し嘲るように笑った。

「あの辺、ガチでなんもねえじゃん。毎日あそこからこっちまで通ってんの？　すげえな。よく生活できんね」

千秋は、小中学校は地元の小さな学校に通ったが、高校は市街地にある私立高に進学した。通学はバスを乗り継いで片道二時間近くかかったが、家から近い高校に行くのは嫌で、両親に頼み込んで市中心部の高校に通うことにしたのだ。大都会に比べればしょぼい街ではあるものの、千秋の家の周辺に比べれば、買い物ができる商業施設があって、カラオケボックスやゲームセンターがあって、コンビニやファミレスが身近にあるというのは天国のようだった。

あの日のことは、今でもたまに夢に見る。カフェでサンドイッチについてきたパセリを何気なく食べようとした千秋に、食えんのそれ？　という言葉をかけた男子は、高校の同級生だった。学校が終わった後に同じクラスの男女二名ずつで遊んでいて、カフェで小腹を満たすべく軽食を摂っている最中に、千秋はその言葉を浴びせかけられた。向かい側にいたその彼は、千秋が少しだけ「かっこいいな」と思って気になっていた男子だった。

彼は比較的都会の生まれで、お父さんの仕事の都合で引っ越してきて、千秋と同じ高校に通うことになったそうだ。今思えば、どこか田舎や地方を見下しているような人だったと思う。だが、当時の千秋は、パセリを普通に食べることも、家が農家であるということも、好きな男子に笑われるくらい恥ずかしいことなのだ、と思ってしまった。

「俺、さすがに一生食いもんの飾り作るだけの人生は嫌だわ」

彼のその言葉は、まだ千秋の腹の奥底に残っている気がする。

千秋の両親ももともとは都会の生まれだし、千秋が生まれる前までは都市部で働く会社員だった。でも、自分の子供には自然の中でおおらかに育ってほしい、と考えて、千秋が生まれたのをきっかけに、新規就農者の支援を行っていた今の町へ移住した。でも、千秋はずっと、移住したことに不満を持っていた。『野村農園』の近くには、本当になにもない。あるのは畑と山、そして人がいるところを見たことがない小さな神社。徒歩圏内にはコンビニもスーパーもない。外食するときは、車で少し行ったところにある古い町中華のお店に行くくらいしか選択肢がなかった。小学校は家から十キロ以上離れていて、毎朝、歩いて三十分かかる郵便局前まで行って、そこから町が運営する小さなスクールバスに乗って通った。下校途中に友達とどこかに寄る、なんてことはできなかった。家の近所には同年代の子供はおらず、一人っ子の千秋の遊び相手は虫と飼い猫だ。おかげで、未だに人とのコミュニケーションに難がある。

中学校に上がると、さらに学校までの距離は遠くなり、白いヘルメットをかぶって自転車通学することになった。雨の日も、風の日も。時折降る雪の日も。辛かったけれど、その生活を受け入れてはいた。インターネットやテレビで見る世界は、自分の世界とは違う、遠く離れたところの話、と考えていたのだと思う。

でも、高校に入って世界が広がると、その認識はあっという間に崩れた。千秋が夢のように思っていた世界は案外近くにあって、なんならその世界のほうが普通だった。自分が育ってきた環境のすべては、誰にも顧みられることのないものだったのだ。

生まれ育った町よりも世界はずっと広いということがわかっても、千秋自身の大きさは変わらなかった。世界は、頭がいい子、ルックスがいい子、お金持ちの家の子、スポーツができる子を中心に回っていて、現実を知れば知るほど、自分の存在の小ささに悲しくなるだけだったのだ。

将来の夢とか、希望とか。いつかは実現するに違いないと思っていた未来は、実現など到底しそうにないものなのだと思い知って、何もかもが嫌になった。今思えば、それは思春期特有の、アイデンティティのゆらぎだったのかもしれない。でも、その頃はあまりにも小さい自分を受け入れられずに、自分が何者でもないことを否定したくて、すべて自分の生まれ育った町のせいにした。自分が世界の中心になれないのは、田舎で生まれ育ったから。このままじゃ、本当に取るに足らない人間のまま人生が終わってしまう、と、真剣に思った。

「私、捨てられるだけのゴミを一生懸命作る人生なんかいやだから！」

大学受験の志望校を決めるにあたって、千秋は東京の大学に進学したい、と両親に言った。案の定、両親は反対だった。都会の生活は夢のようなものではない、悪い人もいるから心配、と、いろいろな理屈を並べられた。次第に千秋も両親も感情的になっていって、最終的に千秋の口から飛び出したのが、ゴミ、という言葉だった。あの「彼」が思っていたことが、そのまま自分に乗り移って、言葉となって出ていったような感じだった。

母は泣いていた。父は、それ以降、上京について反対しなくなった。

自分で進路を決めた以上は、何がなんでも東京に出たい。その一心で、高校生活後半は勉強に明け暮れた。おかげで、それなりの偏差値の大学に合格したのだけれど、親に出してもらうのは学費だけ、という約束をしたので、生活費は自分で稼がなければならなかった。東京の都心部は驚くほど家賃も高く、生活費も高くつく。近所の人からおすそ分けをもらう、なんていう風習もなくて、野菜や果物が食べられなくなった。大学に行く以外はアルバイトの掛け持ちで自由時間も取れず、収入のほとんどが生活費に消えた。化粧品やら服やらを買う余裕はなくて、大学には毎日すっぴんに安物のTシャツ姿で通ったくらいだ。そのせいかあまり友人もできず、大学生活を満喫することもできないまま卒業した。

それでも、華やかな都会への憧れを捨てきれず、卒業後はテレビ業界に就職した。連絡を取っていた地元の友人からは、芸能人が近くにいる職場はすごい、羨ましい、と言われて少しは都会人ぶることができたが、実態はそうではなかった。大学で四年、就職してから四年経《た》っても、日々の生活は洗練された都会的な生活とは程遠く、仕事が立て込んでいるときは、風呂にも入らず会社に二、三日泊まり込んでも平気、というメンタリティになってしまった。休日は独り、スマホで動画を見ながら寝て過ごすだけで、なんの潤いもない。自分は、カメラの前で輝きを放つ芸能人のように多くの人の輪の中心になれる人間ではない、ということはもうずいぶん昔にわかっているし、受け入れてもいる。でも、自分はもしや、そういう人たちの付け合わせにすらなっていないんじゃないだろうか。パセリにもなれていないんじゃないか。そんな人生になんの価値があるんだろうか。そんなことをよく考えるようになった。

　両親が作るパセリを、千秋はただのありきたりなパセリだと思っていた。でも、それは一流料理人が認めるくらいの特別な品質のパセリだったのだ。そのパセリを「ゴミ」と言い放った自分は、パセリにすら到底なれないほど、無価値な人間でしかなかった。農業に関しては素人だった両親がいかに努力をしてパセリを作ってきたのか。横で見ていてわかっていたはずなのに、見て見ぬふりをしてきた。心のどこかで、「無駄な努力」と見下していたのかもしれない。大口を叩いて地元を離れたのに何者にもなれず、親に堂々と顔も見せられなかった自分が恥ずかしくて、悔しくて、涙を抑えることができなかった。

　クロエさんに抱きしめられた瞬間から、ずっとお腹の中にあった疼《うず》きや淀《よど》みが、堰《せき》を切ったように全部外に流れ出ていった。突然泣き出した番組スタッフが娘だと気づいて驚く両親をよそに、千秋はクロエさんの胸の中で大号泣して、一時間以上もロケを止めてしまったのだった。

　山本さんからは、とんでもない大目玉を食らうと思った。が、意外にも、怒られることもなく、一時間押しの密着ロケは『野村農園』で終わり、あとはクロエさんの料理を撮影させてもらって、今日は終了、という流れになった。両親には何も言うことができないまま、千秋は『ラ・モワッソン』へ向かう機材車に乗り込んだ。恥ずかしさと後悔にさいなまれて、千秋は帽子を深くかぶり、その上からさらにパーカーのフードもかぶって、すべてのコミュニケーションを拒絶した。海原さんと江川くんも沈黙して、車内の空気は最悪だった。

こんなに人に迷惑をかけるのだから、もうこの仕事は辞めよう。そう思って、千秋は移動中ずっと、辞表の文面を頭の中で考えていた。でも、どうしても考えはまとまらない。仕事を辞めたとして、その後はどうなるだろう。今さら実家に帰るなんてできないし、きっと、どんな仕事についても、自分という人間の本質は変わらない。どこに行っても、誰にも必要としてもらえない人生は、どれほど空虚なものだろう。

いっそ、死んでしまいたい。でも、その勇気もない。

このまま、空気に溶けるようにして消えてしまえたら。

そう思ってみても、肉と骨でできた自分の手はしっかりと目の前にあって、どれだけ消えたいと思っても、透明になっていくような気配はなかった。

7

「こちらは、当店の秋のアミューズでございます」

どうしてこんなことになっているのだろう。

千秋は、目の前に並んだ色とりどりの料理を眺めながら、自分の状況を飲み込めずにいた。料理を持ってきてくれたホール担当の女性の隣で、広報の前沢さんが、一つ一つの料理について説明する。話を聞き取れてはいるのだが、緊張してガチガチになっている上、耳に馴染《なじ》みのない料理名や食材名がぽんぽん出てくるので、いったいこれがなんであって、どういう料理なのか、というところまで理解するのに時間がかかる。

「どうぞ、お召し上がりください」

千秋の実家、『野村農園』から『ラ・モワッソン』に戻ると、山本さんがスタッフを集め、撮影に変更が入った、という説明をした。どうやら、クロエさんの軽トラの中で、クロエさん側から提案を受けたらしい。

ただ、その変更の内容が驚きだった。

もともと、お店に戻った後は番組のインサート用に何品か料理を撮影させてもらう予定だったが、クロエさんは、実際に一連のコース料理を提供するので、それを食べているところを撮影してほしい、と申し出たそうだ。そして、試食役を千秋にしてほしい、とも言った。

千秋はもちろん「できない」と断ったが、山本さんから、そうしないと撮影が続行できないから、と言われてしまうと、密着ロケで大迷惑をかけてしまった引け目もあって、従うしかなかった。言われるがまま席に着き、借りてきた猫のように料理を待つ間は地獄そのものだった。バカみたいに大号泣した後で、目元もパンパンに浮腫《むく》んでいる。前沢さんが冷たいおしぼりを用意してくれたが、焼け石に水だった。この姿が全国ネットでオンエアされると思うと、指先が震えだすくらいの拒絶反応が起きて、すべてを捨てて逃げ出してしまおうかと思ったくらいだ。

撮影は、一度、別のテーブルに料理を運んで海原さんがセッティングしたカメラで撮影し、その後、千秋の目の前に運ばれてきて試食をする、という流れになった。千秋の映像は、山本さんが向かいの席からハンディで撮影する。ハンディにしたのは、たぶん演出上の意図があるのだろう。山本さんは、うまいことを言おうとしなくていいから素直な感想を言え、という指示を千秋に出した。

目の前のアミューズは、どれもかわいらしいものだった。「アミューズ」とは、「アミューズメント」という言葉もあるように、お楽しみ、という意味で、コースの前に用意されたおまけの一品のことを言う、と、前沢さんが説明してくれた。どれも「食べるのがもったいない」という使い古されているはずの表現をそのまま使いたくなる。奥村さん作のお皿や、地元作家の作った木箱に盛りつけられたそれらは、収穫の秋と、静かな冬への季節の移り変わりを表現しているそうだ。

「当店のお料理は、一部の調味料やお酒などを除き、すべて地元産の食材を使用しております。野村様はこの近隣のお生まれとお聞きしましたので、ぜひ、故郷の恵みをお楽しみいただければ幸いです」

前沢さんが、すらすらと口上を述べる。だが、この料理に使われている食材がすべてこの付近で取れたものだとは到底思えないような彩りだった。その色彩の豊かさは、紅葉に色づく里山のようでもあり、印象派の絵画のようでもある。フレンチなど人の結婚式でしかお目にかかったことがなくて、カメラを向けられている緊張感と、どう食べればいいのかわからないという不安で、手の震えが止まらない。前沢さんに視線を向けると、どうぞ、手でつまんでお召し上がりください、と、すぐに的確な説明があった。

一つ、小さな緑色の丸い「なにか」を言われるがままつまみ上げ、口の中に放り込んだ。さくさくとした軽い食感の外側と、とろりとした内側の食感の差が楽しい。もくもくと噛んでいるうちに、あ、お芋か、と、ようやくなにを食べているのか理解した。バターの風味を感じる濃厚な芋の甘さにきゅっと苦味が効いて、大人っぽい味がする。

「そちらのクロケットは、クロエが、『はじめまして』という名前をつけていました」

「はじめまして？」

「今日、はじめて出会った食材と、はじめてお会いした野村様をイメージした料理、だそうです」

「はじめての食材、と言いますと……」

「みなさんと一緒にいるときに見つけたもの、と、クロエが申しておりましたが」

あっ、と、千秋は思わず声を上げた。お芋の甘みの向こう側にあるきりりとした苦みの正体はきっと、クロエさんがいきなり食べていたあの「草」だ。苦くて青臭かったあの草が、クロエさんの手にかかると、この料理にはなくてはならないアクセントに変わる。まるで魔法だ。山本さんが、「なんか言え」と、声に出さずに指示を出してきたが、びっくりして言葉が出てこない。それでも、なんとかこのおいしさを伝えたくて説明をするのだが、語彙力も料理の知識もないので、伝わりそうな言葉が見つからなくてもどかしい。

その後も、出てくる料理は見た目が美しく、口に入れれば驚くほどおいしいものだったのだが、今までに見たことのない料理、食べたことのない味、香り、食感のものばかりで、本当にどう表現していいかわからなかった。でも、見覚えのあるエディブルフラワーで彩られた前菜は目を奪われるほど美しく、名前も知らない魚から取ったスープは、凝縮された海そのものを飲んでいるかのように香りが豊かだった。まるで、料理で今日一日の出来事をおさらいしていくような感覚だ。

千秋の視線の先には厨房があって、若い料理人たちがくるくると目まぐるしく動いていた。その中で、ひときわ背の高いコック帽をかぶり、白いシェフ服を身にまとったクロエさんが、真剣なまなざしで料理をしているのが見えた。さっきまでの、飾らない、フレンドリーなクロエさんとはまったく違う雰囲気。メイクもしっかりして身だしなみも整え、表情もきりっとしたクロエさんは、スタッフに指示を出すわけでもなく、フライパンや包丁を使っているわけでもないのに、明らかに輪の中心にいて、この空間がクロエさんの意志で回っているのだ、ということがわかる。

どうにか、クロエさんの料理のおいしさを伝えたい。

自分の生まれ育った町で取れた食材は、こんなにも素晴らしい料理になる。心の底から湧き上がってくる多幸感と、舌も心も包み込むような料理の数々。いつの間にか、食レポなんてうまくできない、とか、カメラに映るのは恥ずかしい、という気持ちはどこかに行って、味を伝えることだけに一生懸命になっていた。山本さんが抱えるカメラの向こうには、何千、何万という視聴者がいる。その人たちに、今、自分が味わっている感動を伝えたい、と、千秋は純粋にそれだけを思っていた。

「本日のメインは、当店のスペシャリテでございます。そして、シェフのクロエから、お召し上がりの前に一言ご挨拶をさせていただいてもよろしいでしょうか」

前沢さんの説明とともに運ばれてきたのは、メインの肉料理だった。「サングリエのカイエット」という料理名の説明があったが、なんのことだかわからない。前沢さんによると、サングリエはフランス語で猪のこと。カイエットというのは南フランスの田舎料理で、野菜や香草を練り込んだ豚のミンチを網脂《クレピーヌ》で包んで焼き上げた料理だそうだ。クロエさんのカイエットは、豚ではなく、佐古さんが撃った猪を使っていて、猪のもも肉を猪のひき肉で包んで焼き上げる、とのことだ。まさかあの、と、川の中で四つ足を天に向けた猪の姿を思い浮かべたが、肉は熟成期間が必要なので、今日獲れた猪ではない、と前沢さんが笑っていた。

「チアキさん、食事はお楽しみいただけていますか？」

そう言いながら、厨房からクロエさんがやってきた。クロエさんは咳ばらいを一つすると、千秋に向かって恭しく一礼をした。

「この料理のことを、ワタシやスタッフは〝merci《メルシー》〟と呼んでいます。フランス語で、ありがとう、という意味ですね。この一皿には、ワタシの感謝がすべて詰め込まれているから、そう呼んでいます」

「感謝？」

「ワタシは、パリでとても有名なレストランで十年働いてから、自分のお店を出しました。でも、ワタシのお店のお客さんが望んでいたのは、ワタシが働いていたレストランのシェフが考えた料理で、ワタシの料理は求められていなかった。悲しかったですね」

求められていなかった、という言葉に、千秋の胸がずきんとした。

「どんな料理を作ればいいかわからなくなって、ワタシは自分のルーツのひとつである日本に旅行にきました。トウキョウとかオオサカも行きましたけど、いろんなところを車で回るうちに、この土地に辿《たど》りつきました。ここは素晴らしいところ。車でちょっと行くだけで、山があって、海があって、川も畑もある。ワタシはこの町の風景を見て、失いかけていた料理への情熱を取り戻して、自分の人生をアートにして、みなさんに見てもらいたいと思いました。そこで、パリのお店を閉めて、ここでお店を作ることにしたのです」

アート、と、千秋はぽかんとしてしまった。誰かに求められずに自分を見失うところまでは千秋と同じだったのかもしれないが、そこからはやはりクロエさんの独特の感性が人生を変えたのだな、と思う。このなんにもない山の中を見て、ここに自分の人生を懸けるべきなにかがあると思う人は少ないのではないだろうか。どこにでもある山、どこにでもある海、どこにでもある畑。でも、そこに、クロエさんは価値を見出《みいだ》すことができたのだ。千秋には十八年かかってもわからなかったのに。

「料理は、ワタシそのものです。ワタシが感じる喜び、悲しみ、愛、怒り、感情そのものだと思います。この、〝merci《メルシー》〟は、一番強く感じた、感謝を表す料理です。ワタシは、チアキさんにとても感謝しています」

「え、は、え、わたしですか？」

クロエさんの青い瞳に真っすぐ見つめられて、千秋は激しく動揺した。どうして、クロエさんが千秋に感謝をしなければならないのか、理由が全然理解できないのだ。

「この料理には、サコさんが獲ってくれるおいしい猪《サングリエ》も必要ですが、それ以上に、ノムラさんの旦那さん、奥さんが作ってくれるパセリが欠かせません。ノムラさんのパセリがなかったら、ワタシは自分の心の中にある感謝の気持ちを表現できなかった。この料理を作ることができなかったのです。ノムラさんは、チアキさん、あなたが生まれたから、この土地にきて、農業を始めたといいました。あなたが生まれてきてくれたから、ワタシは本当に作りたかった料理を作れた。だから、この〝merci《メルシー》〟は、ぜひチアキさんに食べてほしかったのです。チアキさん、あなたがこの世界に生まれてきてくれたことを、ワタシはいつも神に感謝しています」

クロエさんが、最後に、merci《メルシー》 beaucoup《ボクー》、と笑顔で言葉を加えた。

自分が生まれてきたことは別に自分の意思でも手柄でもないし、感謝されるようなことは何一つしていないけれど、それは、この猪と一緒なのかもしれないな、と千秋は思った。猪だって、撃たれて死んでしまえば、廃棄されようが肉にして食べられようが同じことだろう。でも、そうして命を奪って得た肉に対して、日本人は「いただきます」と言う。フランス語にはその言葉はないかもしれないけれど、クロエさんがいう〝merci《メルシー》〟は、同じような意味を持つのだろう。

料理人は、「命」を感じる機会が多いのかもしれないな、と思う。生きている魚を締めるとか、骨や皮のついた生々しい肉をカットしていくとか。命を背負って、クロエさんは料理をする。感謝を込めて、自然から千秋へと繋《つな》がる命そのものが目の前の一皿だ。

「どうぞ、お召し上がりください」

前沢さんの言葉に背中を押されて、慣れないフォークとナイフを使い、きれいな焼き色のついた肉を一口大にカットする。肉の下には鮮やかな緑色のソースが敷かれていて、それらは一体となって、千秋の口の中に吸い込まれる。

一口嚙み締めた瞬間、ふわ、と、千秋の口から声が漏れた。

まず最初に感じたのは、香りだ。肉についた燻製《くんせい》っぽい香り、ミンチに混ぜ込まれたナッツの香り、脂の香り。でも、口の中を支配するのはパセリだ。圧倒的なパセリの香りが、他の食材やハーブ、スパイスを引き連れてものすごい勢いでやってくる。昔、美術の資料集で見たドラクロワの『民衆を率いる自由の女神』というフランス革命を題材にした絵画を思い出した。鮮烈なパセリの香りが、先頭で旗を振ってすべての香りや味を千秋の中に引き連れてくる。

外側のミンチは、粗挽《あらび》きのウィンナーソーセージのような、しっかりとした肉の嚙み応えを感じる。歯応えがあるのに柔らかい。不思議な感覚だ。粒の大きさに存在感がある脂身を嚙み締めるたびにあふれ出してくる脂は、なんて上品なんだろうと感動するくらい、しつこくもくどくもないし、とても甘い。肉には野獣っぽい臭みは一切なく、食べ慣れている豚肉とはやはりなにもかも違う、別物だ。中心にある赤身は濃厚で力強い肉の味。添えられている猪のレバーを使ったパテを少し加えるとさらに濃厚さが増す。けれど、パセリの残り香がしつこさを消して、食べた後に口の中に残るのはさわやかな後味だ。

どれがなんの味、というのは、千秋には説明のしようがない。押し寄せてくる味も香りも複雑で、あの料理みたいな、とか、あの味に似た、みたいな表現はできそうになかった。でも、パセリの香りと味は、はっきりとわかった。クロエさんが、パセリがあったからこそできた料理、というのもうなずけるくらい、脇役でも添え物でも飾りでもないパセリがそこにいた。

嬉しい。

おいしい、よりも先に、その言葉が出た。そして、またぽろぽろと涙も出た。クロエさんにも、両親にも、厨房で一生懸命料理をしている人、前沢さん、山本さん、海原さん、江川くん、食材を取ってくれた佐古さんや地元のみなさん、美しい食器を作ってくれた奥村さん、猪やパセリに、自分の生まれたこの地の自然に、とにかく、ありとあらゆるもの全部に、ありがとう、と言いたくなった。私は生きていてよかったんだ、と思えた。

「食レポで、嬉しい、って言ったやつ初めて見たよ」

山本さんが、千秋を撮影しながらそう言った。顔が笑っている。どうやら怒ってはいないようだ。

「すみません」

「いや、うまいもの食えた時って、そういう気持ちになるときあるよな。食えるってことに感謝したくなるっていうかさ」

「今、そんな感じです」

「で、どうなん。味的にはさ、うまいの？　めちゃくちゃうまいの？」

口に残っていた最後のひとかけらを名残を惜しみながら飲み込むと、千秋は、「情緒がおかしくなるくらいおいしいです」と言って、涙を拭い、笑った。周りを取り囲んでいたみんながその一言で爆笑し、千秋を中心に、厨房まで笑いの輪が広がった。クロエさんだけが、前沢さんに「ジョウチョってどういう意味？」と聞いていた。

8

「ただな、俺は野村が、あのパセリ農園に行く前にさ、ここは自分の実家だ、って言わなかったことには怒ってんだよ」

「すみません」

「この農園はなんと！　ＡＤ野村の実家でした！　って演出できたほうが絶対面白かっ

ただろ？　四年ぶりの親子の再会、みたいなの入れたらめちゃくちゃよかったじゃんか。いやな、食レポというか、メインの猪食った時のさ、野村の『嬉しい』ってワードはよかったよ、ほんとに。でも、実家のくだりを伏線にしておかないとさ、視聴者にあのワードの意味が伝わりにくくなっちゃうだろ。Ｖ《ブイ》ＴＲをどう繋げようか、今から頭痛いもん、俺」

「ほんとにすみません」

「自分の親にドッキリでも仕掛けるつもりだったのか？」

「いえ、違います。すみません」

二日間にわたる取材が終わり、『ラ・モワッソン』を後にすると、車内では一分も待たずに山本さんによる反省会が始まった。ロケスケジュールを破壊しただけではなく、ＡＤの身でありながら先輩を差し置いて一人だけ予約の取れない名店の絶品コース料理を味わい、なんなら食事と一緒においしいお酒までいただいてしまって、ほわほわと上気して気持ちのいい今を申し訳なく思うばかりだった。

「俺も食いたかったな、あの猪のナントカ。久しぶりに撮るのが拷問だと思ったわ」

「あ、僕もっす。匂いがすごいからめっちゃ腹減ったんですけど」

海原さんと江川くんが、口々に不満を語る。千秋はますます小さくなって、すみません、と謝った。だが、男性陣の不満は収まらない。

「猪じゃなくていいから、普通に飯食いたいな。あの、山本さんが言ってた、大盛の飯屋でも行ってみようか」

「いいけど、海原さん死んじゃうと思うよ」

「僕、今なら、そこのカレー大盛でもいけそうな気がします」

「江川じゃ相手にならない。大盛だと総重量で五キロくらいあるんだぞ」

五キロ、と、江川くんが絶句する。特異体質の大食いの人でもない限り、一般人の胃袋に収まる量ではなさそうだ。

夕方、昼が短くなってつるべ落としの太陽が山の陰に沈んでいこうとしている。もうすぐ冬だ。お酒で火照った顔を冷まそうと窓を開けると、少し冷たい空気が頬を撫でて気持ちがよかった。飛び回るコウモリの影、もう間もなく聞こえなくなってしまう秋の虫の声。今から車で帰社したら、着くのは真夜中だ。体は綿のように疲れていて、今すぐにでも布団に飛び込みたいくらいなのに、会社に戻り、そこからさらに自宅に帰るのは辛い。

山本さんの説教も聞いているつもりではあるけれど、言葉は頭の中にとどまらずに、ふわりと風に溶けていく。その風に前髪をさらして揺らしていると、前方に古い学校が見えた。六年間、千秋が通った小学校。しばらくすると、バス停代わりだった郵便局の前を通り過ぎる。あれ、と思っていると、昔中華屋さんだった建物が見えた。家族で行くといつも頼んでいた、皮がモチモチした大きな餃子《ギョーザ》が懐かしいな、と思う。

「江川くん、あの」

「ん？」

「道、あってる？」

後部座席から千秋が運転手の江川くんに声をかける。『ラ・モワッソン』を出てから車は千秋の実家方向に進んでいるが、東京方面に向かう高速に乗るには方向が逆だ。江川くんは、ああ、と、生返事をしたものの、方向を変える様子も、ナビを確かめる様子もなかった。え、大丈夫かな、と思っていると、四辻にある神社が見えてきた。あれあれ、と思っているうちに、車は神社横の道に入っていく。

「え、うちの実家に行くんですか？」

「そうだよ。お前な、あんな大泣きしておいて、そのままにできないだろ。今頃、親御さん心配して、どうしよう、ってなってるぞ、きっと」

山本さんが、まったくもう、とでも言いたげに、鼻から息を吐く。

「いや、そうなんですけど、後で連絡でもしとこうかなと」

「せめて、パセリうまかった、って言ってこい」

山本さんはそう言うが、四年ぶりの実家に自分の居場所はないだろうし、両親と話すのも気まずい。でも、迷っているうちに車が実家の前の駐車スペースに滑り込んで、仕方なく、千秋は車を降りて玄関に向かった。ざりっ、という砂利の音。毎日聞いていた音が、今は遠い昔の思い出のように感じた。

なんて言えばいいのか、どんな顔をすればいいのかわからないまま、それでも山本さんたちを待たせるわけにもいかないと思って、実家のドアホンを鳴らした。はあい、というのんびりした声。母の声だ。

「じゃ、明日な」

「えっ」

千秋が振り返ると、Uターンした車の助手席の窓から、山本さんが腕を出して、じゃあな、とひらひら手を振った。

「どど、どういう」

「今日は、親御さんとゆっくりしろよ」

「いやっ、でもっ、今日これから東京に戻りますよね？」

「ロケが押したからもう一泊するって、Pに許可取ったから」

山本さんの言うPとは、予算管理をするプロデューサーのことだ。

「えっ、でも、その」

「その代わり、明日六時に迎えに来るからな。夜更かししないで早く寝ろよ」

「迎えにって」

じゃあな、と、山本さんが言うのと、背後から、「千秋！」と母の声がするのとが同時だった。どっちにどう声をかけるべきか迷いながらその場でくるくる回っていると、母が玄関先まで出てきて、父もひょっこり顔をのぞかせた。両親に気を取られている間に、車はあっさりと走り去ってしまった。後には、ぽつんと千秋の荷物だけが残されていた。

「どうしたの、戻ってきて」

「それが、会社の人に置いていかれちゃって」

一晩泊まれる？　と千秋がおそるおそる聞くと、何言ってんの、と母が呆《あき》れたように片眉を上げた。

「実家でしょ、あなたの」

「ああ、うん、そっか」

ただいま、と千秋が言うと、両親が声をそろえて、おかえり、と応えた。東京で何か誇れるものを手に入れてからじゃないと帰れない、と思い続けていた四年間が、たった二言で氷解していく。家族というとても小さい輪の中にいるだけだけれど、その中心に自分がいる気がする。

きっと、『ラ・モワッソン』に千秋が取材の申し入れをしたとき、クロエさんは野村農園の娘だ、とわかっていたのだろう。だから、取材をＯＫしてくれて、今日は実家にクルーを引き連れてきた。パセリをおいしいと言ってくれたのも、そのパセリのおいしさを料理という形で教えてくれたのも、すべては、ほどけかかっていた親子の結び目をもう一度結びなおそうとしたからなのかも、と、千秋は思った。いろいろ親に心配かけていたんだな、とも。

「とりあえず、お風呂入んなさい。なんか汗臭いし、お酒臭いんだけど」

「ごめん。クロエさんのお店で、私が試食係になって」

「食べてきたの？　クロエさんのお料理を？　え、うらやましい」

「その、うん。で、食べたんだ、パセリの料理」

父と母が顔を見合わせる。

「どうだった？」

「食べたことないの？」

「ないよ。あんな高級店に行くお金ないもん」

「おいしかった。びっくりするくらい。パセリが主役だった」

そうか、と、微笑んだのは父だった。母は、笑顔を作りながらも、少しだけ目を潤ませていた。クロエさんには、感謝しかない。いつか、ちゃんとお礼を言いに行かなければ。もう少し仕事も頑張って、ちゃんと稼いで、来年の秋には、両親を『ラ・モワッソン』に連れて行こう、と、千秋は誓った。当面、仕事は辞められそうにない。まずはもう一年、ちゃんと頑張ってみることにする。

「その重そうなバッグはお父さんが持っていってくれるから、さっさと上がって」

いいよ自分でやるから、と言うより早く、父が、千秋の横をすり抜けていって、重すぎて腰が曲がりそうになるバッグを片腕でひょいと持ち上げる。母は、そわそわした様子で玄関の靴をそろえて、千秋が上がるスペースを整えていた。


ありがとう。


自然と、その一言が出た。クロエさんの料理を食べていなかったら出てこなかったかもしれない。もしかしたら、一生。

喉の辺りにずっとつっかえていたものが、ようやくお腹の中に落ちていく。両親に迎え入れられて、四年ぶりに実家の玄関に入った。木の香り、奥の部屋の仏壇の線香のにおい、お母さんの作る、ちょっとしょうがの効いたみそ汁の匂い。ご飯を食べてきたばかりなのに、なんだかお腹がすく。

「あなた、食べてきたなら夕飯はいらないのね？」

「食べる」

「え、食べるの？」

「うん、食べる」

ありがとう。心の中で、千秋はクロエさんに向かって、もう一度そう言った。

おむすび交響曲《シンフォニー》・第三楽章〜秋のスケルツォ〜

外は今日も雨だ。

ランチ終わりの時間帯はいつものんびりだが、それにしても普段ならもう少し人が来る。雨の日はあからさまにお客さんが減るので暇を持て余し気味だ。せっかく昼休憩なしの通し営業にしているのに、これでは休憩しているのと変わらない。天気予報によると、秋の長雨はまだ数日続くようだった。結女はため息をつき、ごはんを入れ替える作業をはじめた。

『おむすび・結』では、炊き上がったごはんをおひつに移して保存しているのだが、ある程度時間が経ったら、新たに炊いたごはんと入れ替えるようにしている。お客さんに出すとき、ごはんにほんのりと温もりがある、というくらいが、結女の考えるベストの状態だからだ。炊き上がった後、おひつに保存されたごはんはおいしい。さわらの木のおひつが適度にお米の水分を吸ってくれるのでべたつかず、同時に湿度も保持してくれるので、いい状態でお米のクオリティを維持できる。おひつや寿司桶《すしおけ》にさわらがよく使われるのは、杉やヒノキと比べて、木の香りが少なく、余計なにおいを食材につけないからだ。業務用の炊飯器で保温機能がついたものもあるが、ガス炊飯器の高火力でお米を炊いておひつに保存する、というやり方のほうが明らかに味がよくなるので、お客さんが少ない日でも、結女は他の方法に変えることができずにいる。

仮に、このままごはんが冷めきったとしても、おひつに入れておけば温めなおさずにそのまま食べられるくらいおいしいままだ。時間ごとに入れ替えなければいけないとはいえ、まだまだおいしいごはんをただ余らせるのも忍びないので、できるかぎり家に持ち帰って夕食にするのだが、こうも暇だとロスも増えてしまい、消費が追いつかなくなる。やっぱりお客さんが来て、炊飯とおひつ保存のサイクルが回ったほうが常においしさを維持できるし、食材を無駄にしなくて済む。儲けようなどとは思っていないが、できるだけお客さんには来てもらいたいな、と、閑散とした店内を見回しながら炊き立てのごはんをおひつに入れ替え、別の容器に移した少し冷たいごはんをひとつまみ口に入れる。

「おいしく炊けてるんだけどな」

秋はもちろん、新米の季節だ。『おむすび・結』で使っているお米は、知り合いの伝手《つて》で農家さんから直接仕入れる新潟産コシヒカリである。昨今、お米は新品種が次々出てきていてどんどん進化しているとは思うのだが、結女は最終的にコシヒカリに落ち着く。お米自体のおいしさ、具材とのバランス、握った時の粒の粘りなど、どれも結女のおむすびに最適だからだ。そして、今年はこのコシヒカリの出来がよくて最高においしい。新米は水分含有量が多いので水加減が難しいが、今日の炊き上がりも完璧だ。お米そのものがおいしい今の時期にたくさんの人におむすびを食べてもらいたいのだが、結女の気持ちとは裏腹に、お店はしんと静まり返っている。

「すみません、やってますか？」

「は！　はい！　いらっしゃいませ！」

間の悪いことに、結女の緊張が一瞬すぽんと抜けた瞬間、お客さんがやってきた。慌てて気持ちを作り直し、おしぼりとお茶を用意する。お客さんは珍しく若い女性のひとり客で、上はグレーのパーカー、下はチノパンという、結女と似たような格好をしていた。地味と言われようとも、一番着やすくて動きやすい格好だ。服はデザインより機能性で選ぶタイプかな、などと、変な親近感が湧く。

お客さんは席に着くと、少しメニューを見ながらひとしきり迷う様子を見せ、「月替わりってなんですか？」と尋ねてきた。結女は、手書きで月替わりメニューを書いてあるホワイトボードを指して、焼き秋鮭と塩いくらの親子むすび、舞茸《まいたけ》天の天むす、そして塩むすび、と、秋の月替わりメニューを説明した。例年、ここに秋刀魚《さんま》の炊き込みごはんのおむすびをラインナップしてきたのだが、昨今はおいしい秋刀魚がなかなか出回らなくなってしまって、泣く泣くメニューから外した。地球の気候が変わったり、価格うかもしれない。

が高騰したりすれば、定番と言われるようなおむすびもいずれ食べられなくなってしま

「塩むすびって、具なしのお塩だけですか？」

「新米の時期はお塩だけでもすごくおいしいですよ」

客の女性は、雰囲気がナチュラルで存在の主張が少なく、人の心にすっと馴染んでく

るような雰囲気がある。まさに、おむすびで言うところの塩のようだ。おむすびで注目

されるのは、お米、海苔、そして具材だが、そこに塩があるから、おむすびというのは

成立する。彼女もきっと、そういう存在なんだろうな、と結女は勝手に想像した。

もう一つ、そのお客さんが気になったのは、どこか「娘っぽさ」があったからだ。と

うに独立して離れて暮らす自分の娘を思い出して、しばらく出番のない親心がむくむく

と目覚める感じがする。

「じゃあ、月替わりの三つをセットでください。それから、あの――」

女性は急に立ち上がり、持っていたショルダーバッグからカードケースを取り出し、

結女に一枚の名刺を差し出した。

「野村、千秋さん？」

「私、テレビ番組の制作会社でディレクターをやっているものなんですが、よかったら、

こちらのお店を取材させていただけないかなと」

「え、テレビ局の方ですか？」

「そうなんです。今ちょっとハンディカメラも持ってきておりまして、お邪魔にならない程度、調理しているところとかお料理とか、撮影させていただけませんでしょうか」

野村、と名乗った女性は、そう言いながらスマホで自分が担当している番組のホームページを結女に見せる。

「東京の、お昼の情報番組なんですね」

「あ、そうなんです。その番組の中で、ウモウマ発掘隊、というコーナーを担当しております」

「ウモウマ？」

「まだ埋もれているけど旨い店、の略で、ウモウマ」

「ああ、そういう。でも、うちなんかでいいんでしょうか」

まあ、有名店でも人気店でもないか、と、心の中で結女はかすかに笑った。埋もれている、ということではそうかもしれない。でも、現状で満足しているし、発掘されたいとは思っていないのだが。

「私、この辺地元なんですけど、あ、地元って言っても生まれはもっと海側のほうの山の中なんですが、去年の今頃、別の番組でロケがありまして、帰京する日の朝に『おむすび・結』さんに伺ったんですよ。スタッフ全員で」

「あ、そうだったんですか。ありがとうございます」

「その時に、おむすびに感動してしまって、いつか絶対取材させていただきたいな、って思ってたんです。自分の地元にこんなにおいしいお店があるって自慢したくて」

去年の今頃、と、結女が記憶を辿る。お客さんのほとんどが常連さんなので、一見《いちげん》の客は結構目立つはずなのだが、一年前、ともなると、だいぶ記憶があいまいだ。言われてみれば、野村さんの顔は、どこかで見たことがあるような気がする。

「なので、ちょっとこの辺でウモウマなお店を探してるんですが、やっぱり最初は『おむすび・結』さんがいいなあと思って、取材させていただけないかな、と来てみたら、外に、『新米』っていうのぼりが出てるじゃないですか」

「あ、はあ」

「実は、私、先月ADからディレクターになったばかりでして、まさに新米ディレクターなんです。ウモウマのコーナーを担当することになって一回目のお店なので、勝手に運命を感じてしまって、ぜひ、取り上げさせていただきたくって」

ああ、新米、と、結女は思わず笑ってしまった。結女が彼女の服装に親近感を持ったように、何がきっかけでお店とお客さんというつながりができるかはわからないな、と思う。でも、それが楽しいのだ。

おむすびは　人と人とを　むすぶもの

お店に貼り出している結女の母の言葉が、秋の落ち葉のようにしっとりと胸に積もって、いつの間にか結女の心の土壌を豊かにしている気がする。テレビに出てお客さんがたくさん来てしまったら、もしかしたらちょっと大変な思いをしたり、常連さんに迷惑が掛かってしまったりするかもしれない。そこは心配だけれど、せっかく、一年前においしいと思ったことを忘れずに来てくれたわけだし、取材を断るのも心苦しくはある。

「あの、私もテレビに映っちゃいますか？」

「あー、はい。そうなんですけど、もしどうしてもということであれば、なるべくお顔を映さないようにはできます。でも、ぜひ出演していただけるとありがたいです」

「やだ、ちゃんとお化粧してくればよかった。どうしよう」

「今の雰囲気ですごい素敵だと思います。今のまま出ていただければ！」

押しに負けて、結女は、じゃあその、どうぞ、と、取材をＯＫした。野村さんは、ありがとうございます！　と、ぴょこんとお辞儀をして、さっそく小さなカメラを取り出し、おむすびの調理を始めた結女の様子を、カウンターの向こうから撮影する。

「あっ」

おむすびを作りながら、目の前にいる野村さんを見て、ふわっと記憶がよみがえってきた。どこかで見たことがある、と思っていたが、確かに見たことがある、という確信に変わる。

「野村さんて、もしかして、テレビ出られてましたよね？　あの、天塩川日支男が出てる番組の」

「え、あ、はい。以前は、その番組のADをやってまして」

「あの、ご実家パセリ農家の？」

「あ、ご覧になったんですか、あの回」

野村さんの顔がみるみる赤くなっていく。はにかむ笑顔がなんともかわいらしい。そうだ、あのときの、と、結女の頭の中で点と点が線でつながった。確か、去年の年末に観たテレビの特番で、県内のフランス料理かなにかのお店が取り上げられていたので、つい観てしまった回だった。その、お店の紹介映像の中で、地元出身でパセリ農家の生まれという番組スタッフの人が、ご両親が作ったパセリを使った料理を食べて大泣きする、という場面があって、すごく印象に残っていた。結女は一人で晩酌をしながら大いにもらい泣きをしてしまい、顔がぐずぐずになったのもよく覚えている。

そのスタッフさんというのが、目の前の野村さんだったのだ。

ああそうかあの時の、なんて思うと、また急に親近感が湧いてくる。普段、毎日が同じことの繰り返しであまり感情の起伏などがなくなってきている気がするが、雨と一緒に降ってきたような面白い出来事に、久しぶりに心が浮き立った。テレビの取材だからということではないが、おいしくなあれと心を込めてむすんだおむすびを、野村さんの前に出す。どういう評価が下されるのか、やっぱり緊張した。

「じゃあ、塩むすびからいただきます」

三脚でカウンターに固定したカメラで自分を撮影しながら、野村さんが結女の塩むすびを一口、口に入れる。以前、塩むすびがきっかけでお店に来てくれるようになった女子高生のお客さんがいたが、今頃どうしているだろう。

「うーわっ」

野村さんが手を震わせて、顔を横に何度も振る。え、どういう反応？　と思っていると、「いやちょっと」「びっくりして」と、目を真ん丸にした。

「お口に合いますかね」

「ほんとにごはんとお塩だけですか？　甘みがすごい」

「そうなんです。この時期のお米、甘いんですよ」

「あんまりおいしすぎて、ちょっと情緒がおかしくなりそうなんですけど」

言い方、と、結女はまた思わず笑う。あっという間に塩むすびを食べ終えた野村さんのほっぺたに、米粒がついているのがほんとうに愛らしく思えた。

マイ・ハート・ウィル・ゴー・オン

1

「故・貫井正雪《ぬくいまさゆき》さんの五十回忌法要は以上となります。本法要をもってお弔い上げとなりますが、よくここまで故人のご供養をお続けになりました。旦那さんもきっとお喜びのことと思います。大変、ご苦労様でございました」

暖房もあまり効かず、酷《ひど》く底冷えする古いお寺の本堂で小一時間ほど読経を聞いた後、貫井冬美《ふゆみ》は涙を拭いながらお布施を入れた封筒を差し出した。先ほどまで朗々とした声で経を読んでいた住職がそれを恭しく受け取り、打って変わって静かな声で冬美にねぎらいの言葉をかけた。住職とはいっても、先代から寺を引き継いで間もなく、まだ四十を過ぎたばかりという若い僧侶だ。それでも、冬美はその話をじっくりと聞き、数珠を巻いた手を合わせて深々と一礼した。肩の荷が下りた、と、ほっとした気持ちが半分、終わってしまった、と、気が抜けるような感覚が半分、といったところだろうか。

冬美の夫、正雪が亡くなってからの約五十年、初七日、四十九日、一周忌、三回忌、と、折々に夫の供養を行ってきたが、この寺の宗派では、五十回忌となった今年の法事が最後、弔い上げとなる。夫がこの世に未練を残さずあちらの世界に旅立っていればいいと思うが、弔い上げによって、故人への未練を断ち切らねばならないのは冬美自身なのだろう。それはわかっている。祭壇に飾られた夫の遺影は、今の冬美に比べるとまるで子供のように若い。小さな額の中に収められた夫は、五十年間ずっと、ちょっと斜に構えたポーズで、はにかみ笑いを浮かべていた。

最後の法事の参列者は、冬美ただ一人であった。

夫は、この小さな漁港の町で生まれ育ったいわゆる幼馴染だった。冬美が生まれた次の日、酔った父親が、近所の知り合いの息子であった正雪と将来結婚させる、と勝手な約束をして帰ってきて、それがいつの間にか既成事実のようになっていった。正雪が生まれたのは冬美より二週間ほど前だ。二人とも冬生まれだったこともあり、「冬」と「雪」とよく一括《ひとくく》りにされて育ってきたので、冬美は一緒にいるのが当たり前という感覚だった。今の時代であれば親の横暴と言われるだろうが、「正雪の家に嫁に行け」と言われることになんの疑問も持たずに育ち、十九の年に正雪と結婚した。正雪は若い漁師であったが、結婚から七年経った四十九年前の今日、海に出たまま帰らぬ人となった。結局、今の今まで再婚もせず、冬美は正雪の妻であり続けた。

高台にある寺を出ると、海辺の小さな町が一望できる。古びた家屋が立ち並ぶ、本当に小さい漁師町だ。それでも、冬美が子供の頃は賑やかだった。港は近海カツオ一本釣り漁の拠点で、近くには鰹節を作る工場が立ち並び、伝統製法を守って品質のいい鰹節を生産していた。この辺りの海は昔から豊かな漁場で、鰹以外にも、沖合、沿岸問わず多くの魚が獲れた。お正月には、勇壮な大漁旗をはためかせた船が港にずらりと並ぶのが恒例で、冬美も子供の頃はその光景に胸を躍らせたものだ。

だが、それも今は昔で、この町は風前の灯火《ともしび》だ。漁師の数は最盛期の十分の一以下になり、漁獲量も右肩下がりに落ち続けている。反対に漁船の燃油代は上がりっぱなしで、豊漁であっても儲けが出ない。昨今、海の水温が上がったせいで磯焼けも起こり、かつては面白いように獲れていた沿岸の魚も減った。餌となり、隠れ家にもなる海藻が海から消えてしまうと、魚たちはどこかに行ってしまう。それは人も一緒だ。焼けた海と一緒に町は活気を失い、寂れていった。

生まれてからずっと、生きるのに必死で目先のことばかりを見てきたように思うが、結果、老いてこの寂れた町から出ることもできなくなった。子供も親戚も兄弟もいない。看取《みと》ってくれる人もおらず、いずれひとり孤独に死んでいくことになるだろう。自分はなんのために生きてきたのかと、今更になって思う。この結末と違う物語にするには、人生のどこで何をすればよかったのだろうか。

長年の立ち仕事で言うことを聞かなくなった膝や腰を引きずりながらくねくねと細い坂道を歩き、寺から二十分ほどのところにある自宅に戻る。この辺りは、雪国とは比ぶべくもないが真冬になれば相応に北風が吹き、寒い日には庭先のバケツにたまった水に氷が張るくらいにはなる。今日は冬には珍しく青空が広がっているが、強い風が吹いていて、その風にはかすかに雪が混じっていた。積もるほどにはならないが、それでも、冷たい空気を吸い込むと喉が絞まり、胸が苦しくなる。正雪が生まれた日も珍しい雪の日で、そのときは十年に一度、というくらいの雪が積もったそうだ。そういえば、正雪が海から戻ってこなかった日も雪が舞っていた。雪の日は何かが起こるような気がして胸が騒ぐ。

冬美の終の棲家は、町を見下ろす坂の上の、築四十年の安アパートだ。夫と暮らしていた小さな家や、かつて父と住んでいた実家はとうの昔に人手に渡った。部屋の前につくと、がたがたと揺れる簡素なドアノブに鍵を差し込むのももどかしく、なんとか鍵を回して薄いドアを開け、ようやく風をしのげる部屋に戻ることができた。夫の遺影を仏壇に戻し、線香をあげる。部屋の隅っこに置かれた年代物の石油ストーブに火を入れ、一張羅の喪服からよれよれの部屋着に着替えると、どっと疲れが押し寄せてくる。

ストーブの上には、琺瑯《ほうろう》の両手鍋がちょこんと載っていた。中身は、肉がさほど好きではない冬美には珍しく、豚汁だ。寒い日に体を芯から温めてくれる汁物が欲しくなって、久しぶりに豚汁をこしらえたのだ。今朝方作っておいた豚汁はもうすっかり冷めて、固まった白い脂が浮いていた。台所からお玉を持ってきて、鍋の底のほうから持ち上げるようによくかき混ぜる。鍋を台所まで持って行ってコンロで温めればすぐに食べられるのだが、もらえる年金もそう多くないし、光熱費の節約のために汁物はストーブの上で温めるのが冬美のいつものやり方だった。

埃《ほこり》っぽい布団をかぶせたこたつに潜り込んで、習慣のようにテレビをつける。音がないと寂しいのだ。部屋には、冬美以外誰もいない。夫の仏壇だけが人の存在を感じさせるものだが、夫の両親が買って残していった大きな仏壇は持て余し気味だ。今度、お寺でお焚《た》き上《あ》げでもしてもらおうか。着られなくなった服や使わなくなった食器を捨て、後に残るものを減らしていく。少しずつ自分や夫の生きてきた跡を整理して、自ら葬る。世間では最近、そういう行動を、終活、というらしい。

七十代後半という年齢は、今の世の中ではそこまで年寄りというわけではないだろう。女なら、九十、百まで生きる人も少なくない。でも、多くの子供や孫に囲まれて老後を暮らすならまだしも、どこまでも凪《な》いだ海を小舟でただひたすら進んでいくような、孤独で何もない人生があと十年、二十年と続いていくと思うと、冬美は気が滅入《めい》る。

もう、お迎えに来てくれてもいいのよ。

ふと、声に出してそんなことを言った。老人になってしまった冬美を見て、正雪は困惑するだろうか。だから、ずっと迎えに来てくれないのかもしれない。

仕方ないことかもしれないが、それはさみしい。

こたつの熱が脚からじわじわと冬美の体をのぼってきて、疲労が空腹に勝る。座椅子にもたれかかり、うつらうつらと舟を漕《こ》いでいると、決まって思い出すのは、五十年近く前の、あの数日間のことだ。

2

一体なぜこんなことになったのか。

かじかむ手で大鍋の中の豚汁をかき混ぜながら、冬美は生まれ育った町の変わり果てた姿を見て、思わず涙をこぼした。小さいながらも賑わいのあった漁港はどこもかしこも瓦礫《がれき》に埋まり、世界の終わりのような光景が広がっていた。百五十トンはあるカツオ釣り漁船が岸壁を乗り越え、いつも魚の仕分け作業を手伝っていた漁協市場の建屋に突き刺さっている。その現実味のまるでない岸壁で、冬美は炊き出しの豚汁を作っていた。

近隣から肉や野菜をかき集めて仕込みをするのは大仕事だった。これだけの量の豚汁を作ったのも初めてだ。でも、やらなければいけない仕事があるということが、今の冬美には唯一の救いだった。もし、何もすることがなかったとしたら、目の前の現実を受け入れられずに、ただただ泣き叫んでいただけだったかもしれない。

すべては、大地震と、その地震で押し寄せた津波のせいだ。


この辺り一帯を地震が襲ったのは二日前、お昼過ぎのことだった。冬美が漁から帰ってきた夫の漁船に乗り込み、網の補修を手伝っているところに、まずは、どん、と下から突き上がってくるような大きな揺れが来た。船の上にいてもわかる大きな揺れに驚いて、夫と一緒に慌てて陸に上がったものの、すぐに陸地が全部滑っていくような大きな横揺れが来てどんどん激しくなり、立っていることもできなくなるほどになった。冬美は揺れが続く間、恐怖のあまり夫にしがみつくことしかできなかった。

揺れが収まり、二人で町に戻ると、いくつかの古い建物が倒れたようで、下敷きになった人を助けてほしい、と訴える叫び声があちらこちらで飛び交っていた。火が出ている家もある。冬美も正雪もどうしていいかわからないまま右往左往していると、高台のほうから血相を変えて走ってきた知り合いの漁師の姿が見えた。苗間《なえま》さんという、正雪が網元で網子をしていたときに船長をしていたベテラン漁師だ。苗間さんは息を弾ませながら正雪の肩を摑み、荒い息とともに、絶望的な一言を吐き出した。

——でかい津波が来るでの。

津波、という言葉に、冬美の胃がひっくり返りそうになった。これまでに、一メートルに満たないほどの津波は冬美も何度か経験しているが、それでも怖かった。ただの海のうねりにしか見えないような波が、岸壁にぶつかった瞬間に信じられないくらいの水しぶきを上げるのだ。だが、苗間さんが「でかい」と言うからには、もっと大きな波が来るのだろう。

「これから他の連中と沖出しに行くがね、正雪、おまえはどうすんだ」

「俺は――」

「おまえんとこ、船買ったばかりじゃろ?」

苗間さんの言う「沖出し」とは、大きな地震があって津波が来る可能性があるときに、漁船を港から出して沖に向かうことだ。津波は陸に近づくほど高くなる。港に漁船を停泊させていると、津波が押し寄せたときに船同士がぶつかったり、岸壁に打ちつけられたりして壊れてしまう。そうなる前に、できる限り早く船を沖まで持っていって、津波が海面から盛り上がる前に乗り越える、というものだ。もちろん危険と隣り合わせ、操船を誤れば転覆することだってある。真冬の海に放り出されたら、まず生きては帰れない。それでも、漁師の間では昔から「大地震が来たら船を沖に出せ」と言われている。

「だめだめ、危ない。正雪、やめよう」

「冬美、俺も沖出し行くわ」

「そんな、だめよ！　下手したら――」

「でも、津波で船もってかれたら、飯のタネがなくなるじゃろうが」

夫の正雪は十八で漁師になり、網元の船に乗って網子として働いていたが、昨年ようやく自分の漁船を購入して独立したばかりだ。漁船の購入のためには大金が必要で、漁協の融資の他にかなりの額の借金もしているし、津波で船が壊されてしまったら、明日からの仕事を失い、借金だけが二人の生活にのしかかってくることになる。夫の言うことも理解できるが、それでも、沖から押し寄せてくる津波に自ら向かっていくなんて正気の沙汰ではない、と冬美は思ってしまう。

「でも、お金なんかより、命のほうが大事じゃろ？」

「大丈夫。なんとかなる。冬美はうちに帰れ。あそこまでは津波も来んじゃろうし」

「ねえ、正雪も一緒に行こう」

「外寒いでの、家から外に出るなよ。無理すんな。いいな」

そう言いながら、正雪はそっと冬美のお腹に手を添えた。妊娠がわかったのは先月のことで、まだあまり周囲の人には言っていない。結婚七年目でようやく授かった子供の誕生を、正雪も楽しみにしていた。船を守るために沖出しをすると言い出したのは、生まれてくる子のためにも仕事を失うわけにはいかない、と思ったからかもしれない。

「そんな顔すんなって。みんな無事に戻ってくるでの」

「でも……」

「あ、あれ、用意しといてくれよ」

夫の言う「あれ」とは、豚汁のことだ。

冬美の家は母が病弱で、小さい頃から家の手伝いをして育ち、料理は一通りこなすことができた。料理上手と言えるかはわからないが、夫が漁に持っていく弁当も、義父母の朝昼夕の食事もすべて冬美が作っていた。中でも、夫の大好物は冬美の豚汁だ。夫は漁師でありながら肉好きで、特に冬場は、冷えた体を温めるのに豚汁が最高だ、と言う。寒い日はいつも、あれ用意しといて、と、注文をつけてから漁に出ていくくらいだった。冬美の豚汁は生前の母に教わったもので、特別変わった材料を使うわけでもないが、正雪はいつもうまいうまいと言いながら驚くほどよく食べる。うまい、と言われるとまんざらでもなく、いつも言われるがまま作っている。

「おい正雪、急がねえと津波が来ちまうぞ」

「あ、俺も行きます！」

じゃあ、頼んだぞ、と、一言残して港へ向かう正雪を、冬美は止められなかった。

それから、もう二日、夫と連絡がとれていない。

「帰ってきたぞ！」

誰かの声に驚いて顔を上げると、港の向こうに漁船の船影が見えた。地震の後、三十隻ほどの船が沖に出ていたが、津波のせいで港ががれきで埋まり、大きな余震もあってなかなか寄港できずにいた。町の人たちが総出で港の復旧作業を行い、丸二日が過ぎてからようやく戻ってこられることになったのだ。

沖に出た漁師たちの家族が岸壁に集まってきて、口々に名前を呼ぶ。戻ってきた漁師たちは寒さに震えながらも家族のもとに駆け寄って、抱き合って無事を喜んでいた。あちこちにそういう輪ができる外で、冬美は豚汁をひたすらかき混ぜている。かき混ぜるのをやめたら、その場に膝から崩れ落ちてしまいそうだった。

二日の間、洋上に出た船とは、無線での交信は行われていたようだ。その中で、船が一隻行方不明になった、という連絡があったという。断片的にしか交信の内容はわからず、情報は錯綜《さくそう》していたが、状況から、その行方不明になった一隻とは正雪の船なのではないか、という話が冬美の耳にも届いていた。

まさかそんな、という思いと、もしかしたら、という思いが折り重なって、心がぐちゃぐちゃになった。冬美は感情を押しつぶすように、帰ってきた漁師たちに炊き出しありますから！　と声を張り上げた。唇を真っ青にした漁師たちがその声に引き寄せられて、鍋の前に列を作る。隣では、町の備蓄米でこしらえた塩むすびが配られた。二日間、冬の洋上にいて芯まで冷え切り、船内にろくな食べ物もなく、空腹も限界であったのだろう。みな疲れ切った顔で幽鬼のように列に並び、食べ物を受け取るなり、むさぼるようにして食べていた。

「冬美」

気がつくと、目の前に苗間さんが立っていた。大きな丸い目を真っ赤に潤ませて、唇を震わせている。それで、冬美にはおおよそのことが理解できた。顔から血の気が引いていくのがわかったが、実感が湧かなかったことがよかったのかもしれない。

「豚汁、どうぞ」

冬美が差し出した豚汁を、押し頂くように受け取った苗間さんは、一口すすって、はあ、と白い息を吐き出すと、空を見上げ、声を押し殺しながら泣いた。

3

もう三回忌。あっという間だ。

夫が海に行って、冬美がその帰りを待っているうちに二年が経った。四十九日、一周忌、三回忌、と、区切りが来るごとに夫の両親や周囲に合わせてお寺で法要などを行ってはきたのだが、毎度、真っ黒な喪服を着て参列するのはいやだった。仏前や墓前で手を合わせるのは、夫がもう帰ってこないと認めるようなものだ。墓の中の骨壺《こつつぼ》には骨さえ入っていないのに、死んだものと受け止めるのは辛かった。ある日急に、家のドアを開けて、悪《わり》ぃ、遅くなった、と、ふらっと帰ってくるのではないか、という考えが、冬美の頭からいつまでも抜けていかない。

夫がいなくなってからの日々は、冬美にとって思い出したくもない地獄だ。

地震の後、瓦礫の片づけもそこそこに、町の漁師たちは総出で船を出し、何日も正雪の行方を捜してくれた。その甲斐《かい》あって、と言うべきか、港から少し離れた沖合でまだ真新しい正雪の船が沈没しているのが見つかった。だが、ダイバーを雇って捜索してもらっても、船内から正雪の遺体は見つからなかった。たとえ氷のように冷たくなってしまっていたとしても、目の前に正雪の亡骸《なきがら》があれば冬美も納得することができたのかもしれないが、夫の死を飲み込めないまま、冬美は未亡人ということになっていた。

夫が死んだ、という話を聞くことから逃げようとして、冬美はがむしゃらに瓦礫の撤去作業や人の家の手伝いに奔走した。少しでも一人の時間ができると、後ろから追いかけてくる現実に押し潰されそうだったからだ。睡眠もろくに取らずに動き回り、周囲からも心配されるくらいになったとき、下腹部に強い痛みを感じて、冬美はうずくまったまま意識を失った。

無理すんな、という正雪の最後の言葉を無視した報いだろうか。

腹痛の原因は、流産だった。

夫と、生まれてくるはずだった子供の二人を失って、冬美は実家に引きこもったまま、外にも出られなくなってしまった。あの時、意地でも夫を止めていれば。地震の後、無理に動き回らず安静にしていれば。助けられたはずの二人の命を失ったのだと思うと、自分に生きている価値などないのではないか、死んだほうがよいのではないか、という思いが頭から離れず、生きる気力もなくなってしまったのだ。寝て、起きて、さめざめと泣き、ただ寝床に臥《ふ》して一日を終えることも少なくなかった。食事もまともに取れずに体はやせ細り、父親が泣きながら冬美の口に食べ物を詰め込んだこともあった。

ぼんやり考えることと言えば、正雪のことばかりだ。物心ついた時からいつも一緒にいることが当たり前になっていて、失って初めてその存在の大きさに気がついた。もし、正雪の死を受け入れてしまっていたら、早々に首を括るか海に身を投げるかしていたかもしれない。もしかしたらどこかで生きているのでは、という淡い期待だけが、冬美が生きている理由だった。

地震の日の顚末は、告別式の日に苗間さんから話を聞いた。苗間さんと一緒に港に向かった正雪は、途中で足をくじいて倒れ込んでいた老人を助け起こし、苗間さんを先に行かせ、自分はそのまま老人を背負って高台まで避難させると言って走っていったそうだ。後から来るはずの正雪が来ないのを心配した苗間さんが無線で確認したことで、正雪の船がどこにもいない、ということがわかった。その瞬間を見た人はいなかったが、おそらく、港を最後に出た正雪の船は沖に出る前に津波とぶつかってしまい、そのまま波に呑まれてしまったのではないか、という話だった。

立ち直れないまま自室に引きこもる生活は一年近く続いたが、その頃に酒飲みだった父が体を壊してそれまでの仕事ができなくなり、冬美も働かざるを得なくなった。正雪が漁船を買ったときの借金も残っている。外で働いた経験もなく、何をしていいのかもわからずにいた冬美に仕事を紹介してくれたのは、苗間さんだった。

地震と津波で破壊された漁協の建物は補助金で再建され、そこに苗間さんが勤める網元が食堂を出すことになった。そこで、苗間さんが会社にかけあって、冬美に調理の仕事を持ってきてくれたのだ。気持ちは前を向かなかったが、それでも生きていかねばならないので、冬美はその話を受けることにした。最初は気が乗らずに苦労したが、今はなんとか日々の仕事をこなしている。地震から二年、働き始めて一年経ってようやく、仕事をしている間だけは、あの日を思い出さずに済むようになってきた。

「ラーメン一丁！　お後、かき揚げ丼です！」

皮肉なことだが、地震と津波の被害に遭った町にはあちこちからいろいろなお金が流れ込んできて、小さな好景気が生まれていた。おかげで、食堂はいつも大盛況だった。早朝の開店早々、漁を終えて戻ってきた刺し網漁の漁師たちで賑わい、お昼ごろには定置網や養殖の作業を終えた人たちがどっと押し寄せてくる。夕方過ぎには土木系の作業員が来て酒を飲みながらつまみを食べていく。商売繁盛なのはいいことなのだろうが、仕込み時間を合わせると、ほぼ二十四時間店を回し続けなければいけない。冬美は、夜中三時に仕込みのために出勤し、そこからお昼過ぎまで休憩なしで働き続けなければならなかった。

　働いているのは、二十代から七十代までの女性十二人。全員が漁師の家の嫁であり、魚を捌くのはお手の物だ。港に上がった新鮮な魚を使った刺身煮魚焼き魚の類が中心で、看板メニューは脂の乗った根アジを使ったそそり立つ黄金のアジフライと、どんぶりからはみ出さんばかりの巨大なかき揚げ丼だ。もちろん、うどんやそば、ラーメンにカレーと、食堂の定番メニューも一通りそろえている。

「ええとな、おにぎり定食、鮭とおかかと梅」

「はい、あ、おにぎり定食じゃなくて、おむすび定食なんですよ」

「どっちも一緒じゃなかろうかね」

「おむすび、って言わんと、旭野《あさひの》さんが怒るんですよね」

　アジフライやかき揚げという派手な名物に隠れているが、漁師たちの間でひそかに一番人気のメニューは、「おむすび定食」である。厨房内で「おむすび名人」と呼ばれている旭野さんが調理を担当していて、ひとつが大人のげんこつ大という大きなおむすびが三つついてくる。だが、力加減が絶妙なのか、そのおむすびはふっくらとしていて軽く、女性でも二つ三つ食べられてしまう。

旭野さんは冬美よりも二つ年上で、歳も近いせいか、食堂で一番仲が良かった。旭野さんから聞いた話では、子供のころから母親におむすびの作り方をみっちり教え込まれたそうで、座右の銘は「おむすびは、人と人とを結ぶもの」というものだった。つまり「おむすび」は人を「結ぶ」ものだから、おにぎりであってはいけないらしい。冬美が注文を受けるときに、おにぎり定食、と言い間違えると、わざわざ、おむすび定食、と言いなおしをさせられた。正直に言えば面倒ではあったが、きっとそういうこだわりがおいしいものを生むのだろう。冬美には料理に対するこだわりというものがなく、豚汁を「とんじる」と言われても、「ぶたじる」と言われても特に気にならない。

ただ、その言葉が正しかったのか、旭野さんの旦那さんはおむすびがあまりにもおいしくて、絶対にこの人を逃すまいと猛アタックをし、結婚まで漕ぎつけたそうだ。この辺りの漁師は昔から亭主関白気質の男が多いが、旭野さんのところは旦那さんがベタ惚れで、いつも優しくしてくれる、と少し自慢げに語っていた。その話を聞いたときはみんな大笑いで、ご利益がありそうだから座右の銘を紙に書いて厨房に貼っておこうか、という話になったくらいだ。

「あ、あとな、味噌汁を豚汁にな」

「ああはい、豚汁に変更ですね」

「肉多めでな。頼むよ」

「はいはい、気持ち多めで」

　食堂の定食類はすべて味噌汁が無料でつくが、追加で料金を支払うと味噌汁を豚汁に変えることができる。その豚汁作りを担当しているのは冬美だった。

　皮肉なことに、冬美が夫を失ったあの津波の後、炊き出しの豚汁が、うまかった、と漁師たちの間で評判になった。食堂に採用されたのも、苗間さんが「冬美の作る豚汁がうまい」と売り込んでくれたのが決め手になったようだ。実際、食堂で出してみると冬美の豚汁は大人気になり、ほとんどの人が無料の味噌汁があるのに有料の豚汁をつける。早いと、お昼には売り切れてしまうほどだ。最初は冬場だけの予定だったが、注文が多いので今は通年で出されている。

　冬美が「気持ち」肉多めでお椀《わん》に豚汁を盛っていると、旭野さんがあっという間に海苔がびしっと立ったおむすびを三つ作り、お皿に載せて持ってきてくれた。お新香《しんこ》と小鉢と一緒にお盆にすべて並べると、年配の漁師が、これが最高だよな、と、ニコニコ笑いながら豚汁のお椀を持ち、席に持っていく前にひとすすりした。体が冷えていたのか、漁師は、ああ、と、腹の底から漏れ出したかのような息をついた。

「豚汁さあ、やっぱり、思い出しちまうよな、あの地震と津波」

やめて。

客の漁師は、おそらく悪気があって話をしているのではないのだろうが、まだ正雪の死を受け入れ切れていない冬美には、一瞬でも思い出したくない記憶だ。なんとか店員として笑顔を取り繕うが、鼻の奥がぐっと固くなって、目が少し潤んだ。

「ウチのお母ちゃん、津波で流されたんよ。五十年も連れ添ったのにな」

「奥さんが、ですか」

「俺ぁ、沖に出てたもんで助かったがね、港に帰ってきたら、母ちゃん、波に呑まれて死んじまったってさ。いっそ、俺も首でも括ってしまおうかと思ったんよ、あん時な」

「そんな」

私と同じ。

冬美の頭に、ぼんやり見上げた家の天井の梁《はり》が浮かぶ。

「でも、あの日あんたがさ、豚汁の炊き出ししてくれたじゃろ？　あれ食ってな、うめぇな、って思っちまったんよ。母ちゃん亡くしてもな、寒くて、ひもじい思いした後に食った豚汁はうまかった。死にてえなんて頭で思っても、体は生きてえって言ってたんじゃわ。じゃあ、生きねばなんねえな、って思ったよな」

突然、そんな話をされて、冬美は困惑した。炊き出しの豚汁を作っているときは、人を勇気づけようとか、おいしく食べてもらおうとか、そういうことは何も考えていなかった。ただ、じっとしているのが嫌で、炊き出しをすると聞いて自ら志願しただけだ。なのに。

「人に聞いたが、あんたも俺と同じなんじゃってな」

「同じ」

「海に亭主を連れてかれたって聞いての。辛かったろう」

「それは、その」

「でも、俺ぁ、あんたの豚汁のおかげでこうして生きとんよ。ありがとうな」

客の回転の狭間《はざま》、ぽっかりと時間が明いて、冬美はお盆をもって席に着く漁師の背中を見守った。にぎやかな食堂の中、年配の漁師は一人でテーブル席に座り、備えつけのテレビに目をやりながら、豚汁をひとすすりして幸せそうな笑みを浮かべ、あぁ、と、また深い息を吐いた。もし、冬美があの日、豚汁の炊き出しをしていなかったら、あの漁師は自ら命を絶っていたのだろうか。自分の料理が人の命を救ったのだ、などと大それたことを言うつもりはないが、それでも、料理をして、ありがとうなどと言われたのは初めてで驚いた。小さい頃から、料理は作って当たり前のもので、うまいまずいと言われることはあっても、お礼を言われたことはなかったのだ。

「ねえ、冬美ちゃん、旭野さんがおむすび作ってくれたでね、まかない食べてきちゃいなさいな」

そう言いながら、最年長の千代《ちよ》さんが、大きなおむすびが載ったお盆を持って冬美のところにやってきた。確かに、まだまかないを食べてはいなかったが、お昼前でもないのになぜ？　と首をひねる。が、その理由はすぐにわかった。自分でも意識していないうちに、いつの間にか泣いていたのだ。言われるまで、自分が涙をこぼしていることに気がつかなかった。

「す、すみません」

「ゆっくりしてらっしゃいね」

千代さんはそう言いながらお盆を冬美に渡すと、空のお椀に豚汁をなみなみにして、お盆に置いた。そして、早く行っといで、と言うように、軽く冬美の肩を、ぽん、と叩いた。周囲の人は、みな冬美に優しくしてくれる。早く立ち直らなければ、と、冬美はお盆を持った手にきゅっと力を入れた。

4

正雪の七回忌は、冷たい雨の日だった。

冬美の父は年初に亡くなり、冬美が弔う人の数はまた一人増えた。冬美に迷惑をかけたくない、というのが父の最近の口癖だったが、その言葉通り、最期は介護の苦労をかけることなく、夜寝ている間にひっそりと逝った。両親の親族は冬美が生まれる前に町を出ているので面識もなく、正雪の両親も墓を冬美に託して都会に住む正雪の兄の元へと引っ越していき、近くには家族と呼べるような人は一人もいなくなった。実家は一人住まいには広すぎるので引き払い、高台にある六畳一間の小さなアパートに転居した。あの恐ろしい津波がまず届かない場所であったのが決めた理由の一つ。もう一つは、正雪と冬美の両親の墓があるお寺が近かったことだ。

正雪の七回忌法要を終え、自宅で仮眠をとってから冬美が向かったのは、『冬薔薇《ふゆそうび》』という名前の小さなスナックだ。食堂にお客さんとして来ていた『冬薔薇』の美空《みそら》ママが、うちで働かないかと声をかけてくれたのだ。美空ママは若い頃には銀座で働いていたという町では珍しい都会生まれの女性で、都会暮らしに疲れて田舎に引っ越し、スナックを開業した。和服姿が凛《りん》としてきれいな女性だが、銀座仕込みの接客は指導が厳しく、訛《なま》りを抜いたり、新聞を取って時事の話題を頭に入れたりと大変なことも多かった。

「おはようございます」

「あ、冬美ちゃん、今日もよろしくねえ」

でもそれが、行ったことのない都会の空気を感じられるようで楽しかった。

食堂の仕事は朝方の仕込みから昼前まで働いて上がり、そこから自宅に帰って数時間ばかり睡眠をとる。午後五時にお店に出勤すると、冬美に任される最初の仕事は「豚汁作り」だ。美空ママに頼まれて何度か作った冬美の豚汁はスナックの客にも好評を博し、毎日出してほしい、という要望が殺到した。常連客の間では、『冬薔薇』で飲んだら〆は豚汁、というのが定番になってしまい、仕方なく、他の従業員よりも一時間先に出勤して豚汁を仕込んでいる。その分、お給料には色をつけてもらっているが。

人によって豚汁の作り方や入れる具材は千差万別だと思うが、冬美の豚汁は少し手間と時間がかかる。まず、玉ねぎの薄切りを少量の水と一緒に鍋で煮込むところから始める。ことこと煮ていると、玉ねぎは水分を出しながらどんどん溶けて甘くなっていく。ほとんど液体のようになったところに、白味噌、酒粕《さけかす》、みりん、おろししょうが少々を加えてかき混ぜ、薄切りの豚肉をどっさり入れる。これで、豚汁のタネができる。

タネを作るのと並行して、野菜の下ごしらえも行う。大根、人参《にんじん》はいちょう切りに。ごぼうはやや薄めの斜め切り。本来、冬美が幼い頃母に教わった豚汁の具はこれだけだったのだが、正雪に栄養のあるものを食べさせようと思って、結婚後はいつの間にかどんどん具が増えた。水を切った木綿豆腐はさいの目に、里芋は皮を剝いて適当な大きさにそろえる。こんにゃくは手で一口大にちぎり、しいたけは少し大きめに切る。根菜は一度下茹《したゆ》でをし、そろった具材をすべて肉の入った鍋に入れる。ぱっと見は豚と野菜の味噌煮のようになるが、それでいいのだ。こうすると、具に味噌の味がしっかり入る。

野菜が芯まで柔らかくなったら、だし汁を注いで伸ばす。このだしには、昔ながらの伝統を守って作られた地元の鰹節がなくてはならない。祖母の代から付き合いのある乾物屋さんのもので、本枯節《ほんかれぶし》のような高級品でなくとも、十分に香りのいいだしが取れる。普通に合わせだしを取るときは、まずは昆布と水を入れた鍋を火にかけ、沸騰直前に昆布を取り出し、そこに鰹節を入れてひと煮立ちさせて「一番だし」を取るのだが、冬美は水のうちに昆布と一緒に削り節も全部入れてしまう。そのまま水を沸かして、沸騰直前に火をトロ火まで落とす。五分ほど煮出してから濾すと、豚汁用のだしが出来上がる。一番だしよりもコクがあり、二番だしよりも香りがある、豚汁向きのだしだ。

だしを加えたら、そこに追加で赤味噌を溶き入れて香りを立たせる。鍋の中でふわりと味噌が躍るように火加減を調節し、最後に刻んだ長ネギを加えてひと煮立ちさせれば完成だ。一つの鍋に放り込んでいくより手がかかる作り方で、食堂で旭野さんに教えたときなどは、面倒臭すぎる、と言われたものだが、その手間をかけないと正雪が好んだ味にはならないので、冬美自身も面倒とは思いつつも、作り方を変えられないでいる。

「ねえ、冬美ちゃん」

「は、はい？」

「あなた、また縁談断ったんですって？」

「はあ」

「もう、あの人、いい人だったでしょ？　せっかく紹介したげたのに」

「すみません。あの、もちろんいい方だとは思いましたけど」

「冬美ちゃんあなたね、まだ若いんだし、すごくかわいらしいんだから、昔の旦那に操《みさお》を立てるのもいいけどね、女の幸せを捨てちゃあだめよ」

「女の幸せ、ですか」

「そうよお。今は女だってね、自分のために生きる時代なんだから。家のことにとらわれなくってもいいし、自由に恋もしてね、普通に幸せになったっていいんだから」

まあ、私が言うことじゃないかもしれないけど、と、美空ママが苦笑いをした。ママは若い頃にはずいぶんな大恋愛も経験したそうだが、結局は未婚で、今も独身だ。冬美から見れば、誰よりも自由に、自分の好きなことをして生きているように見えるが、酔うと時折、もっと違う人生もあったのかな、と寂しそうに笑うこともあった。

自分のために生きる、と言われても、冬美にはピンとこなかった。物心ついたときには母の代わりに家事をほとんどすべてこなし、中学卒業後は高校進学も諦めて家のことをすべて引き受けた。母が亡くなり、いろいろ一段落するとすぐに正雪と結婚し、漁師である夫を支えつつ、同居の義父母や実父の面倒を見るという毎日だったのだ。人生の中に、自分のためだけの時間なんてものはなかった。今さら、自分のために恋をしろと言われても、どうしていいかわからない。

「私、自由、って、どういうことかわからんのですよね」

「行きたいところとか、着たい服とか、なんにもないの？」

「ああ、考えたことないですね。ずっとお金なかったですし」

「旦那さんの借金だって、あなたが払う必要なんかなかったのに」

「そうですよね」

正雪がいなくなり、残されたのは沈んだ漁船の借金だ。もちろん保険はかけていたが、それで全額を賄うことはできず、冬美からするとかなりの額が残った。正雪名義になっていた実家を正雪の両親に残すためには相続の放棄もできず、借金はすべて冬美が背負った。長年、母の病院代もかかり、父の収入も激減して、常にお金がなかった。服も化粧品もほとんど買ったことがない。スナックで接客するときの衣装は借り物、化粧品はもらい物だ。おしゃれなどという概念はとうの昔に忘れてしまい、ママが冬美を気遣って縁談を持ってきてくれても、正直な話、男性とどう接していいかわからなくなっていた。いい人そうだな、と思うことはあるが、かといってその人と結婚して家庭を持つということは想像ができなかった。

ママに紹介された男性は、漁師もいたし、漁協の職員も、他の仕事をしている人もいた。職業は違えど、話を聞いていると、みな例外なく家事をしてくれる人を求めていて、子供が欲しい、と、口をそろえて言った。結婚は女の幸せ、という言葉は昔からよく聞くが、結局、その後は夫のため、子供のため、と、誰かのために生きる人生になりはすまいか、と思う。それが嫌だと思うわけではないが、結局、自由な人生というものがどういう人生なのかは想像ができない。

「冬美ちゃんを紹介してくれって言ってくる人、多いのよ。だから、私もなるべくいい人選んでるつもりなんだけど。ちょっとくらいは顔を立ててくれたっていいのよ？」

冗談めかして言っているが、ママの言葉は半分本気だろう。紹介してもらった以上は顔を立てて会っているつもりではあるのだが、そこから先となると、どうしても進めなくなる。もし、誰か違う人と再婚したら、そこで正雪の妻、という存在は消えて、元に戻ることはできなくなる。それは寂しいし、どうしても受け入れられなかった。

「あ、豚汁、出来上がりましたので」

「ああ、ありがと。ほんとに、冬美ちゃんの豚汁、評判いいわよね」

話をそらそうと、冬美は手元の豚汁を指さし、無理やり笑顔を作った。ずっと作っている豚汁だが、実は冬美本人はあまり自分で食べる目的では作らない。肉が苦手だからだ。そもそも料理が好きか？　と問われると、はい、とは言い難い。やらなければいけなかったから覚えただけであり、できるからやっているだけだ。それでも、人に求められるまま豚汁を作り続けているうちに、それが仕事にもなり、冬美という人間の一部のようになりつつある。自分が好きなように、思うように生きられていたら、冬美はきっと料理もしないだろうし、豚汁など作っていないのだろう。だとしたら、冬美の人生はどうなっていただろうか。

次々に従業員の女性が出勤してきて、店の中が華やかになっていく。気の早い常連の漁師たちが当然のように開店時間前に入ってきて、いつもの席に陣取った。ママが、困ったもんだ、という様子で顔をしかめ、冬美に「席に着いて」と目配せをした。冬美がそれに従って席に着こうとすると、一人の漁師に、突然ぺろりと尻を撫でられた。とっさに横っ面をひっぱたきそうになるが、店の客にそんなことをするわけにもいかない。屈辱感を飲み込みながら、腹の中の感情に気づかれないように手を収める。人生に自由は求めてこなかったが、男に尻を触られて、屈辱感を我慢するような人生にしたかったわけではないことは確かだ。

正雪、なんでいなくなっちゃったのよ。

心の中で、何千回、何万回と繰り返した文句を、冬美はまた腹の奥底にしまい込んだ。自由なんていらなかったのかもしれない。正雪と二人で平穏に暮らす人生が、冬美の欲しいもののすべてだった。

5

二十三回忌は、冬らしい薄曇りで、比較的穏やかな日になった。

二十年以上も経つと、過去の出来事はかすみがかって現実味を失っていく。たった独りで、ずいぶん遠くまで歩いてきたものだ。景色は遠くなっても恐怖や悲しみが消えることはないが、町にはあの地震も津波も覚えていない、あるいは知らない若者も増えてきている。何年か前までは津波が押し寄せたところは空き地になっていたが、最近はちらほらと家が建つようになった。

冬美はずっと正雪の死を受け入れられないまま生きてきたが、さすがにもう、正雪は二度と帰ってこないのだ、という現実は飲み込んだ。最近はようやく「死んじゃった旦那がさ」などと言葉にすることができるようになってきた。

一つ、大きく環境が変わったのは、美空ママが引退し、『冬薔薇』を冬美が継いだことだ。先日、三周年を迎えたところで、カウンターには祝いの胡蝶蘭《こちょうらん》がまだ残っていた。白い花が連なっているのを指でつつくと、かわいらしく揺れる。贈り主は、以前、食堂で一緒だった旭野さんだ。

旭野さんの家にはお子さんが三人いて、旦那さんの漁師としての稼ぎだけでは三人の子供を育てられないと、十年ほど前に街へと越していったが、その後も手紙のやり取りは続いていた。今は大きな団地に住んでいて、漁師を廃業した旦那さんは背広を着るサラリーマンとして働いている。旭野さんの娘さんもそろそろ高校を卒業するくらいだろうから、きっとみっちりおむすびの作り方を教えこまれているだろう。

おむすびは、人と人とを結ぶもの。

そう言っていた旭野さんが去った頃から食堂は次第にお客さんが減って、数年前、ついに別の会社に売られることになった。町の再建がほぼ終わって土木系の作業員たちが姿を消し、近海カツオ一本釣り漁は延縄《はえなわ》漁《りよう》や巻網漁にとって代わられて、漁船や漁師の数も減ったからだろう。新しい会社の方針の下、食堂はそれまでのメニューを一新して完全に観光客向けになり、魚の生け造りや海鮮丼、寿司を目玉にすることになった。冬美の豚汁も、あら汁やエビの味噌汁に差し替えられた。料理の見た目は豪華だし、価格も以前の倍以上するが、使っている刺身は地ものではなく、ほとんどが輸入物だ。生《い》け簀《す》を作ったのは鮮度を売りにするためだが、餌を与えられない魚は痩せて、締めたばかりで身の熟成もしていない刺身は食感があっても旨味がなくてあまりおいしくない。魚をよく知る地元の人間は誰も食堂によりつかなくなったが、それでも、近くまで来た海水浴客なんかが観光情報誌を片手に食堂にやってくるので、以前よりも売り上げは上がっているようだ。

もう、ここに自分の居場所はない。

冬美は新しい食堂で働かないか、という誘いを断って、『冬薔薇』を継ぐことにした。

「冬美ママ、今日、生姜焼きできるかね？」

「うん、できるわよ」

「じゃあ、生姜焼きと、あといつもの」

豚汁ね、と、冬美は笑う。

年配の漁師が歌う演歌に合いの手を入れながら、冬美は狭いキッチンに置いた小さなコンロに火を入れる。美空ママ時代と大きく変えたのは、食事を出すようにしたことだ。以前はちょっとした乾き物を出していたくらいで、食事メニューらしいものは冬美の豚汁くらいだったが、店を継いでからお客さんの要望に応えているうちに、だんだんしっかりした食事を出すようになった。食堂仕込みの小鉢の類はその日の気分で作っていて、お客さんには無料でサービスしている。

食事メニューを出すようになってから、『冬薔薇』には若い漁師の客が増えた。先ほど生姜焼きと豚汁を頼んだのも、まだ三十手前の漁師だ。なぜかと言えば、みな独身なのだ。町の若い女性は都会へ出てしまって、外から小さな漁師町に嫁いでくるような女性もほとんどいない。時代の流れか、農家や漁師は不人気で、この町でも若い漁師たちが結婚できずに余っている。そういう独身の漁師たちが自炊や弁当に飽き、冬美の作る家庭料理を求めて『冬薔薇』にやってくるのだ。

「ままサン、コッチにもトンジルほしいって」

「はいな、ちょっと待って」

お店に勤めるホステスの中には、フィリピン人、中国人もいる。最近は嫁不足の農村や漁村の男に外国人女性を紹介する業者がいて、お見合いパーティーを開くなどして日本人男性と外国人女性を引き合わせ、結婚させることが流行《はや》っている。もちろん、外国人女性もただ嫁ぎに来るわけではなく、多くは国に貧しい家族を残してきていて、要するに出稼ぎなのだ。『冬薔薇』で働く子たちもみな貧しい農村漁村の家の出身で、ホステスとして働いた収入はすべて故郷の両親や兄弟姉妹のために送金している。そう聞くと放っておけなくて、店の規模よりも多めに人を雇ってしまっている。客は女性が多いので喜ぶが、儲けはほとんど出ない。

女だってね、自分のために生きる時代なんだから。美空ママの言葉を思い出すが、店には自分のやりたいようになど生きることのできない女ばかりが集まっていた。お金のために遠い外国から日本の端っこの小さな町にやってきて、自分の親ほどの年齢の男の妻になる。そこで愛を育んで真に夫婦になっていくこともあるのだろうが、だとしても、言葉も通じない、右も左もわからない土地で生きていくのは大変なことだろう。冬美がやってやれることは少ないが、せめて、という思いで、休みの日には彼女たちに日本の家庭料理を教えている。そこでも、一番教えてほしいとねだられるのは、豚汁だ。家で作るとダンナが喜ぶ、と、みんな屈託のない笑みを見せる。

「エリナ、豚汁持ってって」

「ハーイ、ままサン」

フィリピン人のエリナが、明るく返事をしてカウンターの前にやってくる。「エリナ」は冬美がつけた源氏名だが、本人も気に入ってくれて、私生活でもその名前で通している。四歳の男の子を持つ母親で、少女のように明るく飾らない人柄が人気だ。彼女目当てで来る客も多い。そのエリナが、カウンターのお客さんの間に割って入って、あちち、と笑いながら無邪気に豚汁のお椀を持っていく。ついこの間、エリナに豚汁の作り方を教えたばかりだが、冬美と同じように子供の頃から家で炊事の手伝いをしていたからか、飲み込みが早い。いずれ、店の豚汁作りを任せようと思っている。

「やっぱり、これじゃな。冬美ママの豚汁が一番じゃわ」

ふあ、と、温もった息を吐きながら、カウンター席で生姜焼きをつついていた客が、豚汁の椀を持ったまま大きくうなずいた。一番、というのは、最近、他のスナックや居酒屋でも豚汁を出すところが増えているからだ。始まりは美空ママ時代に冬美が作った豚汁が好評だったことで、他店でも真似をして豚汁を出しているうちに、どんどんその輪が広がっていった。今や、酒の〆と言えば、お茶漬けでもラーメンでもなく、豚汁、というのが町の常識になりつつある。

「豚汁に一番も二番もないわよ」

「なんじゃろなあ。ママの豚汁は、深いんよ」

「深い？」

「味に奥行きがあるっちゅうかね。甘い、とか、うまい、の先に、まだなんかあるんよ。それを探してるうちに胃の中に納まっていくから、また次の一口が欲しくなって止まらんようになる」

「へえ、そうなの？」

「そうなの、って、作っとんのはママじゃろうが」

「わたし、そこまで考えて作ってないもの」

「いつも何考えながら作っとるんかの」

「そりゃまあ――」

　言葉を続けようとして、冬美はいったん口を閉じた。何を考えながら？　きっと何も考えていない。料理は作業だ。前は、開店時間に間に合わせよう、と考えながら作っていたが、今はもう手順が体にしみこんでいて、いちいち考えなくても自然と体が動く。料理中は無心だ。ずっと、正雪のことを忘れるために料理をし続けていたせいで、頭をすっからかんにする癖がついてしまったのかもしれない。

「やっぱりあれじゃろ、俺らにうまいもん食わせてやりたい、みたいな気持ちがさ」

「ああ、やっぱ愛情ね、愛情は最高の調味料いうやつじゃな」

酔っ払い二人が勝手に大笑いしながら盛り上がる。慌てて「そうそう、それよ」と話を合わせるが、なんだか申し訳ない気持ちになった。料理を作ることも、豚汁を作り続けているのも生きる糧を得るためで、それ以上のものでもそれ以下のものでもない。誰かに食べてもらいたくて料理をしたいと思ったことも、たぶん今までの人生で一度もなかった。

ふと、カウンターの内側の隅に置かれた写真立てに目がいった。正雪と新婚旅行に行ったときの写真だ。秋の紅葉シーズンだったが、思った以上に寒い日で、強風のせいで二人とも髪の毛がくしゃくしゃ、肩をすぼめながら写真に収まっている。その間ずっと、正雪は「家に帰って冬美の豚汁が食べたい」とぼやいていた。冬美は、折角旅行に来ているのになんで手料理の話をしなければならないのか、帰ってから作るのは面倒だな、などと思っていた。

でも今は、正雪に豚汁を食べてほしい、と思っている。

正雪の好きな豚汁が、こんなに評判いいんだよ、と、少し得意になりながら。

誰かに自分の料理を「食べたい」と言ってもらえるのは、幸せなことだったのかもしれない。世の中には飲食店が多くあって、修業を積んだ料理人も多くいる中、特に料理を専門的に学んだわけでもない冬美の豚汁は、当然、料理人が作ったものや高級食材を使ったものには及ばない。それでも、人が冬美の料理が食べたいと言ってくれるのは、そこに冬美との繋がりがあるからだろう。旭野さんが言っていたように、料理は人を繋ぐのだ。

冬美に「ありがとう」と言ってくれた漁師。

スナックの常連さんたち。

そして、正雪も。

目の前で、幸せそうな笑みを浮かべながら豚汁をすする客を見て、今まで、料理を作業としか思ってこなかったことに罪悪感が湧いてきた。明日はもう少し丁寧に作ろうか。

そう思いながら、冬美は鍋の豚汁をゆっくりと、いつもよりも慎重にかき混ぜた。

6

三十七回忌。朽ちた卒塔婆《そとば》を片づけ、墓石をきれいに掃除する。

花を飾り、お供えをして、線香を焚く。

いつの間にか年忌法要も三十七回忌だ。前回、三十三回忌の時に、住職からは「ここらで弔い上げとしてはどうか」という提案もあったが、冬美は、宗派の流儀に則《のっと》って五十回忌まで続ける、と伝えた。最後までできる限りの供養を全うしたいという思いはもちろんあるが、それ以上に、自分の人生に次の目的がなくなるのが怖かったからだ。

『冬薔薇』の先代ママである美空ママは引退してひっそりと一人で暮らしていたが、銀座で働いていた四十年前に知り合った男性との縁が繋がり、結婚はしないものの、西のほうへ一緒に移り住むことになった。世間一般から老人と言われる年齢になっても、美空ママは次の人生に漕ぎ出していく。純粋に、すごいな、と思う。

男性の車に大きなスーツケースを積み込み、車窓から手を振った美空ママの笑顔は、今も忘れられない。希望に胸を膨らませている少女のようでありながら、どこか寂し気にも見えた。年老いて、誰かがそばにいてくれるのは心強かったのかもしれない。けれど、誰かに依《よ》らずに生きてきたそれまでの人生を、自ら否定してしまったように感じたのだろうか。

美空ママは、引退するまで終《つい》ぞお店の小さなキッチンに立つことはなく、私生活でも自炊をしたことが一度もなかったそうだ。料理は女がするもの、という風潮に流されるのが嫌だったのだろう。それでも、町を出る数日前に冬美のところにやってきて、豚汁の作り方を教えて、とはにかんだ。もちろん、丁寧に作り方を教えて、材料と手順を書いたメモも渡した。

『冬薔薇』は、相変わらず儲かっているとは言い難いものの、夫の残した借金はこつこつ返済し、ようやく完済することができた。それで余裕が出るかといえばそんなこともなく、店の女の子たちの給料を払うと手元に残る金はわずかで、つましい生活であることには変わりない。少しでも売り上げの足しになるようにと、最近は昼時に店を開けて、ランチを出している。もちろん、小さなスナックのキッチンでは食堂のようなメニューをそろえることはできず、日替わりのメニューを二種類ほど出す程度だ。ランチでも相変わらず豚汁は人気だが、一つ問題も起きた。ずっとお世話になってきた肉屋さんがつい先日、急に店を閉めてしまったのだ。

昔は、高台から港へ向かう大通りにはずらりと個人商店がならんで、商店街のようになっていた。だが、十年ほど前からだろうか、気がつくと、お店が一軒、また一軒と、ぽつぽつ姿を消していっている。居酒屋、焼き鳥屋、電器屋、文房具屋、婦人服屋。冬美が好きだった小さなパン屋も、もうずっとシャッターが下りたままだ。日本全国どこも似たようなものだが、その「時代」という大波は小さな港町にも押し寄せてきて、逃げ遅れた人々を呑み込んでしまう。

店で必要な食材は仕入れ業者さんに頼むほどの量でもないので、仕方なく、近くにできた小さなスーパーマーケットに行くことにした。ずらりと並んだパックの豚肉とにらめっこをするが、この肉がいいのか悪いのかはわからない。果たして、この豚肉で今までと同じ豚汁の味が出せるのだろうかと不安になる。自分では細かな味の違いはわからないが、常連客に「まずい」と見放されたら、生きていくことができなくなる。

憂鬱な気持ちで食材をカゴに入れていると、惣菜《そうざい》が置かれた一角に、男の子がうろうろしているのが見えた。スーパーに子供がいること自体は特に変わったことではないが、平日の昼間だし、近くに親がいる気配はない。子供はランドセルを背負っていて、見た目は明らかに小学生だ。学校はどうしたのだろう、と、妙に引っかかって遠くから目で追っていると、野球帽に隠れていた男の子の横顔が見えた。

——正雪に似てるような。

もしかすると、似ていると思ったのはただの思い込みで、少年の頃の正雪をあの子と並べてみたら、似ても似つかないかもしれない。でも、一度、似ている、と思ってしまった心は、もうその男の子に正雪の影を重ねてしまう。冬美がもう少しよく顔を見ようと前のめりになると、男の子はするりと背を向けてしまった。せめてもう一目。そんな気持ちで男の子の前に回ろうと近づく。その冬美の目の前で、男の子は並んでいた総菜パンを一つ摑んで、持っていた手提げ袋に放り込んだ。あっ、と、思わず声が出そうになるのを、冬美は必死でこらえなければならなかった。

背後から冬美が見ているとも知らず、男の子はきょろきょろと周囲を見回しながら、その後もいくつかの商品を手提げ袋に入れた。お金を払って買うつもりではないことは明白で、冬美はそれが無性に悲しかった。

「万引きなんかしたらだめよ！」

レジ横をすり抜けようとする男の子の手首をつかんで、冬美はそういった。周囲の視線が集まって、店員がやってくる。男の子は抵抗しようとしたが、冬美が手提げ袋をもぎ取ると、観念したようにうつむいた。

冬美は、返してきなさい、と、盗《と》ろうとしていた商品を元に戻すよう、男の子に言うと、店員さんに、子供のやったことだから勘弁してやってください、と頭を下げた。その間に男の子は商品を元に戻すと、慌てた様子で走ってスーパーの外に飛び出し、一目散に逃げて行った。

あとから、スーパーの店長が苦虫を噛み潰したような顔で、冬美に、「余計なことしないでほしかったな」と言った。どういうことかと思ったが、話を聞くと、あの男の子は万引きの常習犯で、今日はとっ捕まえて警察に突き出す予定だった、という話だった。万引きが成立するのは、未精算の商品をスーパーの外に持ち出した時なので、外に何人か店員も配置していたようだ。

子供が万引きしていることに気づいていながら、注意せずに警察沙汰にしようとするなんて、と、冬美は憤慨したが、自分が声をかけたことでその邪魔をしてしまったというのもばつが悪く、さっさと自分の会計を済ませて外に出た。まだ近くにさっきの子がいないか、と、無意識に目が動く。お店から続く道を外れて少し遠回りすると、公園と住宅地を繋ぐ急なアスファルトの階段に座り込んでいる男の子を見つけた。

「別に怒ったりしないわよ」

冬美に気がついた男の子が逃げようとしたので、冬美はそう言いながら引き留め、隣に座った。男の子はいやそうにしながらもその場に座り、またうつむいてしまった。

「一年五組、高井直《たかいすなお》くん」

冬美に名前を呼ばれると、男の子がびくりと肩を震わせた。シャツの胸に、安全ピンで留められた小学校の名札が揺れていて、名前の漢字にはふりがながな振られていた。

「いい名前ね」

返事はない。よく見ると、服はあちこちほつれが目立っていて、ズボンは穴が開いている。野球帽からはみ出た少し長めの髪の毛はフケだらけで、本人には言えないが、かなり臭いもきつい。服の洗濯は満足にしておらず、お風呂にもろくに入っていないのだろう。

「お腹、空いてるんでしょ？」

直が、少し驚いた表情で冬美を見た。正面から見た直の顔は、やはりどこか正雪を思い出させるような雰囲気がある。直は少しの間無言で冬美を見ていたが、見る間に目が潤み、すすり泣きを始めた。

スーパーで万引きを見とがめたとき、直が袋に入れていたのは、パンやおにぎりといったものばかりだった。子供が欲しいものを万引きするのならお菓子やらジュースやらを盗っていきそうなものなのに、直はきっちり食事になるものを狙って盗っていたのだ。きっと、お腹が空いているのだろうと冬美は思った。どうやら、それは間違っていなかったらしい。

「お父さんお母さんは家にいる?」

直が無言のまま首を横に振る。

「学校は?」

しばらく沈黙した後、直はかすれ声で、行きたくない、と言った。理由については、その様子を見ていれば察しはつく。わざわざ詳しく聞く必要もないので、それ以上は追及しなかった。

「さ、行こう」

「どこに」

「おばさん、お店やってんのよ。あんまり子供が来るようなお店じゃないけど。ごはん作ったげるからいらっしゃいな」

「おかね、ないもん」

「子供がお金のことなんか気にしなくていいのよ」

「さっき、おかねなかったからおこられた」

「そりゃ、人様のものを黙って持ってっていいわけないじゃないの」

直の中で、ごはんが食べたい、という思いと、知らない人についていっていいのだろうか、という葛藤が繰り広げられているのが見て取れる。そのうち、直のお腹が、ぐぐう、と大きな音を立てた。胃袋はすなおね、と、冬美が冗談を言うと、ようやく、ほんの少しだけ直が表情を崩した。その表情が、やっぱり正雪に似てる、と思ってしまう。

直を連れて、近くの『冬薔薇』へ。直から聞き出した母親の携帯に店の電話から連絡して、一方的に、ごはん食べさせるからね、とまくし立てた。知らないおばさんから急に電話がきて、子供を預かっている、などと言われたら誘拐ではないかと心配しそうなものだが、返事は「勝手にすれば」だった。なるほどな、と、ため息をつき、できるだけ明るい声で、お母さんいいってさ、と、直に声をかけた。

定休日の『冬薔薇』の薄暗い店内で、直は妙に慣れた様子でスツールに腰かけ、足をふらふらと揺らしている。子供には落ち着かない空間ではないかと心配していたが、その心配は無用であったようだ。

「なにか、食べたいものとかあるかしら? 一応、ハンバーグかカレーはできるかな」

「たべたいもの?」

「なんかないの？　一番好きな食べ物なあに？」

少し間をおいて、直が言った言葉に、冬美は思わず手を止めた。

「とんじる」

こんなことがあるだろうか。あまりの衝撃に、冬美は心臓が止まるのではないかと胸に手を置いた。小さく手が震えている。何度も、そんなわけがない、と思っても、頭の中を、この子は正雪の生まれ変わりだ、という思いが支配した。いや、そうだ。そうに違いない。記憶の中にある正雪の顔が直の顔に重なって、抱きしめたいと思う気持ちを抑えるのが大変だった。もう、昔のことと整理がついたと思っていたのに、やっぱりそんなことはなかったのだ、と思い知った。

「じゃあ、豚汁にしよっか。とびきりおいしいやつ」

「ほんとにいいの？」

「ちょっと時間かかるけど、学校さぼってるんだし、時間はあるかしらね」

豚汁を作りながら直に話しかけると、少しずつではあるが、直も事情を話してくれるようになった。子供の言うことなのでところどころは察するしかなかったが、なんとなくの全体像は見えてきた。

直の家は両親の仲があまりよくないようで、父親は突然家を出て行ったまま帰ってこなくなってしまったらしい。当然、家は困窮し、直の母が働きに出ても日々の食事もままならない。満足に食事も与えられず、身の回りの世話もしてもらえなくなった直は、風呂にも入れずに登校することもあってか学校で浮いてしまい、半ばいじめのような扱いを受けて、学校に行きづらくなっているようだ。

家では夕飯が出てこないこともよくあって、その結果、スーパーなどで食料を万引きして空腹を満たすようになってしまった。直の表情は暗く、人に対する猜疑心《さいぎしん》に満ちている。親に愛されなかったり、学校でいじめられたりすれば、誰だって心が凍《い》てつくだろう。

野菜を刻む手に、少し力が入った。直の冷え切った心を、自分の料理で温めることはできるだろうか。スーパーの豚肉で作った豚汁が、直の心を解かすくらいおいしくなるだろうか。自信はあまりない。でも、このたった一杯の豚汁が、これから先の直の人生を左右するのではないか、という緊張感があった。失敗できない。おいしくなければいけない。おいしいと思ってほしいし、おいしいと言ってほしい。

誰かのために、何かを作る。

こんなに、自分の作った料理をおいしく食べてほしい、と、心から思ったことはない。もちろん、直の向こう側には、正雪の姿があった。正雪が生きていた頃は、朝昼晩の食事の回数には限りがあるということを理解していなかった。だから、正雪に心を込めて豚汁を作ったことは一度もない。あの時、とびっきりの豚汁を作っておくから、だから無事に帰ってきて、と正雪に伝えていれば、もしかしたら、魂だけでも、亡骸だけでも冬美のもとに帰ってきてくれたのではないか。

正雪は生まれ変わって直という少年になり、ようやく冬美のもとに帰ってきてくれたのだ。とびきりおいしい豚汁を作れば、もうずっと冬美のそばから離れないでいてくれるかもしれない。

そんな妄想じみたことを、冬美は考えてしまっていた。

「たべてもいいの？」

「もちろん」

一時間ほどかけて食事を作り、直の前にお盆を置いた。冬セリのお浸しに、ぬか漬けと切り干し大根。大き目のお皿には、旭野さんに教わったおむすびを二つ用意した。中身は、おかかと昆布だ。そして、大き目の器に盛った具だくさんの豚汁。ごろごろとした野菜の間に、豚肉から溢れ出た金色の脂が無数の小さな玉になって汁に浮いている。

直はもう一度、いいの？　という視線を冬美に向けた。冬美は箸を取り、直の手に握らせた。

「いいのよ。召し上がれ」

静かな店内に、汁をすする小さな音が響いた。直は両手で持ったお椀を置くと、そのまま箸をおいてしまった。口に合わなかったのか、と思ったが、直は両手でくしゃくしゃと目をこすり、やがて、うう、とかすれた声を出し、そのまま腕で顔を覆って肩を震わせた。冬美もなんだかもらいそうになって、慌ててハンカチを出して目の下に当てる。

「おいしい？　まずくない？」

返事はなかったが、言葉はいらなかった。直は鼻をすすり、喉をしゃくりあげながら、夢中でおむすびをほおばり、豚汁をすすって、生きる糧をお腹に注ぎ込んでいく。

「あのね、お腹がすいたらいつでもいらっしゃい。遠慮はいらないから」

7

四十三回忌。

最近は、やたらと忙しい。毎回、きっちり命日に行っていた年忌法要も、今年は数日ずらさなければならなかったくらいだ。理由は、再び食堂で働き始めたからだ。

旧漁協の建物に入る食堂は、かつて冬美が働いていた頃から紆《う》余《よ》曲《きょく》折《せつ》あって何度か運営する会社が変わり、その都度メニューも変わっていった。昨年、また別の会社が入ることになったのだが、店舗責任者だという男性と、広告代理店の担当という女性が連れ立って『冬薔薇』にやってきた。冬美の豚汁をメニューに加えたい、と言うのだ。なんでも、新しい食堂は「地元の漁師めし」というのを押し出すそうで、二人が地元の料理を調べている中で、なぜか豚汁が年中いろいろなところで提供されている、ということに気づいたのだという。これは、地元の名物にできるのではないか、と思ってそのルーツをたどった結果、冬美に行きついた、とのことだった。

食堂で冬美の豚汁を出したいと言われても、いまさら面倒だ、とは思った。だが、冬美はその話に全面的に協力した。理由は、売り上げに応じてお金をもらえることと、食堂に卸される質のいい豚肉を回してもらえるからだ。最近は、朝一で豚汁の仕込みを手伝ってから、『冬薔薇』に出てランチ営業をし、そこから夜の営業をこなす、という毎日だ。

「冬美ちゃんー」

冬美が『冬薔薇』の店内を掃除していると、何人かの子供の声が聞こえて、まるで自宅の玄関ドアでも開けるように、ランドセルを背負った子供たちが入口ドアから中に入ってきた。そして、慣れた様子でソファやスツールに座る。

「ねえ、今日、こいつも一緒でいい？」

男の子が手を引っ張ってきたのは、おどおどした様子で一言もしゃべらない女の子だ。まだ小学一、二年生くらいだろうか。上級生に連れられてきたものの、入口で所在なく立ち尽くしている。

「もちろん、いいわよ。いらっしゃい」

週に一度の定休日、冬美は昼間、お店で子供たちに無料で食事を提供している。平日の昼間だが、やってくる子供たちは学校に行っていない子が多い。なんでそういうことをしようと思ったのかと言えば、以前出会った、高井直という少年がきっかけだ。

直の一件の後、お金のない家庭で育っていて、ごはんも満足に食べられない子供がいるのか、と、お店で何気なく話題に出したことがあった。すると、店の客や従業員たちから、そういう子たちが結構いる、という話が次々と出てきた。子供のいない冬美は、育児とか学校の話題は別の世界の話のように感じていたが、現実に、この町にも直のような子供が少なからずいるのだと知った。そこで、家が貧しくて食事が満足に取れていない子供に無料でごはんを食べさせるという、小さな慈善事業のようなことを始めたのだが、最初は知り合いづてに聞いて招待した一人二人が来るだけだったのが、話が広がったのか、来る子供がみるまに増え、やがて、毎回十人とか十五人くらいの子供がやってくるようになった。貧困世帯の子も多いが、中には、家はそれほど貧しくはないものの、不登校で、学校や家庭に居場所のない子供もいた。冬美は、そういう子供も受け入れている。

とはいえ、人数が多くなると食材を買うお金もばかにならず、かといって子供たちから代金を取るわけにもいかないので、店に募金箱を置いたり、店の売り上げの一部を回したりもしてなんとかやりくりしていた。それでも、子供の数は増えるばかりで足りなくなり、ついには冬美個人の老後資金として積み立てていた定期預金も解約して切り崩すようになってしまった。

やめたくても、乗り掛かった舟で、もうやめられない。今さら、お金がないから君たちにごはんは作ってあげられなくなったの、などと、どの面下げて子供たちに言えるだろうか。歳も取ってきて、体力も気力もなくなってきてはいるが、なんとかお金の都合をつけようと、最近は必死だ。

「ままサン、無理しないでね」

軽い立《た》ち眩《くら》みを起こしてカウンターに手を突くと、手伝いに来てくれたエリナが、そっと冬美の肩に手を置いた。大丈夫、と返事をする代わりに、エリナの手に触れてうなずいた。エリナは、冬美の代わりにごはんと豚汁の載ったお盆を持ち上げて、「まだもらってないのダレー？」と声を上げた。

子供たちがごはんを食べている間、冬美は自分の中の感情といつも戦う。子供たちにごはんを提供しているのは、貧しい家庭の子供たちをなんとかしなければ、という高尚な使命感を持っているからではない。動機は、寂しかったから、だ。

高井直は、最初に出会った日から一年ほど、週に何度か『冬薔薇』にやってきた。その度に豚汁とごはんやおむすび、メインのおかずなどを用意して、とりとめのない話をぽつぽつしていたが、ある日を境に、直はぱたりと来なくなった。何があったのかはわからない。あまり突っ込んだ話はしなかったから、家がどこなのかもわからないし、母親の電話番号も忘れてしまった。自己満足で食事をさせていただけなので、挨拶もせずに来なくなるなんて恩知らずだ、などと言うつもりは毛頭ないが、どうしても、正雪の生まれ変わりがまたどこかへ行ってしまった、という気持ちが抜けなかった。

子供たちを集めて食事を提供しているのも、その喪失感を埋めるためだ。

自分で自分が、どうしようもない人間だなと思う。結局、いつまでも夫を失った悲しみから立ち直ることができず、夫の面影に縋《すが》りついて生きているだけだ。くだらない人生。自分はなんのために生きてきたのだろうかと、時折悲しくなる。

「あら、泣かなくていいんだヨ」

エリナに目を向けると、今日初めて来た女の子が、ごはんを食べながらべそべそと泣いている。エリナが横に座って女の子に寄り添いながら、笑顔で「オイシイ？」と聞いていた。

「冬美ママは、ほんとに神サマみたいだよね」

エリナが、何気なくそんなことを言った。女の子が、大きくうなずいて真っ赤に泣きはらした目を冬美に向け、ありがとう、と言った。その瞬間、もう冬美はいたたまれなくなって、外に飛び出していきそうになった。

違う。私はそんな人間じゃないの。

私は。

他の子供たちが女の子に倣って、無邪気に、そして残酷に、いつもありがとう、と異口同音に言葉をぶつけてくる。自分はなんと卑しい人間なのか。冬美はキッチンに立ち尽くしながら、その胸の内を悟られないように、豚汁を何度かかき回した。

8

永い眠りの中にいた気がする。

気がつくと、冬美は自宅の炬燵《こたつ》の天板に突っ伏して寝ていた。ずいぶん長い間眠っていたように思うが、起きて壁掛けの時計に目をやると、それほど時間は経っていなかった。ストーブの上の豚汁が沸いてきて、鍋の蓋がことことと音を立てている。もう少し寝ていたら沸騰してしまっていたかもしれない。いい頃合いで目が覚めたものだと思いながら、炬燵の上に鍋敷きを置き、鍋をそこに載せた。台所からお椀を取ってこなければならないが、食欲は湧かない。体がだるくて、その場にぺたんと座り込んでため息をついた。歳は取りたくないないと心底思う。やることは多いのに、体力が持たず、最近は寝ても疲れが取れない。

惰性でテレビのリモコンを手にして、ぱちぱちとチャンネルを変えた。特に見たい番組があるわけでもないので、しばらくは切り替わっていく画面をぼんやり眺めているだけだった。だが、ぴん、と頭に電気が走ったような感覚があって、冬美は手を止めた。ゆっくり、チャンネルを二つ前の局に戻す。

画面に映し出された文字は、「高井直」だ。

えっ、と、前のめりになってテレビにかじりつくと、一人の青年が、女性リポーターにインタビューを受けていた。画面には、「現役大学生エンジニア」という文字も映っていた。あの直とは別人かと思ったが、話している青年の顔を見ると、確かに面影があるようにも思えた。最後に見たのはもう十何年も前だ。あの頃小学一年とか二年とかだったのだから、今頃は大学生くらいになっているはずだった。問題のありそうな家庭で育っていて心配はしていたが、大学に行くくらい立派に成長したのだと思うと、いろいろな感情が湧き上がってくる。

大人になった直は、どうやら大学生でありながらコンピューターで何かを作ったらしく、厚生労働大臣賞という賞を受賞し、テレビ局が取材に来たようだった。機械音痴の冬美にはよく理解ができなかったが、必死に聞き取っていると、それはどうやら、貧困家庭の子供に食事を提供することに関わっているようだった。

「高井さんはどうして、全国のこども食堂を結ぶシステムを作ろうと思われたのでしょうか」

「僕自身、いわゆる貧困母子家庭で育ちましたので、少しでもそういった子供を減らす手助けをできればと思って開発しました」

「大学在学中にシステム開発をしようと思ったのはなぜでしょうか」

「お腹を空かせている子供、孤立している子供はずっといると思いますので、今の僕にできることはすぐにでもやろう、という思いでした」

「高井さんも、小さい頃、お辛い思いをされたんじゃないかと思いますが」

「お腹が空いて、どうしても食べ物がほしくて、まだ幼い頃とはいえ本当にいけないことですが、スーパーの食料品を万引きしていたことがあります」

「高井さんがですか？」

「はい。それを止めてくださった方がいて、そればかりか、無償でごはんを食べさせてくれて。一年くらい、僕はその方のところでごはんを食べさせていただいたんです。今の僕があるのは、本当にその方のおかげだと思っています」

「そのご経験もあって、こども食堂に興味を持たれたのですね」

「そうですね。僕のように、ごはんが食べられずに辛い思いをしている子供もいますし、そういう子はそもそも親が地域社会から孤立していたりします。そういった家庭で育っている子供たちに居場所と食事を――」

最後まで聞くことができずに、冬美は思わず嗚咽《おえつ》を漏らした。

正雪を失ってぽっかり空いたまま、何をしても埋められなかった心の大穴を、短い期間、ほんの少し埋めてくれたのは直だった。感謝するのは冬美のほうで、むしろ、冬美は謝らなければならないと思った。自分がしたことは直のように、誰かのために、という純粋な気持ちからの行為ではなかったのだ。突然いなくなった直のことを恨めしく思ったこともある。醜いことをした、と、後悔した。

「ちなみに、その方とはその後、交流などされていらっしゃるんですか？」

「それが、僕は突然父に引き取られることになって、急に東京に引っ越すことになってしまい、それが本当に急なことだったものですから、お礼もお別れも言いに行くことができなかったんです」

「まあ、それは」

「なにぶん子供の頃のことで、記憶があいまいなんです。お名前も、おばちゃん、とだけ呼んでいて、たぶん食事をさせてもらっていたのもスナックか何かだったと思うのですが、親にも話していなかったので、どこのどなただったのかがわからずで」

「それは残念ですね。この番組をご覧になっている方もたくさんいらっしゃるので、よかったら、ヒントになるようなことがあれば、おっしゃってみてはいかがでしょうか」

画面の向こうの直は、少し視線を虚空に向けていたが、やがて、はにかんだように笑って、豚汁、とつぶやいた。

「豚汁？　どういうことですか？」

「ごちそうになった豚汁がね、本当においしかったんですよ」

「豚汁が？　ですか？」

「たぶん、いろいろごちそうになったと思うんですが、一番心に残っているのは、豚汁です」

「へえ、豚汁ですか。そんなに印象深い豚汁、どれくらいおいしかったんでしょうか」

直は遠い目をして少し言葉を止めると、やがてカメラに目を向けて、「僕の人生を変えるくらいです」と答えた。

テレビを消して、冬美は大きくため息をついた。胸が引き絞られるようで、息が苦しい。大きく深呼吸をして、もろくなった涙腺を自分で笑う。はあ、と一息ついて、何もない天井を見上げた。そして、ゆっくりと頭を戻す。炬燵の上には、花柄の琺瑯鍋に入った豚汁が、静かに湯気を立てていた。

どういうわけか、豚汁がつきまとう人生だな、と思う。

食べようか、どうしようか、と思案していると、急に、玄関ドアが開く音がして、誰か人が入ってくる気配がした。気軽に訪ねてくる友人なんていないし、一体誰だろうか、と腰を浮かそうとするが、そのまま冬美は体が凍ったように動けなくなった。部屋に入ってきた人は、炬燵の向こう側にどかりと腰を下ろすと、慣れた手つきで咥《くわ》えたタバコに火をつけた。

——あれ、ある？

冬美は小刻みに何度もうなずきながら、硬直して動かない体を無理やり動かし、台所から汁椀二つと箸二膳を手に、居間に戻った。鍋の豚汁を、具がまんべんなく入るように気をつけながら注いだ。肉は少し多めに。冬美がその人の前に豚汁を置くと、心なしか、その人は、笑みを浮かべたように見えた。

自分の分も豚汁を椀に盛って、いただきます、という言葉を無言のまま交わす。年季の入った会津塗《あいづぬり》の汁椀を持ち上げると、味噌とかつおだしの良い香りが湯気に乗ってやってきて、ふわりと香った。椀の縁に唇をつけ、汁をひとすすりする。豚の脂のおかげで、ストーブから降ろして少し経つのに、汁は熱いままだ。一口目の熱に体が驚くが、その熱が胃の中に落ちていくと、体温を失いかけていた体に、命が流れ込んでくるような気がした。根菜は柔らかく煮えていて、ひと嚙みすれば溶けるようにほどけていく。豚肉はスーパーで買ったものだったが、それでも、嚙み締めると白い脂身から溢れてきた脂が口に広がって、より強く甘みを感じる。長年使い続けてきただしの味は、昔と変わらない。赤と白の二つの味噌は、それぞれの個性を豚汁の中いっぱいに広げていた。

二口、三口と口に入れてから、冬美は大きく息を吐き、椀を置いた。

「私の豚汁って、おいしかったんだね」

作りながら味見くらいはしていたが、正雪がいなくなってから、冬美は一度も自分のために豚汁を作って食べていなかったことに気がついた。改めて口に入れてみると、昔はあまり好きではなかったはずなのに、心が動くほどおいしかった。甘くて、しょっぱくて、温かい。高級食材じゃなくても、腕利きの料理人が作ったものじゃなくても、自画自賛になるが、おいしい。

「どう？　おいしい？」

——やっぱり、冬美の豚汁が一番じゃな。

冬美は、よかった、ほんとによかった、と笑って、ゆっくり目を閉じた。

9

十三回忌。

焼香を済ませた直は、祭壇の上に置かれた冬美の遺影に向かって手を合わせた。どういう状況で撮ったものかはわからないが、冬美はきりっと化粧をして、静かに笑みを浮かべている。記憶のかなたにあった「おばちゃん」の顔が思い出されて、胸が詰まった。

「今日は、お声がけいただいてありがとうございました」

「いーえー。ママもきっと喜んでるね」

法事が終わって、お斎《とき》の席で向かい合わせに座ったのは、フィリピン人の女性だった。本名ではないそうだが、エリナと呼んでほしい、と言われて、そう呼ぶようにしている。もう長年日本にいて日本語はとても流暢で、コミュニケーションにはまったく困ることはなかった。

「今日が、冬美さんのご命日なんですよね？」

「そうなの。もうずいぶん前の話なんだけどね。時間になってもお店に来ないから、ワタシが心配して家に行ったんだよ。そしたらね、眠ってるみたいに亡くなっててね」

店、というのは、『冬薔薇』という店名のスナックのことだ。直の記憶に、店内の壁紙とか、スツールといった断片的な記憶はあったものの、その名前は憶《おぼ》えていなかった。たぶん、子供だったせいで、冬薔薇、という漢字が読めなかったのだろう。薔薇を「そうび」と読むことを知っている大人も少ないかもしれない。

大学生だった頃、直が開発した『おむすびネットワーク』というシステムのテレビ取材を受けた際、視聴者に、かつて自分がお世話になった人の情報をお寄せいただけないかと呼びかけたことがあったが、それは貫井冬美という人ではないか、という連絡をくれた人がいた。それが、エリナさんだった。

ただ、その情報が届いたのは、取材を受けてから十二年後、つい先日のことだった。

時を経て、直は大学で開発したシステムを活用しながら貧困家庭の支援をする団体を立ち上げ、代表を務めている。その団体の動画チャンネルに、テレビの取材を受ける当時の自分を撮影した動画を載せたのだ。それをたまたま見たエリナさんが、動画にコメントをつけてくれた。直はすぐにエリナとコンタクトを取り、十三回忌の法要が近々あると聞くことになった。十三回忌、と絶句したが、直はすぐにスケジュールを調整して、東京から車を飛ばし、かつて住んでいた小さな漁港の町まで駆けつけたのだ。

冬美さんが亡くなったのは、まさに、直が取材を受けた番組がオンエアされた日だったという。いずれにせよ間に合わなかったとはいえ、もう少し早く知っていれば、あるいは、もう少し早く自分から探しに行っていれば、と、悔やんでも悔やみきれない。

「お店、もう残ってないんですよね」

「そうなの。壊されちゃったんだ。古かったからね」

「残念です」

「ね。ワタシも思い出いっぱいだよ。懐かしいよ」

「でも、こども食堂はエリナさんが引き継がれたと伺いました」

「そうだよ。ワタシのお母さんがフィリピンにいるだけどね、冬美ママの話をしたら、もう仕送りはいらないから、そのお金で日本の子供たちを助けてあげなさい、って言われたから。日本にも貧しい子がいるんだね、って驚いてたよ」

直が父に連れられてこの町を出て行ってから、冬美さんは『冬薔薇』に子供を集めて、食事を提供していたそうだ。それってまさにこども食堂じゃないか、と、直は驚いた。きっと、その頃はこども食堂という概念はまだまだ広がっていなかったはずだ。なのに、冬美さんは地域にいる貧困家庭の子供のために、私財まで投げ打ってご飯を食べさせていたのだという。なんという人だ、と、その話を聞いたときは、涙を堪えることができなかった。

冬美さんが亡くなって、『冬薔薇』は閉店してしまったが、エリナさんがその遺志を継いだ。今は、息子さんが経営しているフィリピン料理店に子供たちを集めて、週に一回、食事を振る舞っているという。ただ、どうしても資金は限られているので、なかなか多くの子供たちを集めることはできない、という話だった。エリナさんがこども食堂についての情報を集める中で、直の団体の動画チャンネルに辿り着き、直と「おばちゃん」こと貫井冬美さんとの線が繋がったのだ。

「我々の『おむすびネットワーク』に登録して頂ければ、寄付金や食材をお分けすることも可能ですよ。もう少ししたら、献立の栄養相談も受けられるようになります」

「ほんとに？　だったら嬉しいな。ワタシ、子供たち大好きだからね。もう少し頑張りたいから」

「ええ、ぜひ。今度、正式にご説明に伺います」

「もしよかったらね、今日も子供たち来るから、見てってよ」

「いいんですか？　ホテルで着替えてきてからでよければ」

「ママに教えてもらったトンジルもあるから、食べてって」

それは子供たちに——、と言いかけて、直は言葉を飲み込んだ。

　直が幼い頃、父と母の仲は険悪で、毎日ケンカが絶えなかった。物や怒号が飛び交う家で、部屋の隅で震えていた記憶がある。ケンカがヒートアップして収拾がつかなくなると、いつも父は直を連れて家を出て、行きつけのスナックに逃げ込んだ。世間一般の常識で考えれば子供を連れて夜のお店に行くのは非常識なのだろうが、そのスナックで直は常連客や従業員の女性たちにかわいがってもらって、父が食べる豚汁を分けてもらっていた。今思えば歪《いびつ》な環境だが、そこは間違いなく直の居場所であり、家では母とケンカばかりしている父が唯一笑って優しくしてくれる場所だった。その安心感と豚汁のおいしさが直の中でリンクして、好きな食べ物、という認識になっていったのだろう。

　この地域で、飲んだ後に豚汁を食べるという文化が定着したのは、エリナさんの話によれば、貫井冬美さんが作る豚汁がスナック界隈《かいわい》で好評を博したからだそうだ。それが、客の漁師たちから町全体に広がり、今や家庭でも豚汁が定番になっている。料理人でもない一人の女性が五十年にわたって一つの料理を作り続けた結果、世界は少しだけ変わり、それで高井直という一人の人間が救われた。感謝しかない。惜しむらくは、その感謝を直接伝えられなかったことだ。

「豚汁は一番の好物なんで、楽しみです」

貫井冬美さんの十三回忌法要を行った寺を出てからも、生前の彼女をよく知るエリナさんの話をもう少し聞きたくて、直はタクシーを呼ばずにエリナさんの後に続いて歩いた。寺のある高台からは、小さな町が一望できる。今日は冬にしてはきれいな青空が広がっていて、海も輝いて見えた。かつて、自分もこの光景を見ていたのだろうか。あまりいいことがなかったせいで蓋をしてしまったのか、この町に住んでいた頃の記憶がほとんどないのが悲しい。

「ママね、一人暮らしだったから、部屋で独りで亡くなってたんだけどね」

直の隣で、遠くを見つめたエリナさんが、風に舞う髪をかき上げながら唐突に話を始めた。直は横目でエリナさんをちらりと見て、視線を合わせずに、相槌《あいづち》だけを打つ。

「ワタシが部屋に行ったとき、コタツの上にね、トンジルが置いてあったよ。それでね、おワンとおハシが二つ置いてあったんだよ」

「二つ？」

「もしかしたら、ママは誰かと一緒にトンジル食べてたのかな、って思うよ」

不思議な話だ。でも、エリナさんが変な嘘をつくような人にも思えないので、直は言葉のまま受け取ることにした。

よく、人生最後の食事に何を食べたいか、という話があちこちでされる。きっと、その問いの答えに、人の生き様や人生が出て面白いからなのだろう。人生最後の食事。そう聞かれたら、自分はきっと、あの豚汁が食べたいと答えるだろうな、と、直は思った。

おむすび交響曲《シンフォニー》・最終楽章〜冬のロンド〜

冬になると日が落ちるのが早い。『おむすび・結』の閉店時間になる頃には、外はもう真っ暗だ。お客さんもどうやら来ないだろうし、まだ閉店まで十分ほどあるが、店じまいをしてしまおうか。結女がそう思いながら外に出ると、店の前に、男女の二人組が立っていた。よっ、と手を上げた女性は、結女の娘・秋穂だ。

「よっ、じゃないわよ。いつも閉店間際に来るんだから」

「だって、他にお客さんいないほうがゆっくりできるじゃん」

「来る前に連絡でも入れてくれればいいのに」

「まあまあ。仕事の邪魔しちゃいけないって思うからさあ」

「寒いから早く入んなさい」

外に出してある立て看板を店の中に取り込み、入口の照明を落としてロールカーテンを半分降ろす。扉に引っかけてある「営業中」の札をひっくり返して「準備中」にする。

「そちらの方は？」

「仕事仲間。店の中で紹介するから、先に入っていい？　寒いからさ」

もう、と、呆れながら二人を店内に招き入れる。寒い寒い、と騒ぎながら秋穂が店内に入り、上着を脱いでさっさと席に着く。もう一人の男性もならって上着を脱ぎ、カウンター席背後の壁に取りつけてあるハンガーに上着を掛けた。もしかしたら秋穂の彼氏かも、と思うと、急に緊張する。秋穂が学生だった頃、結女は店を軌道に乗せるのに必死で、ほとんど秋穂と話ができず、交際相手がいたのかも知らない。大人になってからの秋穂は仕事一本やりで、会うたびに「私は結婚にむいてない」とか、「一生おひとり様でいいよ」などと言うので、この子はたぶんこのまま結婚もしないのだろうな、と、思っていたのだが。

一生独身のまま生きていくというのも、今の世の中では珍しいことではないだろう。でも、自分が夫とうまくいかずに別居したままになっていることもあって、親のせいで秋穂が結婚を忌避するようになってしまったのではないかと思うと、それなりに責任も感じる。それだけに、もし彼が秋穂の交際相手なら、下手なところは見せられない、と変に気負ってしまう。温かいお茶とおしぼりを二人の前に出すなり、結女は厨房の手洗い場の鏡で化粧が崩れていないかチェックした。

「あ、彼ね、直くんていうの。いい名前でしょ？　なんだろ、一応、仕事仲間かなあ」

「仕事仲間？」

男性は静かに立ち上がって、申し遅れました、と、丁寧に名刺を差し出した。慌てて手を布巾で拭いて、恭しく受け取った。高井直、と書かれていて、『特定非営利活動法人おむすびネットワーク代表』という記載がある。おむすびと聞くと、おむすび屋としては、ものすごく興味が湧く。

「おむすびネットワーク？」

「貧困家庭のお子さんに食事を提供する、こども食堂というのがあるのですが」

「ああ、聞いたことありますね」

「そのこども食堂を近隣の貧困家庭のお子さんに紹介したり、スマホアプリを使って寄付金や援助の食材などを集めて分配したり、各地のこども食堂を回って、ノウハウをお伝えしたり、サポートをしたり、という活動をする団体を運営しています」

スマホアプリ、と言われるとあまり得意ではないが、そういう社会貢献活動をしている人なんだ、ということはなんとなく理解できた。高井さんという人は、物腰も柔らかくて真面目そうで、なんだかいい人そうだな、というのが第一印象だ。つい、値踏みをするように見てしまって、はっとして笑ってごまかす。

「でも、仕事仲間って？」

「今度ね、私、彼の仕事を手伝うことにしたんだ。管理栄養士としてね、こども食堂のメニューを提案したりとか」

「え、あなた、病院は？」

「先月、無事に退職しました」

ちょっとバタバタしてたから黙っててごめんね、などとあっけらかんと笑う娘に、呆れてものが言えない。秋穂が勤めていたのは、県内でも一番大きな大学病院で、ここに勤めているならとりあえず安泰、と思っていたのに。

「そんな、仕事辞めて大丈夫なの？」

「とりあえずさ、ごはん食べていい？　お腹すいちゃって」

娘が話をはぐらかそうとしているとはわかりつつも、高井の視線もあるので小言は飲み込み、メニュー表を手渡す。

「鮭と卵黄醬油漬けは終わっちゃったけど」

「え、マジ？　私、お母さんのおむすびだと鮭が一番好きなんだけどな」

秋穂は高井さんに店のシステムなどをざっと説明すると、塩むすびと梅昆布、と、店に来るたびよく頼む二つを選んだ。

「高井さんはどうされますか？」

「その、季節のおむすびというのはどういうものですか？」

「裏面に説明があるんですけど、今月は、かにの身のかに味噌和え、春菊のごま油炒め、あとは寒鯖《かんさば》の西京《さいきょう》漬け焼き、ですね」

うわ、どれもおいしそうだ、と、高井さんが困った顔をする。社交辞令ではないのが見て取れて、ああ、この人は本当にいい人なんだな、と、結女は少しほっとした。

「あの、豚汁もつけられるんですか？」

「ああ、はい、冬季限定で出してますので。まだお出しできますよ」

「じゃあ、かに味噌と春菊と、豚汁をお願いします」

オーダーが入ると、きゅっと気持ちが入る。誰に対しても同じように、心をこめて提供する、ということは常に意識しようとしているが、やっぱり娘に出すものとなると、さらに気持ちが入る。おいしいと言ってほしい。私の味を彼女の心に残したい。親子という結び目を少しでも固くしたい。そんな気持ちを抱きながら、お米を手で包み込み、結ぶ。

「どうぞ」

出来上がったおむすびを二人の前に出し、高井には豚汁を添えた。秋穂はいつものように塩むすびをほおばって、うまーい、と笑う。高井さんは箸をもって合掌し、いただきます、と静かにつぶやくと、まずは豚汁を一口すすった。その瞬間、目がかっと開いて、表情が急に変わった気がした。

「お口に合いますかね」

「あの、不躾《ぶしつけ》で申し訳ないのですが、この豚汁はどこかで習われたのですか？」

突然前のめりになった高井さんに、結女は面食らった。秋穂も少し驚いたような表情で高井さんの様子をうかがっている。

「豚汁？　ああ、私、料理はだいたい母に教わったんです」

「つまり、秋穂さんのおばあさまのレシピ、という」

「そう。うちの母は海のほうの出身で、若い頃は漁協の食堂で働いていたみたいで。その食堂で豚汁の作り方を教わった、って言ってましたね」

「海のほうって、あの、県南のほう？」

結女が母が生まれた町の名前を出すと、高井さんは驚いたようにうなずいた。

「小さい頃、僕もそこに住んでたことがあるんです」

「あ、そうなんですね。私は子供の頃にこっちに引っ越してきちゃったんで、それ以来一度も行ってないんですけど」

「あの町、豚汁が名物なんですよ、今」

「え、そうなんですか？」

「漁港の町なのに、豚汁で町おこししようとしてるみたいで。その味にすごく似ていたので、ご存じなのかと思いましたけど」

「今、そんなことになってるんですね。知らなかった」

「僕はその豚汁が好物なので、今日ここで食べられるなんて思わなくて、ちょっと感動してしまって」

すごくおいしいです、と、高井さんがまた穏やかな笑顔に戻り、おむすびも一口、三角形の先っぽを口に入れた。少ししっとりとした海苔が、ぱつん、と小気味よく弾ける音がする。これもすごくおいしい、と、高井さんが目を丸くして秋穂を見た。

「お米がふわふわですね。ごま油とお醤油の香りがよくて、春菊のほろ苦さがお米とすごく合ってて、大好きです、これ」

「ありがとうございます」

ちょっとやきもきしながら、結女が秋穂を見る。秋穂はマイペースに、大きいおむすびを二つぺろりと平らげ、のんびりお茶を飲み始めていた。

「で、秋穂、その、率直に聞くけど」

「うん？」

「お二人、お付き合いしているのかしら」

二人が顔を見合わせる。秋穂は苦笑いを浮かべながら、うん、まあそう。と、あっさり認めた。

「すみません、なかなかご挨拶できず、失礼しました。昨年頃から、秋穂さんとお付き合いさせていただいています」

「あら、それは、その、いいんですけど」

「私がさ、お母さんに変な期待されたり意識されたりするのも嫌だから、って、伏せといただけなんだけど」

「もう、そういうとこかわいくないわね、あなたは」

「で、今日はちょっとお願い事があってきたのよね」

「お願い事？」

秋穂がバッグから何やら大きめの封筒を取り出すと、カウンター越しに結女に渡してきた。なにこれ、と取り出してみると、中にはクリアファイルが入っていて、折りたたまれた書類が挟まっていた。よく見ると、左上に「婚姻届」という文字が見て取れた。びっくりして、思わず体がぴょんと宙に浮いた。急転直下、青天の霹靂《へきれき》のようなできごとに、頭が全然ついていかない。

「えっ、ほんとに？　結婚？」

「証人欄っていうのがあってさ、面倒だけど書いてもらいたくて」

「面倒だなんてそんな、いくらでも書くわよ！　おめでとう！　ほんとに、ああ、なんかちょっと安心したわ！　よかった！」

高井さんが立ち上がって、よろしくお願いします、と、深々頭を下げた。慌てて、結女も頭を下げる。気が動転して、いまさら「秋穂の母でございます」などと、しなくてもいい挨拶をしてしまった。

「お母さんさ、もう一枚、小さい紙みたいなの入ってるでしょ？」

「まだなんか書かなきゃいけないものあった？」

「いや、そっちはご報告というかさ」

封筒の中を覗き込んでみると、確かに、奥のほうに書類のような、写真のようなものが入っている。なんなの？　と思いながら取り出すと、白黒のプリントだ。一瞬、頭の上にクエスチョンマークが浮いたが、その意味がわかると、誇張でもなんでもなく、心臓が喉から飛び出しそうなくらい、ばくん、と激しく飛び跳ねて、息ができなくなった。声も出ない。手が震えて動けない。

「次の夏ごろにはおばあちゃんだから、よろしくね」

画質が粗くて一見しただけではなんだかわからない写真のようなもの。でも、真ん中に、丸い影が写っている。まだ豆粒みたいなそれは、まぎれもなく、小さな小さな、命そのものだ。

昔、秋穂を妊娠したときにも見たことがあるエコー写真。結女は、両手でぎゅっと胸に当てて、くしゃくしゃにしてしまいそうなくらい強く抱きしめた。ああ、だめだ、と、声にならない声が出たと同時に、唇が震えて、涙が溢れた。嬉しい。嬉しい、嬉しい。嬉しい。うれしいうれしいうれしい。

今までずっと、娘に、結婚の予定は？　とか、孫が欲しい、とか、そういう言葉は口にしないようにしてきた。言えば秋穂が決めるべき秋穂の人生を曲げてしまうかもしれないし、自分に対しては呪いになる。秋穂が生まれて、真っすぐに育ってくれただけで御の字、それ以上は求めない、と思いながら、どこかで寂しさを感じていたのも事実だった。

冬が過ぎ、春が来て、夏から秋へ。一年というサイクルは毎年変わることなくやってくるが、結女のサイクルはいつか止まる。偉業を成し遂げて歴史に名を刻む人や、後世に残る作品を作る人はいるが、結女はそうではなかった。自分がこの世からいなくなったら、街の片隅に小さなおむすび屋があったことなど、すぐに忘れ去られてしまうだろう。でも、秋穂に子供が生まれたら、おばあちゃんはおむすび屋さんで、そのおむすびはひいおばあちゃんに教えてもらったもので、とてもおいしかった、と、ずっと覚えていてくれるかもしれない。その子が次の世代に命を繋ぎ、自分の命の一部が、もう少したくさんの季節を巡っていくことができたら、なんでもない自分でも、この世界に一つ、足跡を残していけるかもしれない。若い頃はそんなことを考えたことはなかったけれど、還暦を目前にして、人生の先にある終わりが見えてくる歳になると、命が結びついて繋がっていくことが、なんだかとても嬉しいことのように思えるのだ。

「ねえ、お母さんさ」

「うん？」

「あのさ、悪いんだけど、今度、おむすびの作り方、教えてくれる？」

もちろんよ！　と叫ぶように言いながら、結女はカウンターを飛び出して、秋穂に駆け寄った。手を引っ張って無理やり立たせて、これから大きくなっていくであろうお腹にそっと触れた。そのまま秋穂の腰に手を回して抱き上げ、小さい頃によくやっていたように、横にくるりと一回転した。狭い店内で、秋穂の足が壁にぶつかってこつんと音を立てる。高井さんが驚いた顔をしていたが、やがて相好を崩しながら、僕も教わりたい、と言った。

孫が生まれて、おむすびを食べられるくらいになった頃、娘夫婦と一緒におむすびを作る自分の姿が頭に浮かんで、心が浮き立った。孫には、自分が今までにおいしいと思ったおむすびをたくさん作ってあげよう。冬のおむすびは、春は、夏は。秋の新米は。これ、おいしいんだよ、食べると幸せになれるよ、と、教えてあげたい、伝えていきたい食べ物が、この世界にはたくさんある。

結女の心はもう、冬も春も飛び越して、次の夏へ、さらにその先へと飛んでいく。今日という日が過ぎて、月が巡ったら、また次のおいしい季節がやってくる。

解説

吉田大助

二〇一九年刊の『本日のメニューは。』、二〇二一年刊の『できたてごはんを君に。』と続いてきた行成薫のごはん小説シリーズ、三作目となるのが本書『おいしい季節がやってくる。』だ。新作が出るたびにリアルタイムで読み継いできた人間として、率直な感想をまずは記したい。一作目を読んだ時点で「面白い！」と確信し、二作目で「大好き！」となったこのシリーズへの思いが、三作目をもって「大切」になった。

いや、最初から「大切」だと感じてはいたのだ。一作目の巻末解説では、こんなことを書かせてもらった。〈料理人は、美味《おい》しい料理を作ることでは、幸せになり切れない。誰かに食べてもらい、美味しいと感じてもらい、そう言ってもらえることで、己の心身に幸せを満たすことができる。そうした人と人との関係性は、「食」の現場に限らず、実は日常の中で頻繁に起きていることではないか？　誰かの幸せが自分の幸せになる、その関係性を描くことにこそ、「食」をテーマにした物語の真髄があるのではないか〉。二作目の巻末解説ではライターの瀧井朝世氏が、次のように記している。〈飲食店のみなさん、いつも美味しい食事をありがとう。／そんな気持ちにさせるのが、行成薫の『できたてごはんを君に。』である〉。読んでよかった、読めてよかった。どの一冊からもそのような読後感は得られるのだが、本書を読み終えた時が最も激しかった。

春夏秋冬、四つの季節を背景に盛り込んだ四つの短編の後ろに、「おむすび交響曲《シンフォニー》」と題された四つの掌編（こちらも四季にフォーカス）が挿入されていく構成だ。〈東京から新幹線と在来線を乗り継いで三時間以上かかる小都市〉が、全編に共通する舞台となっている。

第一編「ＹＯＬＯ」は、春の物語だ。キッチンカーを経営している三十四歳独身の綱木が、かつてお世話になった料理人・前沢永吾の孫娘、前沢春香と出会う。「私、おじいちゃんのオムライスをマスターしたいと思って」。オムライスが大好物だという知人の子供に、食べさせてあげたいのだと言う。ところが、当の永吾が病気で倒れてしまった。綱木は永吾の代わりに、レシピ片手にオムライスの作り方をレクチャーすることとなる。

前二作でも登場した、綱木の物語だ。前二作では高校時代の友人である料理人・井上璃空がメインとなっていたが、ついに主人公としてフィーチャーされた。綱木は料理人を目指して上京するも、勉強や下積みを嫌い、夢破れて地元へ帰ってきた過去がある。そんな綱木が、洋食の基本中の基本であるオムライスと向き合う――〈フレンチ系の調理師学校に行って、生徒がまず最初に苦労と挫折を味わうのがオムレツだそうだ〉——という姿には、グッとくるものがある。とはいえそこには、春香に対する下心もアリで……というコミカル要素がいいスパイスとなっている。

本シリーズは「食」を巡るさまざまな問題にタッチしているが、今回取り上げられているのはワークライフバランスだ。飲食店を営む個人事業主は、売り上げ確保のために仕事の時間を増やし、プライベートの時間を削ってしまう傾向にある。それでいいのか。それ以外の選択肢はないのか？　オムライスの試作を重ねていた夜、手伝いに来た璃空がふと思いを致した「幸せな人生」を巡る思弁は、本書全体を貫くテーマでもある。「幸せな人生」とは、誰かを幸せにできる人生である。けれど、自分のことも自分できちんと幸せにしてあげなければ、それは達成できないのではないか。

こんなところにも料理人がいる、あるいは、この人も「食」に従事している。そうした視点の取り方も本シリーズの特色だが、第二編「夏の鉄板前は地獄」は格別鮮烈だった。海の家で（高価&明らかに暴利に思える）焼きそばを作る兄ちゃんだって、立派な料理人じゃないか、と。

普段は東京で暮らす大学生の臼井海夏人は、同級生の岩垣涼介に地元の「ビーチハウス」で長期バイトをしないかと誘われる。涼介の実家に泊まるため宿泊代はかからないし、地元の女の子とも出会えてお金も貯《た》まる。喜び勇んで現地に着いてみると、待ち構えていたのは掘建小屋のような「海の家」と、〈すごく端的な言葉で表現すれば、怖い〉容貌をしたオーナーの玉屋。そして、炎天下に鉄板で焼きそばを作り続ける、という地獄だった。

それまで料理経験など皆無の海夏人が、いきなり鉄板担当を全権委任される展開が面白い。〈うまくないものに金をくれ、と言わなければならないのは地味にストレス〉。他に食べる物の選択肢がないために、自分の焼きそばなんかに列を作り、お客さんを待たせてしまうことも忍びない。自分のストレスを少しでも減らすために、できることは何か。その思考から、料理人としての腕が上がっていく顚末《てんまつ》は爽快だ。登場する全ての人物にドラマがあり独自の味がある、という幕の内弁当感が強烈な一編でもある。このご時世、海の家は「儲《もう》けるためにやる」タイプの仕事ではない。それを誰より本人が熟知しているにもかかわらず、玉屋はなぜ海の家の営業を続けているのか。「食」の従事者としての責務を語る玉屋の言葉には、心を動かされた。

テレビメディアは、日本の食文化の大きな一端を担っている。第三編「サンクス・ギビング」は、日曜夕方の王道グルメ番組『本日のメニューは。』でADを務める野村千秋が主人公だ。地方都市の山奥にひっそり佇《たたず》む「ラ・モワッソン」というオーベルジュ（宿泊施設が併設されたレストラン）を取材することになり、仲間たちと共にロケハンで現地へやって来た。新進気鋭のフランス人女性シェフのクロエがオーナーも務めるこのお店は、これまで取材を全て断ってきたため今回がテレビ初登場となる。気合が入りそうなところだが、千秋はむしろその逆で、ロケに参加するのも気が進まなかった。実は、取材で滞在している街は千秋の生まれ故郷だったのだ。千秋は両親に対するわだかまりがあり、しばらく帰郷していなかったのだが……と物語は進んでいく。

千秋は、この地に惚《ほ》れ込んで移住したクロエに密着取材する過程で、退屈で何もないと思っていた故郷の魅力に気づいていく。やがて日本人の多くが軽んじる言葉を浴びせてきた、ある食材へとフォーカスが当てられていく。この食材から、こんなにも豊かな物語を生み出せる書き手は他にいないだろう。辞書的には「ありがとう」を意味するフランス語 merci を、「いただきます」と千秋が解釈し直す場面は感動的だ。〈料理人は、「命」を感じる機会が多いのかもしれないな、と思う。生きている魚を締めるとか、骨や皮のついた生々しい肉をカットしていくとか。命を背負って、クロエさんは料理をする。感謝を込めて、自然から千秋へと繋《つな》がる命そのものが目の前の一皿だ〉。「いただきます」という言葉の裏には、命に対する「ありがとう」の思いが必ず宿っている。いわば「命」のサイクルと呼ぶべきこのビジョンが、最終第四編「マイ・ハート・ウィル・ゴー・オン」にもなだれ込み、大きく花開いていく。

亡き夫・貫井正雪の五十回忌法要を終えた貫井冬美が、これまでの人生を振り返る物語だ。幼馴染《おさななじみ》であり漁師だった正雪と十九の年に結婚したが、結婚から七年経《た》った四十九年前の今日、夫は海に出たまま帰らぬ人となった。〈結局、今の今まで再婚もせず、冬美は正雪の妻であり続けた〉——人生を感じさせる一文だ。

語りの構造に工夫が凝らされ、わずか約六〇ページの中に驚きが無数に連鎖していく。「命」のサイクルがこの小さな小さな港町で、冬美の存在が契機となってどのように巡り巡っていったのか。「自分のために生きる」ことと「誰かのために生きる」こと、利己的な思いと利他的な思いは相容《あいい》れないものとされがちだが、共存できるのではないか？「食」を巡るさまざまな社会問題の中で、あらゆる人々が今最も向き合わなければならないテーマの書き込みにも、目を見張るものがあった。「食べる」ことは「生きる」ことである——「食」を巡る物語において使い古されたかのように思われているそのテーマには、極めて現代的な問題が含まれているのだ。

冬美の物語が閉じた後、エピローグ代わりに現れる掌編「おむすび交響曲・最終楽章～冬のロンド～」には、画竜点睛《がりようてんせい》と言うべき快感があった。一作目の『本日のメニューは。』で初登場し本書で再登場した、星野結女が営む『おむすび・結』のモットー〈おむすびは　人と人とを　むすぶもの〉は、「命」のサイクルの別の表現だ。そのサイクルの中に、他ならぬ自分自身も入っているのだということ。そのことが嬉《うれ》しく、意義深く、「自分のために生きる」ことと「誰かのために生きる」ことを共存させさせながら生きていきたい、と思えるようになるから、本書は、本シリーズは、「大切」なのだ。

本書は単体でも楽しめる。ただ、本書全体に漂う継ぎ足しドミグラスソースのような奥深い滋味は、前二作があったからこそ生まれたものだ。未読の方はこの一作をきっかけに、前二作を遡って読んでみてほしい。多くの発見を得て、本シリーズのことをより「大切」だと感じられるようになることだろう。

最後に、一言だけ記しておきたい。名店の条件とは何か？　もう一度行きたくなることだ。さらなる続編を、心から期待しています。

（よしだ・だいすけ　書評家）

本書は、集英社文庫のために書き下ろされた作品です。

本文デザイン／高橋健二（テラエンジン）
本文イラスト／杏耶

行成　薫の本

本日のメニューは。

おふくろの味のおむすびが繋ぐ人の縁。デカ盛り定食に秘められた切ない過去……。熱々の美味しい料理と、それを取り巻く人間ドラマに食欲も涙腺も刺激される、五つの極上の物語。

できたてごはんを君に。

風変わりなかつ丼の意外な誕生秘話。小麦アレルギーの子供のため、超絶うまい米粉パン作りに奮闘する若き職人……。「美味しい」と「幸せ」がたっぷり詰まった、最高のごはん小説。

集英社文庫

行成　薫の本

名も無き世界のエンドロール

「ドッキリスト」のマコトは、幼馴染みの俺を巻き込んで、史上最大の「プロポーズ大作戦」を決行すると言い出し……。大いなる「企み」を秘めた、第25回小説すばる新人賞受賞作。

彩《いろ》無き世界のノスタルジア

『名も無き世界のエンドロール』の結末から五年。無理な交渉事を〝不法な手段〟でまとめる交渉屋・キダの前に、両親が殺されたという少女が現れ……。切なく忘れがたい「企み」の物語。

集英社文庫

行成　薫の本

明日、世界がこのままだったら

ある朝目覚めると、生と死の「狭間の世界」にいたサチとワタル。戸惑いながらも少しずつ心を通わせていく二人に、生き返るチャンスが訪れるが、残酷な選択が待ち受けていて……。

集英社文庫

集英社文庫

おいしい季節《きせつ》がやってくる。

2025年 3 月25日　第 1 刷
2025年 4 月15日　第 2 刷
定価はカバーに表示してあります。

著　者　行成《ゆきなり》　薫《かおる》
発行者　樋口尚也
発行所　株式会社 集英社
東京都千代田区一ツ橋2-5-10　〒101-8050
電話　【編集部】03-3230-6095
【読者係】03-3230-6080
【販売部】03-3230-6393（書店専用）

印　刷　TOPPANクロレ株式会社
製　本　TOPPANクロレ株式会社

フォーマットデザイン　アリヤマデザインストア　　マークデザイン　居山浩二

ISBN978-4-08-744750-7 C0193